দুই একান্ত

दो एकान्त

श्रीनरेश मेहता

लोकभारती प्रकाशन
पहली मंजिल, दरबारी बिल्डिंग, महात्मा गाँधी मार्ग, इलाहाबाद-1

लोकभारती प्रकाशन
पहली मंज़िल, दरबारी बिल्डिंग, महात्मा गाँधी मार्ग
इलाहाबाद-211 001

वेबसाइट : www.lokbhartiprakashan.com
ईमेल : info@lokbhartiprakashan.com

शाखाएँ : 1-बी, नेताजी सुभाष मार्ग, दरियागंज
नई दिल्ली-110 002
अशोक राजपथ, साइंस कॉलेज के सामने
पटना-800 006 (बिहार)

संस्करण : 2012

इण्डियन प्रेस प्राइवेट लिमिटेड
इलाहाबाद-211002 द्वारा मुद्रित

DO EKANT
by Shrinaresh Mehta

ISBN : 978-81-8031-719-4

मूल्य : ₹ 200

फाल्गुनप्रिया महिमा को

भूमिका

इस उपन्यास की कथावस्तु बिलकुल भी नवीन नहीं है बल्कि इसमें प्रेमकथाओंवाला वह त्रिकोण तक है जिसका प्रयोग सस्ते उपन्यासों से लेकर महान् रचनाओं तक में लिखा जा चुका है। तब, ऐसी स्थिति में लेखक का प्रयोजन क्या है? सम्भवत: यही प्रश्न मेरे सामने भी रहा है, इसे लिखने के पूर्व भी एवं बाद भी। इस उपन्यास के चरित्र घटनाओं में नहीं, स्थितियों में खड़े हैं तथा अन्त में पहुँचते भी हैं।

आज के जीवन में सामान्यत: घटनाएँ नहीं घटतीं बल्कि स्थितियाँ उत्पन्न होती हैं। सम्भवत: इसी अर्थ में नायक विवेक और नायिका वानीरा अगत्या उस स्थिति में खड़े होते हैं जहाँ घटना घटनी चाहिए थी पर केवल स्थिति ही उत्पन्न होती हैं। इसका कारण हमारा आज का आधुनिक ढाँचा है। वैसे यह प्रेम का नहीं वरन् प्रेम के तनाव का उपन्यास है, सभी अर्थ में। साथ ही आज के उपन्यास को आज का ही होना है अतएव उसे आगामी कल की दृष्टि से तो पढ़ा जा सकता है लेकिन विगत की दृष्टि से तो नहीं ही।

और अन्त में यह कि प्रेम-उपन्यास लिखना, जितना आसान है उतना ही संकटपूर्ण भी कारण कि 'सेण्टीमेण्टल' तथा 'इमोशनल' के बीच जितनी क्षीण रेखा इस क्षेत्र में होती है, अन्यत्र नहीं। इस अर्थ में लेखक के लिए यह परीक्षा-क्षेत्र है। अस्तु, इति नमस्कारान्ते।

४ मार्च, १९६४
९९-ए, लूकरंगज
इलाहाबाद

जैसे ही स्टीमर का साइरन बोला तो लगा कि चारों ओर कैसी अनायास स्तब्धता अब तक थी। पाण्डू के सूने घाट तथा आस-पास के पहाड़ी कगारों पर साइरन की भरी-भरी आवाज का थक्का क्रमशः घुलने लगा। हरी लम्बी घास हवा में असम्पृक्त हो लहराते हुए दृष्टि को फैलाव दे रही थी। इस हठात् उद्‌घोष ने स्टीमर को सायास प्रमुखता दी थी, इसलिए तीसरे प्रहर के इस शान्त विपुल व्यापार में स्टीमर, एक भद्दी आवाजवाला आदिम जीव-सा लगने लगा। स्टीमर से सटा बाँस का लम्बा का पुल न केवल नगण्य ही बल्कि विमन भी लगने लगा। इक्के-दुक्के लोगों ने उस पर से लौटते हुए पुल को उदास तक बना डाला। जिधर से ब्रह्मपुत्र आ रहा था उधर की विशाल घाटी में साइरन की बड़ी भीगी-भीगी-सी अनुगूँज का आभास हो रहा था। किनारे पर यात्रियोंवाले शेड में खड़े हुए लोगों के विदाई देते हाथ तथा हिलते रूमाल करुणा उत्पन्न कर रहे थे। किनारे पर औंधी पड़ी नाव का पेंदा तारकोल सुखाता, बालू के भूरेपन में उभर आया था। और स्टीमर के बड़े पहिये ने अथाह नील-लोहित जल को बड़े ही औत्सविक ढंग से काटना शुरू किया। शोर इतना था कि जैसे कोई विकराल मच्छ एकबारगी ही ऊपर आ जाना चाहता हो। चूँकि फैलाव और विस्तार अधिक था अतएव इस व्यापार की स्तब्धता अकाट्य लग रही थी। धूप और आकाश दोनों ही दिसम्बर के तीसरे प्रहर के थे। हवा का तेज, तीखा ठण्ढापन धूप के कोमल सूनेपन को झुलसाये दे रहा था। ब्रह्मपुत्र के गम्भीर प्रवाह के साथ बड़े ही निश्चिन्त भाव से मस्तूल और पालवाली नौकाएँ अपनी लम्बी यात्राओं पर नीचे की ओर चली जा रही थीं। किसी मल्लाह का एकान्त भटियाली स्वर ब्रह्मपुत्र पर लकीर-सा खिंचा बह रहा था। उत्तर ओर की पहाड़ियों में कामाख्या का मन्दिर लुका-छिपा धूप में दीपित था। कुहरा शुरू होने में देरी थी पर कहीं वह है, यह पहाड़ियों और खुली घाटियों को देखने पर स्पष्ट हो जाता था। बड़े ही नाटकीय भाव से कुहरे की एक पतली, नीली चिन्दी एक शिखर पर निःशब्द लिपटी हुई थी। जिसके ठीक ऊपर गरुड़ के आकारवाला बादल का एक सफेद टुकड़ा झुका हुआ था। ये दोनों बिलकुल भी अनायास नहीं कहे जा सकते थे। पूरब ओर उतरती पहाड़ियों के साथ आकाश खुलता चला गया था।

२ ॥ दो एकान्त ॥

साइरन की तेज भेंएँएँ एक बार फिर गूँजी। स्टीमर के नीचे के तल्ले मे पहली आवाज के बाद जो शोर बिखर गया था, इस बार वह अधिक हो उठा। बड़े पहिये के पास लोहे का जो बड़ा-सा जँगला था वहाँ थरथराती आँखोंवाले कई चेहरे बिना समझे-बूझे चिल्ला रहे थे, सम्भवतः किसी चीज की जयकार थी वह। सेना और सिविल लोगों की वह सम्मिलित भीड़ थी। सहसा कहीं से लोकगीतोंवाला एक आलाप उठा और छूटते किनारे तक लोगों की विह्वलता पहुँच गयी। इससे अधिक की अभिव्यक्ति किसी के पास नहीं थी इसलिए शोर हठात् पानी की तरह एक साथ ही चू पड़ा और आलाप उभर आया। नीचे के तल्ले में बदबूदार अँधेरा, विभिन्न पसीनों की तेज दुर्गन्ध, भापीला वातावरण, लोकगीत का आलाप तथा बड़े पहिये का विकराल शोर था लेकिन डेक पर एकदम खुलापन था। यात्रियों में शोर न सही तो इतनी हलचल तो थी ही कि हर दूसरा समझ रहा था। डेक ही ताजी पुती छत और फर्श धूप में न केवल चमक ही रहे थे बल्कि उनसे वार्निश की ताजी गन्ध भी आ रही थी। और तो और डेक की नीली छत पर ब्रह्मपुत्र के हिलते जल के धूपित वर्तुल तक दिख रहे थे। बड़े से जीने के दोनों तरफ सिरे की रेलिंगों पर झुका हुआ यहाँ का यह भद्र समुदाय किनारेवाले लोगों के प्रत्युत्तर में आपने हाथ व रूमाल हिला रहा था। कुछ अपनी दूरबीनों में उलझे हुए थे। शेष, पाण्डू के रेलवे स्टेशन को, असम की छूटती हुई पहाड़ियों को तथा नील-लोहित विराट् नद को आश्चर्य से देख रहे थे। इनका शोर तक संयमित के साथ-साथ मित भी था। रेलिंगों से हटकर लोग डेक पर पड़ी कुर्सियों, कोचों, मोढ़ों आदि पर बैठने लगे थे।

यात्रियों की इस भीड़ में डेक के दक्षिणी सिरे पर, जिधर कि ब्रह्मपुत्र, आक्षितिज प्रवाहित था, श्री विवेक विश्वास अपनी सुन्दर पत्नी श्रीमती वानीरा विश्वास के साथ, एकान्त मन हो मस्तूलों और पालों को मात्र देख रहा था। उसमें कोई प्रतिक्रिया नहीं थी। वह निरभ्र आकाश कहा जा सकता था। उसका मौन, अकेले पक्षी की विवशता-सा था। विवेक की उदासी का यही ढंग होता है, इसे वानीरा जानती थी लेकिन चूँकि वानीरा, असम छोड़कर इस प्रकार जाने के बारे में प्रसन्न है इसलिए विवेक, उदास होते हुए भी अपनी नितान्तता को मौन से ढँके हुए था। जैसे किनारों को देखकर ही स्टीमर की गति का बोध होता था, अन्यथा नहीं, वैसे ही वानीरा को देखकर ही विवेक को बूझा जा सकता था, अन्यथा नहीं। विवेक बाँस के सेतु को देख रहा था, जिसके कारण वह अब तक अपने को किनारे से सम्बन्धित किये था। जब वही क्रमशः दूर होने लगा तो विवेक विह्वल हो आया। वह सोच ले गया कि यह सेतु थोड़ी ही देर में क्षीणतर होते हुए मात्र एक अस्पष्ट बिन्दु हो जायेगा। पूरा सेतु उस बिन्दु में समाहित हो जायेगा। विवेक तब उस बिन्दु में से वह सेतु खोजकर अपने सामने फैलाना चाहेगा ताकि वह सम्बन्धित होना अनुभव कर सके...लेकिन उसका यह प्रयास तब कितना व्यर्थ होगा। अनवरत यह सालेगा कि वह एक बार फिर सेतुहीन कर दिया गया है। डाक्टर विवेक विश्वास को सदा यह लगा है कि वानीरा अपनी सितार का तार इतना कस देती है कि वह

झनझनाकर टूट जाता है। पर अपना-अपना ढंग ही तो है।

रेलिंग से सटी कुर्सी पर बैठी वानीरा इस यात्रा के बारे में क्या सोच रही थी यह विवेक नहीं जानता पर स्वयं बहुत स्पष्ट नहीं था। सम्भवत: होना भी नहीं चाहता था, कारण कि जब वानीरा इस बारे में न केवल स्पष्ट ही थी बल्कि पूर्ण आश्वस्त थी तब विवेक के लिए केवल निरापद होने के और क्या शेष रह जाता था? आज मेजर आनन्द का वैसा ही विश्वासी आमन्त्रण न था जैसा कि पाँच वर्ष पूर्व मिस्टर क्लाइड का था? तब भी तो वानीरा ने दुराग्रह ही किया था कि पुरी छोड़कर डिब्रूगढ़ में प्रेक्टिस की जाय और आज वानीरा सुदूर उत्तर प्रदेश के इलाहाबाद में जाकर बसने का हठ किये कैसी आत्मविश्वासी बनी बैठी है। जब सब वानीरा के द्वारा ही सम्पन्न होना है तब भला इसमें विवेक कहाँ आता है? ठीक है, न तब, न अब, उसे अच्छा नहीं लगा था पर अच्छा न लगने भर से ही क्या हो जाता है? वानीरा जानती है कि पुरी छोड़ते समय विवेक केवल उदास हुआ था जबकि इस बार डिब्रूगढ़ से चलते समय, बल्कि इस समय तक भी, विवेक न केवल उदास ही है बल्कि इस बार कहीं अन्तर में आहत भी हुआ है। इसकी प्रतीति चाहे अब हुई हो पर इस आहत होने की सत्यता तो डिब्रूगढ़ के पाँच वर्ष के जीवन में थी ही। तो क्या वानीरा निश्चिन्तता से बैठे भी नहीं? दोनों जिस अकाम भाव से बैठे थे उसमें कहना कठिन था कि निरभ्र कौन है। शायद निरभ्र कोई होता भी नहीं, आकाश भी नहीं।

सत्य यही था कि कुर्सी पर बैठी वानीरा के सामने न केवल दूसरों के आश्वासनवाला भविष्य ही था परन्तु अपना आत्मविश्वास भी था। जबकि विवेक अपने दाम्पत्य जीवन के गत आठ वर्षों को कोमल गन्धवाले फूलों के एक स्तबक की भाँति सहेजे अपने में लौटा हुआ था। इस गन्ध के प्रति यह कितना सहज रहा है। रात-रातभर पुरीवाली अपनी काटेज की खिड़की के पास अनिर्वचनीय हो केवल खड़ा रहा है। नक्षत्रों के नीचेवाले अँधेरे में प्राय: इस गन्ध की पदचाप तक सुनी है। अस्फुट प्रार्थनावाले थरथराते ओंठों से अपने भीतर के दर्द को अपने लिये भी अनभिव्यक्त ही रह जाने दिया है। वानीरा को सदा उसने नये फूल की भाँति प्रत्येक दिन ग्रहण किया है। उसकी इस एकान्त निष्ठा के साक्षी सिन्धु, समुद्री हवा, हरहराते नारियल, शहतीरों में दुबके बैठे कबूतर आदि हैं कि वह कैसे क्रमश: टूटता चला गया—जैसे कि रेतघड़ी में बालू का एक-एक कण रिसकर पूरा समय बीत जाता है और इतने बड़े बीत जाने की क्या प्रतीति होती है? और उसके इस टूटने में एक क्षण को भी, भूले से भी वानीरा का न तो उसके कन्धे पर झुका माथ ही था और न आश्वसित करता हुआ कोई चूड़ियों-भरा हाथ। दाम्पत्य जीवन के सम्बन्ध में विवेक किसी भी विगन्ध को नहीं देख सकता था, पर.......

रेलिंग का डण्डा कुहनी में चुभने लगा था। हवा के तेज ठण्डे सपाटे उसका मफलर बार-बार गिराये दे रहे थे। वानीरा ने इस बीच कान और सिर पर बाँधनेवाला काला ऊनी रूमाल बाँध लिया था। चेकवाले ओवरकोट की बड़ी

कालर ने वानीरा के मुख को साध रखा था। अनायास धूप का एक लम्बा तिरछा टुकड़ा कहीं से भटककर आ गया था और वानीरा को सम्पूर्ण दीपित करता हुआ डेक की फर्श पर लम्बा बिछलकर, रेलिंग के पार कूदकर अदृश्य हो गया था। कुर्सी पर बैठी वानीरा के साथ-साथ विवेक की रेलिंग पर झुकी छाया लम्बी होकर फर्श पर उतर आयी थी। विवेक उस अपराह्न-श्री में स्नात एवं तृप्त अपनी पत्नी वानीरा के धूपित मुख को वैसे ही मन्त्रमुग्ध होकर देख रहा था जैसा कि वह उन दिनों पुरी में किया करता था जिन दिनों मिस्टर क्लाइड से विश्वास-दम्पति का परिचय हुआ था। क्लाइड के कहने पर ही वानीरा ने विवेक को डिब्रूगढ़ में चलकर प्रेक्टिस करने के लिए बाध्य किया था। कैसे वह रातों नहीं सोया करता था और एक रात बड़ी ही अस्तव्यस्तता में लालटेन हाथ में लेकर सोनेवाले कमरे में पहुँचा था और तब इसी मुख को मात्र सोते हुए देखा था। कितना निस्पन्द लगा था यही मुख, जैसे आकाश के नील विश्वास के नीचे कोई पोखर निस्पन्द सो रहा हो...... इस समय, इतने अन्तराल बाद भी यह मुख जागते में वैसा ही निस्पन्द, निरभ्र है। कोई भी तो व्यतिपात नहीं। धूप को कैसे शान्त हो भोग रही है जैसे आकाश भोगता है।......क्या यह आद्यन्त ऐसी ही है! दिखता स्वयं विवेक भी ऐसा ही है। तब, दिखना, होने से क्या पृथक् है? क्या बिना हुए, दिखा जा सकता है?

फर्श पर गिरती उनकी छायाओं को धूप ने बड़े ही हास्यास्पद रूप से अब लम्बा कर दिया था। शायद उनके सिर रेलिंगों तक पहुँच रहे थे। परन्तु ये छायाएँ भीषण रूप से, बल्कि हाहाकार की सीमा तक केवल विवेक में खूब लम्बी हो गयी थीं। उन गत आठ वर्षों के उन सारे कोनों-अँतरों के भर उठे जालों में, जो कि वानीरा के कारण हो गये थे, ये छायाएँ टहलने लगी थीं। वे विगत वर्ष, जिनकी सुगन्ध में विवेक एकान्तचारी था। वे दाम्पत्य जीवन के जाले जिनमें विवेक भटक रहा था।

पुरी के 'सी-बीच' के किनारे-किनारे अर्द्धवृत्ताकार में बँगलों की एक लम्बी-सी कतार यहाँ से वहाँ तक चली गयी है। मार्च और अक्टूबर में कलकत्ता-कटक से प्रायः लोग आकर अपने-अपने इन बँगलों में कुछ दिनो के लिए टिकते हैं वर्ना पूरे साल ये लगभग खाली-से पड़े रहते हैं। अन्धड़ के दिनों में बालुओं के बगूले इन बँगलों की खिड़कियों-दरवाजों के सूने पल्लों-शीशों पर चटाख-चटाख बोलते रहते हैं। विशेषकर रात में हरहराते नारियल और साँय-साँय करती समुद्री हवा आदि अजीब वातावरण उत्पन्न करते हैं। इस सी-बीच को विकसित नहीं कहा जा सकता यद्यपि बंगाल की खाड़ी का यह नैसर्गिक रूप से बड़ा अच्छा तट है। अन्य यात्रियों के लिए साधारण सुविधाओंवाला एक बी० एन० आर० होटल है, जो अपने खुले कमरों तथा स्वस्थ वायु के लिए पूर्व में प्रसिद्ध है। पहाड़ के लिए बंगाली जिस प्रकार दार्जिलिंग जाता है उसी प्रकार समुद्र के लिए वह यहाँ आता है। इसी अर्द्धवृत्ताकार के लगभग आखीर में, पूर्वी सिरे पर जो कि ढूह-जैसा है, वहाँ 'निर्जन सिकता' नामक एक छोटी-सी काटेज है। काटेज श्री प्रमथ मुखर्जी की है। प्रमथ बाबू स्थानीय कालेज में बँगला के अध्यापक थे। वानीरा इन्हीं विधुर प्रमथ बाबू की एकमात्र सन्तान थी। वैसे प्रमथ बाबू हैं तो आज भी पर, लौकिक अर्थ में 'थे' ही कहा जायेगा। वानीरा को विवेक-जैसे सुपात्र के हाथों सौंपकर बिना अधिक प्रतीक्षा किये वह एक दिन स्थानीय चैतन्य मठ में जाकर श्री-श्री महाप्रभु की सेवा में समर्पित होकर श्री प्रमथचन्द्र मुखर्जी से वीतरागी 'नित्यानन्द' हो गये। विवेक ने तब अपनी डिस्पेन्सरी खोली ही थी। उसे प्रमथ बाबू की न केवल कन्या और काटेज ही प्राप्त हुई बल्कि प्रमथ बाबू का यश अपने जमाई बाबू के लिए कीर्ति सिद्ध हुआ जिसे विवेक ने अपने शील और सौम्यता से और भी स्वरूपित किया।

प्रमथ बाबू वीतरागी हो गये थे पर कन्या और जमाई तो नहीं न ? अतएव रोज डिस्पेन्सरी से विवेक जल्द लौट आता और तब वानीरा और विवेक समुद्र के किनारे बालू में चलते हुए मन्दिर जानेवाले रास्ते पर आ जाते! मन्दिर के सामने से होते हुए रथयात्रावाले रास्ते में बायें घूमकर पगडण्डी पकड़कर चैतन्य मठ की ओर बढ़ जाते। कच्ची हरी काजू का दूध दाँतों में अनुभव करते मठ पहुँचते। वहाँ से संकीर्त्तन-प्रवचन सुन लौटने में मन्दिर के सामने की गली से शार्ट कट कर कालेज की बगल से निकल 'सी-बीच' वाली सड़क पर आ जाते। कालेज के आस-पास रहनेवाले वानीरा के सभी परिचित थे। कभी कोई मिल जाता अन्यथा प्रायः सब सुनसान होता। यह कालोनी 'सी-बीच' का पश्चिमी सिरा थी। यहीं से समुद्र गर्जन

तथा तेज हवा के सपाटे उन्हें मिलने शुरू हो जाते। कभी-कभी तो घर पहुँचते-पहुँचते तक बालू बालों, हाथ, मुँह सब पर छायी होती। उनका नौकर कालीपद जानता था कि बिना नहाये सोना नहीं हो सकेगा इसलिए मौसम के हिसाब से गरम, गुनगुना, ताजा सभी तरह का पानी तैयार रखता था। पुरी में प्राय: लोग 'जगन्नाथ का भात' ही खाते हैं। वह उनके लिए मात्र प्रसाद ही नहीं बल्कि उनका संस्कार भी है। जिस दिन भात-मछली न खाना होता उस दिन मठ से जल्दी लौटकर बी० एन० आर० होटल में कटलेट-चाप खा लिया जाता है।....... और विवेक वानीरा अपनी 'निर्जन-सिकता' पर पहुँचते।

काटेज, काटेज ही थी। पता नहीं क्या सोचकर प्रमथ बाबू ने इसे बनवाया था। क्योंकि चार कमरों के अलावा दो कोठरियों, एक रान्नीघर, सहन, आँगन तथा थोड़ी-सी जगहवाली इस काटेज की विशेषता यह थी कि एक तो इसके चारों कमरों से सागर का पूरा दृश्य दिखता था तथा दूसरे इसका बाहर की ओर निकला गोल बारजा, जहाँ कभी प्रमथ बाबू एक आरामकुर्सी पर बैठकर जोर-जोर से रवीन्द्र-काव्य पढ़ते या किसी वैष्णव पद की पंक्ति गुनगुनाते हुए ज्वार का आना देखा करते। अब इस बारजे में किसी दिन जल्दी जाग जाने पर विवेक और वानीरा जलभीगा विशाल सूर्योदय देखते हैं या कभी किसी पूर्णिमा को समुद्र का एकान्त अभिसार देखते हैं। वैसे वानीरा प्राय: तीसरे पहर की चाय यहीं बैठकर पीती है। यहाँ से पूरा अर्द्धवृत्त खिंचा दिखता है। होटल की बालकनी, हरी खिड़कियाँ, उसके सामने की बेंचें, जिन पर बैठे हुए लोग...... बहुत-कुछ देखना यहीं से बैठे-बैठे वह कर लिया करती है। यदि और कुछ न हुआ तो सामने फैली अगाध जलराशि में सनातन आकर्षण तो था ही। बारम्बार देखने पर समुद्र स्वयं मोह बन जाता है।

प्रसन्न घर पहुँच दोनों देर तक ग्रामोफोन सुनते रहते। बड़े-से कमरे के एक कोने में जलती चार मोमबत्तियों का प्रकाश ही कितना होता? बड़ा बारीक प्रकाशवाला अँधेरा-अँधेरा कमरा। खुली खिड़की में सागर आकर टँक जाता है। चारों ओर गर्जन और हवा के अतिरिक्त कोई शब्द नहीं। किसी दिन वानीरा की सितार सुनी जाती अथवा कलकत्ते से मँगायी गयी नयी पुस्तकों का अवलोकन ही किया जाता। और अगर कुछ नहीं करने को मन होता तो वानीरा स्थानीय बंग समाज के प्रवादों को ही सुनाती होती। वानीरा बातें करती होती और विवेक दवाइयों के पैम्फलेट्स पलटते हुए सुनता होता। और जिस समय दोनों सोने की तैयारी करते तब कैसी गहरी परितृप्ति उन्हें घेरे होती। कहीं कोई व्यतिपात नहीं था। जो था, वह अगाध ही था।

आये दिन कोई-न-कोई सामाजिक उत्सव, पारिवारिक आयोजन, सांस्कृतिक अनुष्ठान, धार्मिक पर्व होते ही रहते। कालीबाड़ी की दुर्गापूजा से लेकर 'मेरी क्रिसमस' तक अपने को प्रसन्न एवं व्यस्त रखने के अवसर थे। फिर भी ऐसा एकान्त था जिसमें अपनी ही पदाहटें भरी हुई थीं। किसी दूसरे के आ जाने पर घर में चहल-पहल हो जाया करती थी। उन आरम्भिक दिनों में रविवार या किसी भी

छुट्टी के दिन दोनों समुद्र-स्नान के लिए पहुँच जाते। वानीरा बालू में लेट जाती और अनाड़ी ढंग से समुद्र-स्नान करते विवेक को हँसते हुए देखती रहती। वानीरा को कभी समुद्र-स्नान अच्छा नहीं लगा। औरतें लहरों में पड़कर जिस प्रकार परेशान होती हैं तथा लहरें निर्ममता के साथ उन्हें छिन्न-भिन्न करके उठाकर फेंक देती हैं उसमें प्राय: स्त्रियाँ उसे बड़ी निरीह लगती रही हैं और अपने को निरीह वह नहीं लगने दे सकती। कई बार विवेक ने आग्रह किया पर वह नहीं गयी। विवेक जब कभी ज्यादा परेशान होता कि अभी एक लहर से बचकर वह खड़ा हुआ ही कि दूसरी ने आकर बड़ी निर्ममता से उसे दबोच लिया तो जानें क्यों भय या शंका के बजाय वह बिलकुल बच्चों की तरह तालियाँ बजाने लगती। कई बार स्वयं उसे अपनी ही बात की असंगति अनुभव होती और वह आप ही खिन्न हो जाती। प्राय: ऐसे ही समय विवेक शैतान बच्चों की तरह किलकारी मारते हुए वानीरा की ओर झपटता होता। काले बालोंवाली उसकी पुष्ट देह की ओर उसकी टकटकी बँध जाती। तभी विवेक उसे बालू पर लगभग घसीटता होता और वह किंचित् झुँझलाते बरजती होती,

— अरे हाथ छोड़ो। छि: छि:, यह क्या करते हो? कोई देखे तो क्या कहे?

— तो तुम हँस क्यों रही थीं?

— बेवकूफों की तरह समुद्र-स्नान करते देख किसी को भी हँसी आ सकती है।

— जानती हो, समुद्र-स्नान से स्वास्थ्य ठीक रहता है।

— भले ही कोई बेवकूफों की तरह नहाये तब भी?

और प्राय: ऐसे ही मौकों पर खिलखिलाते हुए वानीरा अनचक्के ढेर-सी बालू विवेक की देह पर या तो मल देती रही है अथवा उड़ा देती रही है। उड़ी बालू का एक छोटा-सा लहराता झरना तट की धूप और हवा में झिरझिराने लगता। विवेक पकड़े इसके पूर्व ही वह अपने बाल उड़ाती, विस्तीर्ण बालुओं की चमकती पृष्ठभूमि में अपनी छाया के साथ भागते हुए कैसी चित्र बन जाती रही है जैसे वह मरीचिका बनकर ही रहेगी।

कालीबाड़ी में दुर्गापूजा हो रही है। जूड़े में सोने का फूल लगाये वानीरा, महिलाओं की भीड़ में खड़ी अद्वितीय लगती है। अष्टमी का चन्द्रमा बाँसों और नारियल के झुण्ड के पीछे सौम्य है। गौरी की बिदा के पद गाये जा रहे हैं! आलाप और मृदंग की थाप से रात बहुत विलम्बित लगती है। वानीरा का हाथ पकड़ विवेक जाने किस आवेशवश पोखर की ओर निकल आता है। पेड़ों की चिलबिलाती सघनता में चाँदनी की गोरी बूँदें फूट पड़ रही हैं।

— कैसी निर्जनता है, है न?

— हाँ, है तो।

वानीरा नहीं समझ पाती कि विवेक क्या कहना चाहता है। दोनों की सम्मिलित छाया पोखर में कुछ दूर जाकर टुकड़ों में पृथक् होती सर्प बनी काँपती मिट रही होती है। बिदा के पदों की करुणता यहाँ तक आ रही होती है।

— क्या बात है विवेक?

विवेक जिस प्रकार पुरुष बना वानीरा को देखता है उसमें उसकी नारी तन्मय ही होती है। वानीरा को अपना नारी होना सार्थक लगता है। इसी या ऐसे ही देखने के लिए ही इतना या ऐसा प्रसाधन-आयोजन नारी करती है या उसे करना होता है। वह विवेक को बूझ ले जाती है पर हम अपने बूझे हुए को सुनना भी चाहते हैं।

— बोलो क्या बात है?

— कुछ नहीं, मन हुआ कि देखूँ कि एकान्त नि:शब्द चाँदनी में सोने का फूल लगाये तुम कैसी लगती हो।

सच, वानीरा को सुनना सुहाया पर इसे अस्वीकारना इससे भी अच्छा होता है यह वानीरा जानती थी,

— छि:-छि: चार लोगों के बीच से उठाकर ऐसे यहाँ लिवा ले आये तो भला वे सब क्या सोचेंगी?

चाँदनी पूरी तरह वानीरा का अभिषेक करती छिटकी थी। विवेक बाँस की एक टहनी पर झुका खड़ा था।

— क्या किसी दिन तुम अपनी इस अप्रतिमता को मेरी आँखों से देख सकती हो वानीरा? तुम्हें ऐसे देखना, एक उपलब्धि है।

वानीरा जवाकुसुम हो उठती है। उसकी नाक की कील थोड़ी-सी छाया पड़ने पर सुलग उठती है। विवेक की बात वह अपने भीतर वैसे ही अनुभव करती है जैसे, नारी, पुरुष को अपने भीतर गहती है। वानीरा की आँखें सुख से सजल हो-हो कैसी थरथराने लगती हैं जैसे मछलियों का एक जोड़ा तुरन्त किसी ने जल से निकालकर शिला पर रख दिया हो। रक्त-चन्दन की गन्ध का एक छोटा-सा झोंका आया और निकल गया। हवा में दोनों के वस्त्र सजीव हो उठे। वानीरा ने झुककर पोखर से अँजुली भरी और हलके छींटे विवेक पर उड़ा दिये और वह खिलखिलाती भागी। चाँदनी में उझकी वानीरा की एड़ी की महावर पगडण्डी पर दौड़ती ही चली गयी।

दिन।

एक के बाद अनेक दिन।

कोमल गन्धवाले ऐसे दिनों की नानाविध पगडण्डियों पर, बालुओं के विस्तार पर वे दो एकान्त बने अपने में तृप्त। वानीरा अपने जूड़े से बासी कुमुदिनी उतारती चली गयी और वे फूलोंवाले दिन विवेक के हाथों में ढेर-के-ढेर एकत्र होते चले गये। वानीरा अपनी देह से कुमुदिनियों को जल की भाँति नितारती चली गयी और

विवेक की स्मृति में उन गन्धदिनों के स्तवक सजते चले गये।—रोज ऐसा लगता कि अभी तो आलाप आरम्भ ही हुआ था और राग शेष हो गया? दिन बीत गया? अप्राप्यता की कैसी व्याकुलता लगती इन बीत जानेवाले दिनों पर। सोती हुई वानीरा की मुँदी पलकों में लगता कि सम्पूर्ण सृष्टि को काल के जन्म की प्रतीक्षा है।–और विवेक अपने काँपते अनिश्चित ओंठ उन पलकों पर रख देता है, जैसे अपने प्यासे ओंठ किसी शान्त ठहरे जल पर रख दिये हों।

होटल के सामने की बालू पर समुद्र-दर्शन के लिए जो बेंचें हैं उन पर बैठी हुई वानीरा अपने बचपन के स्वप्न सुना रही है। दूर-दूर तक निर्जन सैकत-तट पर प्रसार और हवा के सपाटे के अतिरिक्त कुछ नहीं है। पेड़ों का एक झुरमुट पीछे की ओर हटा-हटा-सा दूरी पर खड़ा है। कोई समुद्री पक्षी लहरों पर झपट्टा मारते हुए उड़ रहा है। सूर्यास्त के बाद के रंग क्षितिज तक बिखरे पड़े हैं। उनमें कोई नियोजन नहीं लगता है।

— विवेक! हमेशा मुझे लगता है कि मेरे सोने के डैने फूट आये हैं और कैसे लम्बा-लम्बा आकाश में तैर रही हूँ। आकाश बिलकुल जलवत् लगता है। कहीं कुछ नहीं दिखायी पड़ता है। समुद्र, पृथ्वी....... भी तो नहीं दिखलायी देता। और मेरे विशाल डैने केवल लम्बा-लम्बा तैर रहे हैं। केवल अपने चारों ओर आकाश की अगाधता है—बस। और मैं घबराकर नीचे उतरना चाहती हूँ पर डैने और ऊपर, और ऊपर, पता नहीं कहाँ ले जा रहे होते हैं—कि हठात् घबरा उठती हूँ और नींद खुल जाती है।—विमूढ़ हो सोचती हूँ, लेकिन सब अस्पष्ट हो जाता है। कितनी ही बार अपने को इसी तरह देखा।

समुद्री पक्षी जैसे उछलकर आकाश में पहुँच गया था और अब वह फिर झटके के साथ लम्बा तैरकर वापस समुद्र के उठे फन को झपट्टा मारने की चिन्ता में था। वातावरण में अँधेरापन आ चला था। वानीरा विवेक का हाथ गह लेती है।

— कलकत्ता बहुत बड़ा शहर है न विवेक?

— हाँ, बहुत ही बड़ा है । अब की बार क्रिसमस पर कलकत्ता ही चला जायेगा ।

— क्यों ? क्रिसमस पर क्यों? क्या क्रिसमस हमारा त्योहार है? पूजा क्यों नहीं?

— नहीं, पूजा तो अभी बीती ही है । उसे आने में तो पूरा बरस है ।

— जब मैं बच्ची थी तब एक बार गयी थी । उस बरस कलकत्ते में रवि बाबू आये थे और बाबा उनके दर्शन करने गये थे । वहाँ चौरङ्गी है न, वहाँ मैं खो गयी थी ।

— कैसे?

— खोया कैसे जाता है? बस, वैसे ही मैं भी खो गयी थी।

वानीरा की इस सरलता पर विवेक का मन हुआ कि वानीरा के दोनों कन्धे इस तरह थामे रहे कि अब वह फिर कभी न खो सके। वह बोली,

— बेचारे बाबा कितने परेशान हुए थे।

वानीरा कुल इतना बोलकर मौन हो घिरते अँधेरे को अस्पष्ट ऐसे देखने लगी जैसे अभी भी वह अपने परेशान बाबा को देख रही है कि किस व्याकुलता से वह उसका नाम लेकर पुकार रहे हैं और ट्रामें-बसें बीच-बीच में आकर उन्हें क्षणभर को छुपा जाती हैं..... इस बार थोड़े हँसते हुए बोली,

— विवेक! और तो और यहीं रथयात्रा में एक बार कुचलते-कुचलते बची। जानते हो न कि कितनी भीड़ होती है और कैसा शोर होता है। विपुलता में अपनी ओर खींचने की बड़ी भारी चुम्बक-शक्ति होती है—इसीलिए तो मैं सागर से उतनी नहीं डरती जितनी कि उसकी एकान्त विपुलता से।

सामने के अन्धकार में सागर की सत्ता से अधिक उसका घोष उभर आया था। सम्भवतः ज्वार का समय हो चला था।

— तभी तो बाबा उसके बाद यही रट लगाये थे कि मेरा ब्याह हो जाये और तब सब-कुछ छोड़कर वह संन्यासी हो जायें।

विवेक बहुत करुण हो जाता है। वह कुछ करना चाहता है पर वानीरा इस खुले अँधेरे के आलोक में जिस मोहक ढंग से उसे देखती है उसमें वह केवल अस्पष्ट हो जाता है।—ज्वार-जल बालुओं पर फन पटकता, बढ़ता उनके पैरों के आसपास लहरें और फेन लीप देता है। वानीरा प्रसन्न हो अपने पैरों में ज्वार अनुभव करती बैठी होती है। दौड़कर विवेक दोनों के बहते जूतों को उठाकर बेंच पर रखते हुए कहता है,

— चलो वानीरा ज्वार आ रहा है।

अँधरे में, जो समुद्र थोड़ी ही देर पहले थोड़ी दूर पर था अब वह उफनाता पैरों के पास उठ दौड़ा था। घोष और साँय-साँय तट पर अनुगुंजित हो रहे थे। भीगे पैरों में सूखी बालू का अनुभव पद-चिह्न बनता चला गया।

होटल की बालकनी है। पीछे की ओर से आती हुई धूप में वानीरा कट-आउट शैली में चित्र लग रही है। उसकी तम्बाकू रंग की भूषा ने उसे और भी सुलगा दिया है। कानों की बड़ी बालियाँ हौले से हिल रही हैं, जिनके बीच में धूप की एक बिन्दी भी चमकती हिल रही है। उसके चित्र होने में केवल फ्रेम की ही कमी है। आज दोनों प्रसन्न हैं, निश्चय ही बहुत प्रसन्न हैं! अभी थोड़ी देर पहले विवेक और वानीरा अपनी आदत के अनुसार बड़ी देर तक समुद्र में पैर भिगोये बैठे रहे थे। यद्यपि आज पूरे दिन कैसा सघन कुहरा रहा है। परन्तु आज उनके विवाह की प्रथम वर्षग्रन्थि थी इसलिए रोज की अपेक्षा दोनों ही सवेरे जल्द जागे

थे। सवेरे जैसे ही खिड़की खोली तो शैतान बच्चों की तरह ढेर-सारा भीगा कुहरा कमरे में घुस आया और देखते-देखते सारा कमरा ग्राउण्ड-ग्लास की झाईं-सा लगने लगा था। अपने बारजे में खड़े होकर दोनों ने कितने तन्मय होकर नीले कुहरे के पीछे होते हुए शालीन सूर्योदय की अभ्यर्थना की थी। सवेरे की ठण्डी हवा में नाक तक सुन्न हो गयी थी। चाय के समय तक कुहरा समुद्र की ओर पारदर्शी हो गया था जिसके नीचे शान्त समुद्र की छप-छप आ रही थी। भीगी बालू को अपनी ओर खींचता हुआ, लौटता जल कितना फेनभरा था। विवेक गाउन की कालरों को ऊँचा कर कुहरे में खो गया। खिड़की में खड़ी वानीरा उस कुहरे में विवेक का बालू पर चलना खोजती देख रही थी और कैसे अपनी अँजुली में फेन समेट वह लौटा था। और तब देर तक दोनों फेन के खोखले त्रिकोणों-षट्कोणों का निःशब्द फूटना देखते रहे थे। आज विवेक सारे दिन डिस्पेन्सरी नहीं गया। वानीरा की कुहनी थामे विवेक आज दिनभर मारा-मारा फिरा था और इस समय जाकर वे दोनों होटल पहुँचे थे। जैसे पागलों की भाँति स्टेशन के खाली प्लेटफार्म पर मात्र टहलते रहे थे। पता नहीं इक्के-दुक्के लोगों ने क्या समझा होगा। अजीब मेघ और कुहराच्छन्नवाला दिन था। विवेक तो 'साखी-गोपाल' तक चलने की जिद करता रहा था। लेकिन जब वानीरा उद्यत न हुई तो पानी भरे खेतों और भीगी पगडण्डियों पर वानीरा को साथ घसीटता हुआ विवेक घूमता रहा। वानीरा अन्दर गरम पेटीकोट तक पहने थी तथा कान बाँधे थी पर जमी सर्दी थी, यद्यपि विवेक निर्द्वन्द्व ही बना रहा। तीसरे प्रहर जब कुहरा और बादल छँटने के आसार दिखे तब भला ऐसे में विवेक वानीरा को समुद्र-तट न ले जाता? यद्यपि वानीरा सर्दी खा गयी थी पर समुद्र का स्पर्श, हवा में जमी सर्दी के अनुभव से कहीं सुखद था। और इस समय धूप को पीठ देकर बैठी वानीरा न केवल प्रसन्न ही थी बल्कि अंग-अंग थके होने पर भी तुष्ट एवं तृप्त थी, जैसे सम्पूर्ण भोगी गयी कोई रात्रि हो।

चाय को भाप का एक झीना-पतला भूरा झोंका भी बड़े ही पतले-पतले तैरकर उस धूप में विलीन हो रहा होता हैं। चूँकि यात्रियों का यह सीजन नहीं था इसलिए होटल में एकाध आवाज के कहीं कोई अपरिचित आहट तक नहीं थी।

— वानीरा! आज का दिन तुम्हें शुभ हो।

वानीरा जब कुछ कहना चाहती है और फिर भी कहती नहीं है तब अपने अधर को अधिकतर हिला उसे एक दाँत से जरा-सा कोने के वहाँ दाब लेती है। शेष अधर अनायास ही शंख का फैला पल्ला लगने लगता है। पर यह सब इतना नरम एवं क्षणान्त के लिए होता है कि सहसा ध्यान नहीं जा सकता। परन्तु यह उसकी सम्पूर्ण इन्द्रिय स्वीकृति होती है। उस क्षण वह न देह, न चेतना बल्कि आसन्न समर्पण होती है। उस क्षण वह स्वयं तो नहीं ही बोलती है पर कैसा भी बोलना सुन भी नहीं सकती है। वह समेटे जाने के लिए प्राप्या बनी केवल निढाल हुई रहती है। उस समय वह आँख बन जाती है। एक बड़ी-सी आँख!...दिनभर ओवरकोट टाँगे रहने के कारण कन्धे दुखने लगे होंगे पर इस समय धूप में सिंकते

हुए वे गोरे हो रहे हैं। उसकी ग्रीवा के नीचे तक, देह की चिकनी गोराई में पतला लाकेट साँसों के साथ उठ-गिर रहा है।

— लो विवेक! मेरा हाथ थाम लो।

और वह अपनी लम्बी-पतली अँगुलियों के माध्यम से विवेक के हाथों में अपने को सम्पूर्ण सौंप रही थी, जैसे कि विवेक में वह अँगुलियों से दुहती हुई पहुँच रही है।...... शंख की चूड़ियों से घिरी सोने की चूड़ियाँ विवेक, वानीरा के गोरे हाथों में घूमाने लगता है। जिस निश्चिन्तता से वानीरा ने अपना हाथ विवेक को सौंप रखा था उसमें वह आप उससे पृथक् लग रही थी, फलस्वरूप उस हाथ में सोने के ठोस वजन का आभास था। हाथ विवेक को सौंप वह पीठ टिका घूँट उतार रही होती है। विवेक जानता है कि वानीरा जब सुखी अनुभव कर अपने भीतर चली गयी होती हैं तब बाहर ऐसे ही घूँट उतारते बैठी रहेगी। वानीरा की वाचा उसकी देह ही है, तभी तो बाहर तो वह मछलियों की भाँति कभी-कभी ही हवा का कोई बुलबुला ऊपर छोड़ने के लिए दिख भर जाती है पर जब वह सुखी होती है तो किसी जल के अँधेरे में बैठकर सन्तुष्ट हो, आँखें मींचे, घूँट उतारती अपने ही भीतर की आती आवाजों को सुनते हुए खोयी रहेगी। अपनी देह के किस जल में वह है यह कह सकना अभी विवेक को नहीं आया।

•

— खिड़की बन्द कर लो वानीरा! आज दिनभर कितना मेघाच्छन्न रहा है और अब तो ठण्ड भी बढ़ गयी है।

पास में आकर खड़े होनेवाले विवेक की ओर देखती अवश्य है पर जैसे बरज रही हो कि भला ऐसे में भी कुछ बोला जा सकता है? विवेक शाल लाकर उसके कन्धे ढँक देता है। प्रथम वर्ष-ग्रन्थि के दिन आज वे कैस-कैसे भटकते रहे हैं? होटल से लौटकर वानीरा ने खूब गाढ़ी खीर बनायी थी। यद्यपि होटल से मठ जाकर आज के दिन बाबा का आशीष लेकर लौटना वानीरा को भारी पड़ गया था। वह एकदम थक गयी थी पर इस समय जाने किस उत्साहवश खिड़की के पास खड़ी है। अभी काफी देर तक बाउल संगीत के रिकार्ड बजाये गये थे और इस समय कितने मन्द पन्नालाल की बाँशी का रिकार्ड चढ़ा खुली खिड़की से जाने कहाँ पार देखते हुए तन्मय है।

— विवेक! क्या फिर कभी अपनी इस देह और आज के इस मन के साथ, आज के इस बचे-खुचे बीत रहे दिन को अनुभव कर सकूँगी? ....यह तो बीतता ही चला जा रहा है विवेक! जबकि मैं इसे अपने में सहज, बीतने नहीं देना चाहती।

खुली खिड़की ने कमरे को एकदम ठण्डा कर दिया था। कुहरा, अँधेरे कमरे में जाने क्या टटोलता घूम रहा है। वानीरा, खिड़की पार के सघन कुहरे में हाथ बढ़ा देती है और हाथ लगभग भीग उठता है। भीगे हाथ को, वह अपने गाल से

सटाये फिर वैसे ही आँखें बन्द किये घूँट उतारती खो जाती है। जाने क्या सोचकर विवेक टार्च लेकर कुहरे में रोशनी फेंकता है और गीला कुहरा भूरा होकर उस रोशनी में फैला-फैला उभर आता है।

— यह क्या कर रहे हो।

— उस क्षण को खोज रहा हूँ वानीरा ! जो कि इस समय कुहरे में लिपटा बीतते हुए हमें...दुःख दे रहा है।

दोनों हँस पड़ते हैं। वानीरा की आँखों से लगता है कि वह लौट आयी है और वह विवेक पर लगभग झुक जाती है!

लेटे हुए वानीरा हँसने की सीमावाला मुस्कराते हुए विवेक को सुना रही है कि बचपन की बातें वह कैसे आज तक, बल्कि अभी जबकि खिड़की के पास खड़ी थी तब तक, मानती रही है कि समुद्र में अप्सराएँ रहती हैं। वे अपनी सोनार-तरी जाने कहाँ-कहाँ घुमाती रहती हैं। बड़े ही सुदूर में, किसी एकान्त द्वीप में रहती हैं। प्रायः सपनों में आकर वे वानीरा से बातें करती हैं कि ये दिशाएँ अनन्त हैं। उसी अनन्त के पार अप्सराएँ भी जाना चाहती हैं जहाँ काल और क्षण समान रूप से अक्षुण्ण हैं। चूँकि वे समुद्र के वासी हैं इसलिए ऊपर नहीं जा सकती हैं लेकिन जिस दिन समुद्र का सारा जल सूखकर रीत जायेगा वे अप्सराएँ तब वहाँ जा सकेंगी।...लेकिन वानीरा चाहे तो आज भी जा सकती है क्या ऐसा कोई अनन्त है विवेक? क्या कभी उसे भी ऐसा लगता रहा है?....विवेक वानीरा के बारे में सदा यह सोचता रहा है कि वह एक दिन अनायास सवेरे समुद्र-तट पर बैठा हुआ था और देखते-देखते लहरों ने अपने फेनवाले फनों में एक नील शंख उगलकर उसके पैरों के पास पटक दिया और वे लहरें लौट गयीं। धूप में नील शंख चमक रहा था। जल से ताजे निकले नील शंख को हाथ में लेकर देखा तो विश्वास न आया क्योंकि वह दक्षिणावर्त शंख था। दक्षिणावर्त शंख बहुत सौभाग्यशाली होता है, जो अप्राप्य होता है। और विवेक प्रसन्नता से चिल्ला पड़ा—यही तो वानीरा है।

ऐसी दक्षिणावर्त वानीरा की इन बातों का क्या उत्तर दें?

सांइरन की आवाज आ रही थी। विवेक चौंका, लगा जैसे वह सचमुच कोई स्तवक थामे था जो कि चौंकने के कारण गिर पड़ा। वह मुसकराया लेकिन वह मुस्कराहट अपने को ही कड़वी लगी। सिवाय उस कड़वाहट या कसैलेपन को अपने तक ही रखने के वह और क्या कर सकता था? स्टीमर के नीचे के तल्ले में एक बार फिर शोर उठा। डेक पर लोग लगभग निश्चिन्त ही थे। कोई कर्नल महाशय अपनी पत्नी की कमर में हाथ डाले न जाने किस वैयक्तिक बात पर बड़ी प्रदर्शनात्मक मोटी-मोटी हँसी हँसकर लोगों का ध्यान अपनी ओर खींच रहे थे। उनकी उठी हुई मूँछों ने उनके ऊपर के ओंठ को कसकर उठा रखा था। अमीनगाँव का किनारा भूरे बालू में प्रशस्त था। डेक पर से धूप जा चुकी थी। तीसरा प्रहर भी ढल चुका था। इस किनारे पर पाण्डूवाले किनारे की अपेक्षा कुहरे का आभास स्पष्ट था। बाँस का पुल यहाँ भी था पर इस बार वह विह्वलता या प्रतीति न हो सकी। सेतुओं में समानता थी लेकिन क्या तदाकृत हुआ जा सकता था? पाण्डू की ओर दूरी ने धुँधलाहट उत्पन्न कर दी थी। वैसे वहाँ के आकाश में किसी इंजिन का धुआँ लम्बा होकर रेंगने लगा था। विवेक अपने को अनावश्यक भावुक होने से रोक हुए था। जो बातें उसे घेर लेना चाहती थीं, ये यही थीं कि क्या अब फिर वह यहाँ लौट सकेगा? यहाँ का यह सारा व्यापार पता नहीं कब तक ऐसे ही यथावत् रहेगा। प्रतिदिन अनवरत ऐसे ही इन दो पारों के बीच स्टीमर आया-जाया करेगा। दृश्य में, मौसम के अनुरूप यहाँ-वहाँ किंचित् परिवर्तन होता रहेगा पर यह ब्रह्मपुत्र नद, ये निर्जन किनारे, ये हरी द्रोणियाँ, बाँस के सूने-सूने पुल केवल यहीं रहेंगे। ये दृश्य हैं। इन्हें कहीं नहीं जाना है बल्कि इन्हें तो बस होना है।

विवेक इन सारे विचारों को सस्ती भावुकता कहकर उड़ाये दे रहा था, पर हर क्षण के बीत जाने का दर्द जिसे बरसों सालता है वह व्यक्ति मूलतः वृक्षवृत्ति का व्यक्ति होता है। वृक्ष, बिना जड़ जमाये एक दिन भी नहीं रह सकता है। जब भी उसकी जड़ उखाड़ी जाती है तब कैसा ही विशाल पेड़ वह क्यों न हो, देखते-देखते कुछ ही देर में ऐसे मुरझाने लगेगा कि आपको आश्चर्य हो। पत्ती-पत्ती तक मुरझा उठेगी। देखनेवाले को दया ही नहीं बल्कि पश्चात्ताप होने लगेगा। जब तक दूसरी जगह पूरी तरह स्थापित नहीं कर दिया जाये तब तक क्या मजाल कि उसे अपने स्वत्व पर भी कुछ विश्वास हो।..बस यही विवेक है जबकि प्रायः लोग मेघवृत्ति के होते हैं। आकाश में होते हुए भी आकाश के प्रति कोई दायित्व नहीं बल्कि धरती को सींच रहे होते हैं। बिना जड़ जमाये या स्थापित हुए ही अपना

लोक, सृष्टि लिये चारों ओर घूमते हुए ऐसे निर्द्वन्द्व दिखेंगे कि जैसे ये यहाँ आदिकाल से थे और अनन्त काल तक रहेंगे। किसी भी देश, काल और परिस्थिति के प्रति कोई दाय या बोध स्वीकार्य ही नहीं। स्थान, पात्र या समय बिना किसी बात का विचार किये केवल विचरण करना ही जिनका लक्ष्य होता है। यदि शेष लोगों की भाँति वानीरा भी मेघवृत्ति की है तो क्या बुरा है? वानीरा प्रत्येक बार विवेक के वृक्ष का चलना सिखाना चाहती है और विवेक हर बार वानीरा के मेघ की जड़ें जमाना चाहता है। वानीरा को यह बुरा लगता है लेकिन विवेक की अपनी जड़ें तक दर्द करने लगती हैं। अपने से ही आरम्भ होकर अपने ही समापन होना है—जीवन के इस नैसर्गिक तर्क को विवेक क्योंकर स्वीकार कर सकता है?

डैन के जीने पर कालीपद दिखा। वानीरा की पीठ थी इसलिए विवेक बोला,

— चलो, उठो, कालीपद ने सब ठीक कर दिया है।

वानीरा ने किंचित् चौंककर व्यक्त किया कि जैसे वह कहीं सुदूर में थी, पर विवेक अब जानता है कि ये सब ढंग वानीरा ने अपने डिब्रूगढ़ के जीवन में अपनी ड्रेसिंग टेबल के सामने घण्टों खड़े रहकर सितार की रियाज के बदले इन्हें रियाजा है। फिर भी विवेक ने कोमल मुसकराते हुए वानीरा के उठे हाथ को सहारा दिया। वानीरा के उठने में झरने के उस उठने का बोध होता था जो अपने आस-पास के जल को सचेष्ट समेटकर उठे। जो हो, देखकर गरिमा तो लगती ही थी। विवेक पर चाहे ऐसे उठने का अब प्रभाव न पड़ता हो पर इससे क्या, दूर से देखनेवाला तो विवेक नहीं होता है न? जबकि हमरा सारा होना किसी अपने विवेक से कहीं अधिक, पर व्यक्ति के लिए होता है। बड़े ही सौजन्यात्मक ढंग के वानीरा आगे होते हुए विवेक से लगभग सटी-सटी-सी चलने लगी। पता नहीं वानीरा का यह सौजन्य विवेक के प्रति था या देखनेवालों के प्रति।

अलीपुरद्वार तक दोनों खिड़की के पास बैठे हुए पीछे छूटते जंगल, एकान्त बनैली निर्जनता, बहती हुईं पहाड़ी नदियाँ देखते आये। कभी जंगल पास आ जाता तो सब घिरा-घिरा-सा लगने लगता। पहियों की आवाज की अनुगूँज तक सुनायी पड़ जाती कि तभी रेल एक लम्बा मोड़ लेकर खुले में आ जाती। बड़ी जलभरी धरती थी। आकाश साफ ही था पर कुहरा घना होने के कारण मोड़ लेती रेल ऐसे लगती कि जैसे वह कुहरे में भटक गयी है और यहाँ-वहाँ रास्ता खोज रही है। ....कम्पार्टमेण्ट में विवेक, वानीरा के अतिरिक्त दो और सवारियाँ भी थीं। दोनों वृद्ध सज्जन रिटायर्ड लग रहे थे। बड़े ही निर्विकार भाव से वे ताश में व्यस्त थे। न उन्हें छूटते दृश्य का दुःख ही साल रहा था और न ही ठण्डी हवा के तेज झोंके। बड़े-बड़े कनटोपों तथा शाल में लिपटे ताश में डूबे हुए थे। शायद प्रकाश पूरी तरह जा चुका था। आलोक का जो आभास था वह खुलेपन का था।

— काफी पियोगी?

— हाँ।

स्वल्प-सा उत्तर दे वानीरा जिस तरह आत्मस्थ थी, वैसी ही बनी रही। विवेक ने थरमस से काफी निकाल एक प्याले में वानीरा को दी। वानीरा ने बड़ा नन-जैसा मुसकराया और बोली,

— और तुम नहीं लोगे?

विवेक थरमस के दूसरे प्याले में स्वतः ही काफी लेनेवाला था परन्तु वानीरा ने पूछकर उसके मर्म को छू लिया। वह मर्म, सन्तोष था कम्पार्टमेण्ट की निस्तब्धता में रेल के पहियों की भागती आवाज उभर आयी थी। कुहरे के कारण बहुत दूर तक नहीं देखा जा सकता था। वैसे अँधेरा और ठण्ड बढ़ गये थे। पर अभी असहनीय नहीं हुए थे। वानीरा काफी की गरमाहट न केवल ओंठों पर ही बल्कि पलकों तक पर अनुभव करते सुखी हो रही थी। थरमस का दूधिया कप हथेली को गरमा रहा था। सहसा दिनभर ही यात्रा का ध्यान आते ही वानीरा को न केवल थकान ही लगी किन्तु जमुहाई तक आने लगी।

— तुम अब आराम करो वानीरा!

— और तुम?

— अभी से तो सो नहीं सकूँगा।

काफीवाले अपने गरम ओंठों को चूसते हुए वह अपने लिये ही मुसकरा रही थी। विवेक ने वानीरा के सोने की सारी तैयारी कर दी। वानीरा के सिरहाने के ओर की खिड़की का शीशा चढ़ा दिया। दोनों सज्जनों की अनुमति से ऊपर की बत्तियाँ बुझा दीं। उन लोगों ने अपनी-अपनी घड़ियाँ देखीं और ताश समाप्त कर अपनी सीटों पर पहुँचकर सिरहाने की मन्द लाइटों को जलाकर पत्रिकाएँ पलटना शुरू कर दिया। छत की मन्द नीली रोशनी से कमरे में सुखद अँधेरा घिर आया। विवेक उठकर सामनेवाली अपनी सीट पर जा बैठा। केवल उसके सिरहानेवाली खिड़की खुली थी। रेल सपाटे मारती असम के जंगलों के बीच से, पग-पग पर पड़ते पुलों पर धड़धड़ाती, ठण्डी हवा चीरती बढ़ी जा रही थी। विवेक ने अपनी सीट पर से देखा कि वानीरा पलकें बन्द किये सोयी है। उसके लिए वानीरा की भाँति ऐसे असम्पृक्त हो जाना सम्भव नहीं था। सहसा इस समय विवेक को वानीरा की नाक की कील जाने क्यों याद हो आयी। वानीरा उसे डिब्रूगढ़ तक काफी दिनों तक पहने रही परन्तु मेजर आनन्द के सम्पर्क के बाद जो घोषित परिवर्तन सबसे पहला विवेक ने देखा था, तो यही था। विवेक को तब तो नहीं पर इस समय जाने क्यों हँसी आ गयी। खिड़की की राह वह प्रत्येक क्षण छूट रहे असम को बड़ी करुणा के साथ देख रहा था परन्तु जो असम उसके भीतर जा बिराजा था क्या वह भी विवेक से छूट रहा था? या सकेगा? यह कुहरा, ये वनकान्तार, ये अगम्य अरण्य, सम्भवत: यहाँ कम ही छूटे जा रहे थे, पर जो उसके साथ जा रहे हैं उनका वह क्या करेगा? वह पुरी का ही क्या कर सका है?

उस रात।

रोज की भाँति ही विवेक उस रात भी घर से ही लौटा था।.. जैसे-जैसे विवेक की प्रेक्टिस जमती गयी वह अप्रत्याशित ही कई बातों से दूर होता चला गया। पहले तो वह सवेरे दो-तीन घण्टों के लिए और शाम को एकाध घण्टे के लिए ही डिस्पेन्सरी जाता था, पर क्रमश: अब वह सवेरे जल्दी जाने लगा था। उसके पहुँचने के पूर्व ही मरीजों की भीड़ लग जाती और फलत: दोपहर में भी लौटते उसे दो तो बज ही जाते थे। कुछ दिनों तक तो वानीरा ने खाने के लिए तीसरे प्रहर तक प्रतीक्षा की लेकिन बाद में कालीपद खाना लेकर जाने लगा। कुछ दिनों बाद शाम को जब खाना वैसा-का-वैसा ही लौट आने लगा तो कालीपद का भेजा जाना भी बन्द कर दिया गया। रात में भी नौ-दस बज जाना तो मामूली बात थी। विवेक को सब चैतन्य-मठ जाने की फुर्सत न होती। कभी वानीरा स्वयं डिस्पेन्सरी पहुँच जाती ताकि विवेक को ले जा सके, पर या तो वह रोगियों से घिरा होता या कहीं 'काल' पर गया हुआ होता। वह प्रतीक्षा करते ऊब जाती । विवेक अब नहीं ही जा पाता। उसकी इस विवशता पर आरम्भ में सहानुभूति, तब खिझलाहट तथा बाद में तो वानीरा को क्रोध तक आने लगा और वह बिना समय-कुसमय का

ख्याल किये स्वत: मठ चली जाती रही। कभी विवेक मठ पहुँच जाता लेकिन प्राय: तो वह दस-ग्यारह के पूर्व घर नहीं पहुँच पाता। वानीरा मठ से सीधे घर पहुँच रुआँसी हो अनखाये ही, टूटी-सी बिस्तरे पर पड़ जाती। दिन-दिनभर केवल प्रतीक्षा करते हुए वानीरा को अब बहुत-कुछ बदला-बदला-सा लगने लगा था। वह विगत को गहना चाहती पर वह बिजली-सा कौंध-कौंध सदा दूर ही लगता। वह जाने किन-किन दु:स्वप्नों में खोयी होती कि ऐसे ही समय जब दिनभर का थका-हारा विवेक घर पहुँचता तो उसे दरवाजे पर जैसे ही कालीपद से सब मालूम होता तो उसे अपने पर न केवल ग्लानि होती पर खीझ हो आती। उसके अनचाहे भी सब कैसी तेजी से बदल रहा था। पहले तो ऐसा लगा करता था कि पूरा दिन फ्रेम है और वानीरा उसके बीच खड़ी हुई मुस्करा रही है। और अब, वानीरा...और विवेक एक बार फिर निश्चय करता कि कल से वह जरूर ही आठ नहीं तो नौ बजे तो घर लौट ही जायेगा। उसके बाद वानीरा को लेकर घूमने जाया करेगा। कितने दिनों से वे लोग समुद्र-तट पर नहीं बैठे हैं। ठीक है खिड़की से समुद्र दिखता है, पर वहाँ जाकर बैठना और बात है और उसे चलते-फिरते खिड़की से देखना अलग बात है। महीनों से बारजे में बैठकर निश्चिन्त मन दोनों ने साथ-साथ चाय नहीं पी है। दिनभर बेचारी वानीरा को उसकी निरीह प्रतीक्षा करनी पड़ती होगी। कैसी घबराहट होती होगी न?....और विवेक घुलती हुई मिट्टी हो जाता है।

शुरू-शुरू में वानीरा रात की प्रतीक्षा, या तो किताबें पढ़ते हुए या सितार बजाते हुए या घर को सुषमित करते हुए किया करती थी। प्रत्येक क्षण आहट लेने की चेष्टा करती। जब घबरा जाती तो खिड़की में खड़ी हो जाती और बिजली के लैम्पों के नीचे आती विवेक की अकेली सम्भावित आकृति की टोह लेती होती। जब कोई आती आकृति उसे झुठला जाती तो वह लगभग रुआँसी हो जाती। उसे एक ही बात बार-बार घेरती कि क्या अब सदा-सदा के लिए ऐसा ही होना है?...सारा तट, सड़क एक निर्जन साँय-साँयवाले सपाटे में खोया हुआ होता, और वह बुझ जाती।....जिन दिनों आँधियाँ चलतीं उन दिनों बालू के बगूले तट पर दिन-रात उड़ा करते। खिड़की खड़ी वानीरा के बालों और मुँह पर बालू-ही-बालू हो जाती। केवल विह्वल और अन्यमनस्क होने के अतिरिक्त उसके पास क्या रहता?....सितार से चिढ़ हो जाती। आलमारी में से किताबें फेंक दी जातीं। शंख-घोंघों के रंगीन ढेर पर गुस्सा उतारा जाता। मूर्तियों के लिए रखी मिट्टी पर तो आपा ही खो बैठती कि कितना व्यर्थ का कूड़ा-करकट इकट्ठा कर लिया गया है। खुली हुई उलटी रखी पुस्तकों को देखकर झल्ला जाती कि पढ़ना न लिखना तब स्वाँग करने से क्या लाभ? अभी वह शंख, घोंघे खिड़की से फेंक रही होती कि प्राय: ऐसे ही समय विवेक के टूटे-टूटे कदमों की आहट बरामदे में उभरती होती। विवेक की विवश निस्पृहता देख उसके भीतर का उफनाता ज्वार एकदम शान्त हो जाता। उसका मन कर आता कि वह क्यों नहीं लपककर विवेक के हाथों से बैग ले लेती? कालीपद बैग सम्हालेगा यह कोई अच्छी बात है?...कैसे मुरझा गये हैं

न? जरूर आज दिनभर विवेक ने कुछ भी नहीं खाया है। भला ऐसे में ठण्डा भात-माछ कैसे गले के नीचे उतरेगा? यह कालीपद क्यों नहीं सारी चीजें कायदे से रखता है? लेकिन इसमें कालीपद का क्या दोष? उसने तो पूछा था पर क्या स्वयं वानीरा ने ही राँधकर रख देने का आदेश नहीं दिया था? .....और कभी-कभी तो सचमुच वह दौड़कर बैग, स्टेथस्कोप ले लेती, जैसे कहीं कुछ नहीं हुआ है। सब ऐसे ही यथावत् होता है। क्षणान्त में दोनों ओर की विवशता दोनों ही बूझ ले जाते। कालीपद को गरम पानी करने को कहकर धुला नाइट-सूट निकाल जल्दी से दो-चार लूचियाँ निकालने बैठ जाती। दिनभर जो घर उपेक्षित रहा, वही इतनी रात में भी खाने की सुगन्ध, चूड़ियों की खनक और प्रसन्न हड़बड़ाहट में मुखर लगता है। प्रसन्नता की एक सुगन्ध होती है जो, और तो और तौलिये, तकिये के धुलेपन से देखी जा सकती है।....'निर्जन सिकता' में अनेक दिनों बाद ऐसी हलचल ऐसी ही लगने लगती जैसे किसी उपेक्षित विशाल कोठी में भूल से कई दिनों बाद धूप का एक टुकड़ा कुछ देर के लिए भटककर आ गया हो।

उसके बाद, ऐसी रातों में बड़ी देर तक बारजे में खड़े होकर या तो झरती चाँदनी देखी जाती या फिर ग्रामोफोन की धूल झाड़ कीर्त्तन, रवीन्द्र-संगीत, रविशंकर, पन्नालाल घोष, बिसमिल्ला सुने जाते। न होता तो ज्वार का उद्घोष ही सुनते रहते। समुद्र बोलता भी है। उसकी भाषा समझने का अभ्यास होना चाहिए और वह विवेक वानीरा को था। वैष्णव पदों की विह्वलता में तन्मय हुआ जाता। जब वातावरण में साँय-साँय करती हवा किसी पागल डैने-सी प्रलाप करती घूमती तब अपने भीतर तक कैसा निर्जन लगता है न? ऐसे ही किसी वीरान टूटे क्षण में बड़े ही पश्चात्ताप में सिक्त विवेक कहता होता,

— वानीरा! सच मानो, मैं कितना चाहता हूँ कि सब-कुछ पहले-जैसा ही हो, पर क्या करूँ।

वानीरा को ऐसे में बरजना बड़ा ही सुहाता। ऐसे तन्मयता के क्षण में पश्चात्ताप करता विवेक; वह नहीं देख सकती,

— मैं तुम्हारी व्यस्तता और विवशता दोनों ही बूझती हूँ विवेक! ....अपने पर झल्लाहट भी होती है। तुम लोकप्रिय हो रहे हो। तुम्हारा नाम होता जा रहा है। पर, जब मैं अपने से छिन्न हुआ तुम्हें पाती हूँ तो एकदम टूट जाती हूँ विवेक!....क्या कभी सोच सकते हो कि दिन, हफ्तों, महीनों हो जाते हैं रोज-रोज कैसी लम्बी प्रतीक्षा करनी होती है मुझे? तुम्हें देखे कई-कई दिन हो जाते हैं। सवेरे जब जागती हूँ तो उस समय तक तुम सड़क पर जा चुके होते हो। केवल तुम्हारी पीठ देखती खिड़की में खड़ी रहती हूँ। .....रात में कब लौटते हो पता ही नहीं चलता है। हाँ, जब कभी औचक नींद खुल जाती है और तुम्हें निर्विकार सोये देखती हूँ तो मन कैसा उदास हो जाता है विवेक! लगता है कि एक अगम्य सिन्धु हमारे दो एकान्तों के बीच आ खड़ा हुआ है।

और वानीरा, सम्पूर्ण कसी, रागवती झनझनाती सितार बनी बजती ही चली जाती।...विवेक उसे बाहुओं में समेट लेता और फिर सब परितृप्त गन्धमय हो उठता।

दूसरे दिन कैसे प्रसन्न मन से विवेक की कमीज की कालर तक उलटकर देख ली जाती कि कहीं फटी तो नहीं है? टूटा बटन बदला जाता। हर पत्नी को अपने पति के बाद यदि किसी से वास्तविक असन्तोष होता है तो वह धोबी से होता है। तार से भी बटन अगर टाँका गया है तब भी धोबी का ही यह कमाल होगा कि वह अगली धुलाई में ही टूटा मिल जायगा।...और गृहस्थी का ऐसा दिन, कैसा यू-डी-कोलोन की भीनी गन्ध-सा लगता है जो अपनी सारी कोमल धूप के साथ सारी चीजों, सम्बन्धों और स्मृतियों पर फैल जाता है। बड़ा ही गन्ध दिन होता है, ऐसा गृहस्थी का दिन।...दरवाजे पर विवेक को जाने से एक क्षण रोककर ढीली टाई को वानीरा कस देती जिसे विवेक दिनभर अपने गले के पास अनुभव करता होता। अपने द्वारा तैयार किये गये विवेक को खिड़की में खड़ी वानीरा कैसी तृप्ति से दूर, देर तक देखती रहती। पश्चिम ओर स्टेशन की तरफ इंजिन का धुआँ झब्बे में उठ रहा होता। हरे पेड़ों को पृष्ठभूमि, बाँसों की चिलबिलाती गुच्छलता, नारियल की पत्ती की थरथराती नोकों के ऊपर के आकाश नीली झील-सा फैला होता। और सिकता में ताजे घोंघे-शंख बीनने वह बड़े सुखी मन से नंगे पैरों ही निकल पड़ती। पैरों में बालू कैसी गुदगुदी करती होती।..दिनभर विवेक का कमरा व्यवस्थित किया जाता। अधबनी बन्धछवियों की प्रतिकृतियों को सहेज दिया जाता। बनी हुई मूर्तियों को अपनी देखरेख में धूप में सुखाया जाता। मोढ़ा डाल कोई पत्रिका पढ़ते हुए भी ध्यान रहता कि सूखती मूर्तियाँ कहीं तिड़क न जायें इसलिए वह वहीं समग्र बनी रहती। आलिंगन और मैथुन में रत छवियाँ अनवरत देखते रहने पर सजीव लगने लगतीं। उनमें जैसे प्राण-प्रतिष्ठा हो जाती और...और बन्धछवियाँ सामने की सिकता में दौड़ने भी लगतीं। लगता कि उनमें से कुछ तद्वत् समुद्र में नहा भी रही हैं। उसका मन जाने किस काम-भाव से स्फूर्त हो उठता। वह भी अपनी देह में से निकल जैसे विवेक के साथ बन्धछवि बनी सिकता पर टहलती एक मूर्ति है। उद्दाम आवेग उसे घेर लेता...और तभी कोई मूर्ति चिटक उठती। अपराध-भाव उसे घेर लेता कि कितने मनोयोग से रातों जागकर विवेक उन्हें बनाता रहा है। कई बार तो वह भी किसी प्रतिकृति की कागज पर ट्रेसिंग करती रही है और विवेक मूर्तियों के सभी अंगों को मिट्टी में स्वरूपित करता रहा है। उन्हीं अँगुलियों को अपनी देह पर अनचक्के दिन-दिनभर अनुभव करती रही है जैसे वे अँगुलियाँ उसके अंगों को भी स्वरूपित करना चाहती हैं।...कैसी लाज लगती है। मूर्ति बन जाने पर प्रायः विवेक जिस तरह वानीरा की ओर देखता उससे तो वह आद्यन्त निर्वसना ही हो जाती। पुरुष की ऐसी दृष्टि का साक्षात् तो नारी के लिए कठिन होता है। और शाम झुकते-झुकते तक दिनभर का वह उल्लास मुरझायी सूरजमुखी हो जाता। कैसा एकान्त, केवल प्रतीक्षा, असंग मौन का खाली-खाली वातावरण...लेकिन क्यों?

किस लिए? अपने चारों ओर क्रमशः बढ़ती इस रिक्तता को वह किस चीज से और क्या कहकर भरे? समुद्र देखते रहने से? मन्दिर के विशाल प्रांगण को तथा उसके बाहरी शिखर प्राचीरों में अंकित बन्धछवियों को देखते रहने से? रथयात्रा की स्मृति से? रवीन्द्र-संगीत से? क्या मन का निभृत एकाकीपन तथा सूनी निविड़ता वैष्णव पदों की तल्लीनता से दूर की जा सकती है? क्या वानीरा कर सकेगी? क्या चीजें अभाव की पूर्ति कर देती हैं? और वह भी कैसा अभाव? जो वानीरा को भीतर-ही-भीतर खोखला कर रहा है। ऐसे कितने दिन वह अखोखल होने से बच सकती है?

उस रात।

हाँ, उस रात भी रोज की भाँति विवेक देर से लौटा था। चारों ओर निःशब्दता थी। कालीपद ने नियमतः सारा काम कर दिया था। खा-पीकर विवेक अपने कमरे में आया। जाने कितने दिनों से 'अन्ना केरेनिना' टेबल पर उलटी रखी हुई थी। एक दिन जल्दी में किताब उलटी रह गयी थी तब से वह ऐसी ही पड़ी थी। मूर्तियों पर खासी धूल जमा हो गयी थी। जरूरी चिट्ठियों के अलावा डाक्टरी की अनेक पत्रिकाओं और पैम्फलेट्स के रैपर तक फाड़ने की कभी नौबत नहीं आयी। जाने कैसे एक दिन टाई निकालकर कुर्सी की पीठ पर टाँग दी गयी थी तब से वैसे ही उपेक्षित पड़ी थी। शेल्फ में कई किताबें उलटी ही रखी हुई थीं।

विवेक को अपने भीतर तक बड़ा ही कसैला-कसैला-सा लगने लगा। कमरा भी काफी घुटा-सा हो रहा था जैसे कई दिनों से खोला ही नहीं गया हो। इस तरह की गन्ध और धूल के प्रति विवेक बचपन से सजग रहा है। खूब धूप, खूब हवा से जैसे व्यक्ति अपने भीतर तक ताजगी अनुभव करता है वैसे ही चीजें भी करती हैं। ...वह उठा और उसने खिड़की खोल दी। कई दिनों के बाद अपने पहले बोध पर ही आश्चर्य हुआ कि अरे, आकाश भी है? .....वैसे वह सोचना तो यही चाहता था कि अरे, अब तक आकाश है? पर ऐसा सोचना हास्यास्पद हो जाता। साथ ही उसे बड़ा अच्छा लगा कि आकाश न केवल आकाश ही है पर निरभ्र भी है; बिलकुल आँख की भाँति स्वच्छ था। वातावरण भी धुला हुआ था। तारे कैसे मँजे हुए चमक रहे थे। हवा तो बिलकुल गौरैया की भाँति छोटी-छोटी फुदक रही थी। कुछ ही देर में कमरे में ताजापन लगने लगा। थकान और नींद उसे स्पष्ट थी। पर रोज की एकरसता से सर्वथा भिन्न इस समय सब-कुछ था इसलिए उसे अपने भीतर तक प्रसन्नता अनुभव वैसे ही हो रही थी जैसे कि फूल को होती है। बिना अन्तर तक प्रसन्न हुए कोई फूल नहीं बन सकता। अपनी इस अकेली प्रसन्नता को वह 'अन्ना केरेनिना' पढ़ते हुए भोग भी रहा था।...तभी कालीपद ने बताया कि होटल मैनेजर भट्टाचार्य बाबू किसी रोगी के लिए डाक्टर साहब को बुलाने आये

हैं। बाहर दरवाजे पर खड़े भट्टाचार्य बाबू ने बताया कि उनके चार नम्बर के कमरे में असम के चाबगान के एक अंग्रेज मालिक मिस्टर क्लाइड ठहरे हैं, उनकी तबीयत सहसा खराब हो गयी है इसलिए विवेक का चलना आवश्यक है। शायद 'ब्लड-प्रेशर' की तकलीफ है।

और मिस्टर क्लाइड का उपचार आदि कर वह सीधे घर न जाकर सामने की एक बेंच पर बैठकर आधी रात को समुद्र-दर्शन करता बैठा रहा। आज उसे बड़ा अच्छा लगा। उसे वे दिन याद आ गये जब वानीरा को लेकर वह यहाँ प्राय: आता रहा है। सहसा उसे लगा कि यदि वानीरा भी इस समय यहाँ होती, तो? ...और फिर बड़ा अजीब मन हो गया। कितना बदल रहा था सब। वह इस बारे में अधिक नहीं सोचना चाहता था। इसलिए उठ पड़ा। सप्तर्षि बिलकुल क्षितिज पर टिके लग रहे थे। बड़ा विराट् मौन आकाश से धरती पर बरस रहा था और धरती उसे गरिमा के साथ धार भी रही थी।

सवेरे चाय पर जब वानीरा को भी आज देखा तो उसे बड़ा अच्छा लगा। अन्य दिनों की अपेक्षा वानीरा आज कई दिनों बाद स्नान किये तैयार थी। फैले बालों में विवेक ने उसे महीनों बाद देखा था, जैसे वह कोई मित्र की पत्नी हो और सौजन्यवश चाय की टेबल पर साथ है। वैसे गीले फैले बालों में वानीरा कैसी धुली-धुली-सी पारिवारिक लग रही थी। वानीरा का चाय बनाना विवेक को बहुत ही अच्छा लग रहा था।

— वानीरा! रात एक बड़ा मनोरंजक केस आ गया। केस से अधिक पेशेण्ट मनोरंजक है।

— हाँ, रात तुम्हारे जाने की आहट से मैं जाग गयी थी। कालीपद ने बताया कि तब तक तुम सोये नहीं थे कि तभी भट्टाचार्य बाबू आये थे बुलाने।

सादा-सा वाक्य भी वानीरा ने कुछ इस ढंग से कहा कि दोनों फिर निकट हो गये थे। विवशता बूझ ली गयी। लेकिन चूँकि वानीरा को नैकट्य और दूरी के अब 'फिट्स़' आने लगे थे इसलिए विवेक ने ध्यान देते तथा समझते हुए भी लक्षित उपेक्षा ही की।

टोस्ट पर मक्खन लगाते हुए वानीरा ने पूछा,

— किसका केस था?

— एक मिस्टर क्लाइड हैं। असम में उनका चाबगान है। ब्लड-प्रेशर बढ़ गया था।

कई महीनों के बाद इस समय विवेक घर में बैठा हुआ चाय पी रहा था। सहसा हाथघड़ी देखी और साढ़े आठ देखा तो चौंका। बिना किसी पूर्व भूमिका के वह हठात् उठा और डिस्पेन्सरी के लिए बैग, स्टेथस्कोप लेकर निकल पड़ा।

वानीरा का अवाक् रह जाना सहज था। केवल वह अन्यमनस्क बनी पहले तो बरामदे में जाते विवेक को देखती रही, उपरान्त उसकी छाया को।

मिस्टर क्लाइड अत्यन्त खुले मन तथा बड़े ही खुले हाथ का व्यक्ति था। छह फीट का गोरा कद्दावर यह अंग्रेज, दूसरे अंग्रेजों से किंचित् भिन्न था भी और नहीं भी। गत बीस बरसों से वह असम के जंगलों में ही रह रहा था। उसका अपना चाबगान बहुत बड़ा नहीं था लेकिन पूर्वी असम के सबसे अच्छे चाबगानों में था। उसे अपने चाबगान की पत्तियों पर वैसा ही गर्व था जैसा कि उसे गोरे होने पर था। यद्यपि स्पष्टतः कभी यह व्यक्त नहीं होने देता था। न केवल वह विधुर ही था बल्कि निःसन्तान भी। शिकार, हाथी की सवारी, मछलियाँ पालन उसके बड़े व्यसन थे। छोटे व्यसन जिन्हें प्रायः शौक कहा जाता है उसमें ताश खेलने से लेकर सभी चर्चाओं में उसकी रुचि थी। लेकिन सबसे अधिक उसे शराब की चर्चा ही प्रिय थी। वह चर्चा ही नहीं वजन तक में बीयर की बोतल को औरत से ज्यादा वजनी मानता था। वैसे भारतीय संगीत में उसकी रुचि, गति की सीमा तक कही जा सकती थी। बँगला और असमिया भाषाएँ वह अच्छी ही जानता था। कुल मिलाकर सार्वजनिक व्यक्ति के लिए जितने भी गुण अपेक्षित होते हैं उनमें मिस्टर क्लाइड निपुण थे। क्लाइड के जीवन की एकमात्र कामना यह थी कि वह शराबों के इतिहास पर अविस्मरणीय ग्रन्थ लिखकर ही मरना चाहता था।—ऐसा व्यक्ति चाय या खाने की टेबल का काफी मनोरंजक साथी हो सकता था, जो कि वह था। विवेक को बाद में डिब्रूगढ़ में किसी ने बताया था कि क्लाइड शिकारी से अधिक अच्छा तो उसका वर्णनकार है। उसके कुल व्यवहार में बड़ी आवेशहीनता थी।

अपनी तबीयत ठीक होने की प्रसन्नता में उसने विवेक को सपत्नीक खाने का निमन्त्रण दे डाला। जब विवेक ने इस आमन्त्रण की बात वानीरा को बतायी तो वह सहमत नहीं हुई। इस पर मिस्टर क्लाइड विवेक के साथ उसके घर पहुँच गये। जिस कृतज्ञता की भावनावश क्लाइड इन दोनों को आमन्त्रित कर रहा था उसे जानकर वानीरा ने हाँ भर दी।

और जिस शाम विवेक-वानीरा को खाने पर जाना था उस शाम विवेक बड़ी अनिच्छा के साथ घर जल्द ही लौट आया। जब उसने वानीरा को सोत्साह, सुरुचिपूर्ण तैयार देखा तो उसे आश्चर्य से अधिक प्रसन्नता हुई। अपने लिये भी जब उसने शान्तीपुरी धोती में चुन्नट तथा रूमाल में यू० डी० कोलोन की गन्ध तक देखी तो उसे लगा कि विवाह के आरम्भिक दिनों में पति-पत्नी के बीच ऐसी ही तो गन्ध का व्यवहार रहता है। और वे दोनों महीनों बाद कहीं साथ-साथ किसी आमन्त्रण या पूर्व-नियोजित कार्यक्रम के लिए जा रहे थे।

खाने के पूरे वक्त क्लाइड शिकार-सम्बन्धी अपने रोचक, रोमांचक तथा मनोरंजक अनुभव, विवरण आदि सुनाता रहा और वानीरा सोत्साह सारी बातें सुनती रही। गत महीनों में वानीरा के चेहरे पर जो एक तनाव सदा रहा करता था और जिसके कारण वह किंचित् कठोर के साथ-साथ थोड़ी बड़ी लगने लगी थी, वही क्लाइड की बातें सुनकर कैसी खुल आयी थी। महीनों से विवेक ने वानीरा का ऐसा मसृण-मुख नहीं देखा था। अन्तर का सुख ही सौन्दर्य होता है। विवेक चाहने लगा कि यदि सम्भव होता तो—ऐसे ही क्लाइड के सामने बैठालकर वानीरा को सुखी होने देता। अक्टूबर का महीना था। बड़ा गुलाबी जाड़ा था। तीनों बालकनी से निकल आये। बैरा ने काफी लगा दी थी। क्लाइड ने बताया कि वह यहाँ जनवरी तक रुकेगा। वह अपने तईं पुरी घूम चुका है पर अगर विवेक-वानीरा उसका थोड़ा साथ दें तो वह अपनी इस पुरी-यात्रा को चिरस्मरणीय बना सकेगा।

रात काफी जा चुकी थी। विवेक ने उठना ठीक समझा। जैसा कि उसे आशा थी कि चलने के नाम से वानीरा चौंकेगी, और हुआ भी वही।

— चलो वानीरा! अब काफी देर हो रही है।

— अरे? हाँ, अब चला जाये।

— अच्छा, मिस्टर क्लाइड! आज के इस आमन्त्रण के लिए हम दोनों का धन्यवाद स्वीकार करें।

क्लाइड अपना पाइप पी रहा था बोला,

— हाँ, देर तो खासी हो गयी है। यदि आप लोगों को आपके घर तक छोड़ आऊँ तो थोड़ा टहलना ही हो जायेगा।

आश्विन की पंचमी का चन्द्रमा आधा डूब चुका था। चाँदनी का कोमल आभास वातावरण में था। सागर का घोष भी रोज की अपेक्षा आज अधिक शान्त लग रहा था। वैसे सुदूर एकान्त में खड़ी उनकी काटेज 'निर्जन सिकता' बोधित थी। कई दिनों बाद निश्चिन्त मन से उत्सव उपरान्त के बाद का सुखी मन लिये विवेक-वानीरा दोनों ही को सुख हो रहा था। बालू पर लहरें कूड़ा-करकट छोड़ गयी थीं जो इस आलोक-आँधार में कैसे परिचित-से लग रहे थे। रास्तेभर लगभग मौन ही बना रहा केवल वानीरा क्लाइड के पाइप की तेज गन्ध को अनुभव करती रही। उसे तम्बाकू गन्ध भली लगी। बातों ही बातों में क्लाइड कह गया कि यदि अन्यथा न लिया जाये और विशेष असुविधा न हो तो कभी असम देखने दोनों अवश्य आयें।

दरवाजे पर पहुँच जब क्लाइड ने विदा माँगी तो दोनों ने भीतर तक चलने का अनुरोध किया पर वह किसी अन्य दिन के लिए कहकर चला गया। जाती हुई चाँदनी के मन्द प्रकाश में सड़क कितनी अच्छी लग रही थी तथा उस पर अकेला जाता हुआ क्लाइड, आकार लग रहा था।.....वानीरा को आज शाम इतना ही अच्छा लगा जैसे वह कई दिनों से बीमार थी और बड़े दिनों बाद जी भरकर नहायी हो। कैसा रोम-रोम खुल आया था।

वैसे तो विवेक की प्रेक्टिस अच्छी चल निकली थी। चारों ओर ख्याति थी पर इससे उसकी आय में कोई विशेष वृद्धि नहीं हुई। कारण कि पुरी-जैसी छोटी जगह में जहाँ कि धार्मिक यात्री दो-चार दिनों के लिए ही आते हैं और चले जाते हैं कभी भी उन पर निर्भर नहीं रहा जा सकता था। या इनके अलावा जो छोटे-मोटे सेठ-साहूकार, अवकाश-प्राप्त बूढ़े, विधवाएँ, पण्डे-पुजारी आदि हैं उनके लिए वैद्यों, औषधालयों के अतिरिक्त दो-चार पुराने डाक्टर ही काफी थे। अतएव निम्नवर्ग में ही विवेक प्रविष्ट हो सका और जहाँ उसकी ख्याति थी। ख्याति का कारण दवा का सस्ता होना था। अतिरिक्त इसके और कुछ सम्भव भी क्या था? जिन्हें एक जून चावल भी समस्या था उनसे दवा की लागत तक माँगना विवेक को अन्यायपूर्ण ही नहीं बल्कि अमानवीय लगता था। इसलिए निम्नवर्ग के पास जो था वह उसे अटूट प्राप्त था और थी श्रद्धा। विवेक उन लोगों के लिए डाक्टर से अधिक देवता था। दूर-दूर से लोग आते और विवेक नदियों-महानदियों को नावों से पार करता, वर्षा से भीगता, दलदल-अँधेरे से जूझता, रात-बेरात, मौसम-बेमौसम, सूखे में, बाढ़ में रोगियों की शुश्रूषा करता घूमता रहता। बदले में फीस तो दूर, अपने पास से दवाई तक देनी पड़ जाती। जहाँ जाता उसे लोगों की पीड़ित जलभरी आँखें, संतप्त गृहस्थी और हाहाकार करती परिस्थितियों का ही सामना करना पड़ता।...लेकिन विवेक को इससे कोई असन्तोष नहीं था, वरन् सन्तोष था। पर वानीरा की समझ में नहीं आ सका कि जो डाक्टर इतना लोकप्रिय हो भला उसकी आय में वृद्धि न हो। विवेक ने डिस्पेन्सरी खोली है, न कि धर्मादाखाता। कई बार विवेक वानीरा से अपनी यह दुरभिसन्धि बता चुका है। शुरू-शुरू में तो वह भी लोगों की विपन्नता पर विगलित होती रही है। पर अब जैसे वह इसे समझना ही नहीं चाहती थी। चूँकि पहले वानीरा, न केवल विवेक की दृष्टि से ही बल्कि उसी की आँख से भी देखने की अभ्यस्त थी पर अब स्वयं उसकी अपनी आँख और दृष्टि दोनों ही हो गयी थीं इसलिए स्वत्व अनुभव होना स्वाभाविक था। उसे जब लगने लगा कि अब तक वह जीवन के कितने बड़े तथ्य के प्रति उदासीन थी।.... लोग हैं, सुख-सुविधाओंवाली गृहस्थियाँ हैं। वैभव की एक चमक होती है जिसे अस्वीकारा नहीं जा सकता तथा इन सबमें सर्वोपरि है, भोग। बिना भोगे तो यह धूप, आकाश, घर, गृहस्थी सब व्यर्थ है। जिस प्रकार अनभोगी नारी किसी अर्थ की नहीं वैसे ही अनभोगा पुरुषार्थ, नपुंसकता है।

उस दिन खाने के बाद विवेक-वानीरा ने औपचारिकता की दृष्टि से क्लाइड को अपने यहाँ चाय पर न्यौता दिया। बड़ा अच्छा लगा। इस प्रकार के चाय-पान एक-दूसरे को प्रतिनिकट होने के अवसर देते हैं। वानीरा खुली तो बस फिर संगीत पर ही रुकी। जिस दिन उसने गाया तो क्लाइड कैसे तन्मय होकर सुनता रहा था। वानीरा ने क्लाइड में अपना एक वास्तविक प्रशंसक पाया।.....और जब आये दिन ऐसे आयोजन हों तो व्यक्ति बड़ी ही नैसर्गिकता से निकट होते जाते हैं।

क्लाइड को भात-माछ का शौकीन देख वानीरा ने आमन्त्रित कर दिया तो क्या विवेक अस्वीकार देता? जबकि वह जानता है कि मछलियों को जितने प्रकारों में प्रस्तुत करना वानीरा को आता है उतना कम ही लोगों को आता होगा।.....प्रायः इस तरह के आयोजन निश्चिन्तता के वातावरण में होते और व्यस्त डाक्टर विवेक विश्वास एक सीमा के बाद ज्यादा नहीं बैठ पाता क्योंकि उसे कहीं-न-कहीं, किसी-न-किसी सीरियस केस को देखने जाना ही होता।

क्लाइड अभी भात-माछ की प्रशंसा ही कर रहा था कि विवेक को उठता देखा तो वह भी उठा, इस पर विवेक बोला,

— अरे मिस्टर क्लाइड! आप बैठिये। वानीरा तो है ही।

— कोई बात नहीं, फिर कभी सही।

विवेक को वास्तव में क्लाइड का इस प्रकार हठात् उठ जाना बुरा ही लगा, इसीलिए विवेक ने काफी आग्रह किया और वानीरा से अनुरोध किया कि वह क्लाइड को ऐसे ही न चला जाने दे, कहकर विवेक चला गया। वैसे वानीरा को विवेक का ऐसा चला जाना अच्छा तो नहीं लगा पर उसकी बाध्यता भी विदित ही थी।

क्लाइड से वह अब तक काफी परिचित हो गयी थी पर अब तक प्रायः विवेक साथ में रहा है, और आज इस प्रकार अपने ही घर में, विवेक की अनुपस्थिति में तथा वह भी निष्प्रयोजन अपने को नितान्त एकाकी देख वह कुछ समझ नहीं पा रही थी कि करे तो क्या करे? बहुत बुरा लगा, यह कहना गलत होता, सम्भवतः मात्र असुविधा ही हो रही थी। विवेक था, तो माध्यम था और बिना माध्यम के तो बड़ा सौंप देने-जैसा लगता है न? और वह क्लाइड को काटेज दिखाने लगी, सम्भवतः घोषित रूप में। वानीरा को इसी दिन लगा कि वे लोग कितने साधारण ढंग से रहते हैं। कहने को सोफा है, चेस्ट-ड्रावर्स भी हैं। ड्रेसिंग टेबल कैसी अठारहवीं शताब्दी की है। पर्दे हैं तो कारपेट नहीं। यहाँ देखकर कोई कह सकता है कि कालीन नाम की चीज का आविष्कार हुए कई सदियाँ बीत गयी हैं? अच्छी तरह रहने का एक सौन्दर्य होता है। सब बड़ा ही सार्थक लगता है। चीजें हमें पूर्ण बनाती हैं। क्लाइड का होटल का कमरा देखकर ही कैसे जल का मीठापन-सा लगता है और एक विवेक का यह कमरा है।

क्लाइड मूर्तियों के पास खड़ा ध्यान से देख रहा था, बोला,

— अरे डाक्टर विश्वास तो मूर्तियाँ भी बनाते हैं।

— हाँऽऽ बनाते क्या हैं, कहना चाहिए बनाते थे।

वानीरा को अपेक्षा थी कि कम-से-कम क्लाइड सप्रश्न देखेगा ही। जबकि वानीरा के वाक्य में स्पष्टतः और भी पूछे जाने का निहित आमन्त्रण था, दर्दभरा। परन्तु क्लाइड ने जान-बूझकर अपने को बन्धछवियों में ही व्यस्त रखा। वैसे वह वानीरा के वाक्य को उसके सम्पूर्ण में सुन ले गया था। एक छवि को उठाते हुए बोला,

— यह बहुत रेयर पीस है न? बिलकुल ओरिजिनल लगती है।

और वानीरा की ओर देखते हुए फिर बोला,

— आपको तो संगीत से छुट्टी नहीं मिल पाती होगी कि आप भी मूर्तियाँ बनायें?

इस बार वानीरा ने जान-बूझकर उत्तर नहीं दिया। वह समुद्री हवा में हिलते पर्दे को देख रही थी। बाहर खड़ा सुहाना छायातप लग रहा था।

— जिस दिन डाक्टर विश्वास के पास समय हो तब आपका संगीत सुना जाये।

वानीरा क्लाइड की बात पर हँसना चाह रही थी पर उसे लगा कि यह तो क्लाइड के निकट और अधिक खुल जाना होगा।

एक रंगीन शंख दिखाते हुए पूछा,

— यह कैसा लगता है आपको?

— इसके अच्छे न लगने का प्रश्न ही नहीं खड़ा होता।

— तो आप इसे हमारी ओर से तुच्छ भेंट समझें।

क्लाइड 'हमारी' पर सोचने लगा कि इसमें विवेक भी सम्मिलित है? पर कैसे?

— क्या आप नहीं सोचतीं कि जितने का मैं पात्र हूँ उससे यह कही अधिक है?

वानीरा इस बार अपने को हँसने से न रोक सकी। बोली,

— यह प्रश्न तो देनेवाले को होना चाहिए, न कि लेनेवाले को। मिस्टर क्लाइड!....... मेरी ओर से प्रश्न करने के लिए धन्यवाद।

क्लाइड भी हँस पड़ा। यद्यपि वह जानता था कि इस प्रकार के दो का वार्त्तालाप प्रायः शतरंज होता है।...... काफी देर हो चली थी। क्लाइड ने चलते समय खाने की पुनः प्रशंसा की तथा विशेष रूप से काटेज की सुषमा की। पता नहीं शंख की प्रशंसा या उसके लिए औपचारिक धन्यवाद को वह स्पष्ट रूप से बचा ले गया।

एक रविवार को क्लाइड इन दोनों को कोणार्क पकड़ ले गया। लौटते में सब खूब भीग गये पर बहुत अच्छा लगा। किसी दिन मछलियाँ पकड़ने का पूरा तामझाम लिये तीनों एकान्त समुद्री तट पर चले गये। आये दिन एक-न-एक

कार्यक्रम बनता पर विवेक के लिए सब में योग दे सकना सम्भव न हो पाता। पर उसे अच्छा लगता कि कितनी जल्दी, कुछ दिनों में ही वानीरा में काफी परिवर्तन आ गया था। उसके मुख पर जो एक तनाव आ गया था, जिसके कारण उसकी आँखों के नीचे हलकी झाईं आ चली थी, फलस्वरूप वह किंचित् बड़ी-बड़ी-सी लगने लगी थी, वह अब दूर हो गयी थी। वह अब फिर फाल्गुनी फूल-सी धूप-भरी खिली-खिली लगने लगी थी। वानीरा बड़ी सजीव एवं मुखर लगने लगी थी, जैसे रोज बजायी जानेवाली सितार हो। यद्यपि अब भी विशेष बोलने आदि की आवाजें तो नहीं हो गयी थीं, पर अनजाने ही घर के सदस्यों की प्रसन्नता से, उनके न बोलने पर भी बड़ी मुखरता उस शान्ति में भी लगती। प्रसन्नता स्वयं में एक शब्द तो होती ही है।........विवेक भी अब जब घर उसी तरह देर रात में लौटता तो वानीरा प्रायः जागती मिलती। व्यवहार में भी मुसकराहट ही रहती चाहे वह पानी का गिलास दिया जाना हो या मात्र कोई सामाजिक सूचना ही हो। उसे लेकर, उसकी चीजों को लेकर जैसे अब कोई बराबर सचेष्ट है यह विवेक को हर क्षण अनुभव होने लगा। वह कहीं-न-कहीं मिस्टर क्लाइड का आभार अनुभव करता। उसके जीवन में भी अब व्यवस्था फिर आ गयी थी। उसने फिर से अपनी बन्धछवियों का काम करना आरम्भ कर दिया था। ऐसे में नियमतः वानीरा पास बैठी होती और बुनती रहती। विवेक को हमेशा यह लगा है कि इसी तरह स्त्रियाँ यदि बुनती चली गयीं तो एक दिन इस पूरी धरती के लिए स्वेटर तैयार हो जायगा। वानीरा सलाइयाँ चलाते हुए बड़े सहज एवं हठात् आश्चर्य से बता जाती कि आज क्लाइड से कहाँ और कैसे भेंट हो गयी थी।..... क्लाइड ने आगामी रविवार को समुद्र-स्नान के लिए आमन्त्रित किया है.....कल शाम क्लाइड ने खाने पर बुलाया है याद है न? जल्द आ जाना।—क्या बताऊँ विवेक! वह तो समुद्र देखते ही बिलकुल मछली बन जाता है, कित्ता निडर है कि .....।......आज मैं लाख मना करती रही और मुझे उसने लहरों में एक तरह से फेंक दिया पर........सच मानो समुद्र नहाना आ गया।......तुम क्या सोचते हो कि क्लाइड ने सचमुच ही बीस शेरों का शिकार किया होगा?

और विवेक प्रायः इस तरह की बातों पर निश्चेष्ट, अस्पष्ट ही रहता। उसे तो यही लगता है कि दिन-दिनभर घर में बैठ प्रतीक्षा की उकताहट के बजाय अब वानीरा घूम रही है।....... बालू में लेटे हुए विवेक अपनी देह सुखाता देखता रहता है कि क्लाइड और वानीरा कैसे समुद्र की गरजती, हिल्लोलती, नीली पृष्ठभूमि में पेन्सिल की दो रेखाओं से प्रसन्न नहा रहे हैं।...... और एक दिन विवेक के जन्मदिन पर क्लाइड ने जब दोनों के लिए 'बेदिंग-सूट्स' का उपहार दिया तो विवेक उसकी सदाशयता के प्रति नमित हुए बिना न रह सका। 'बेदिंग-सूट' न पहनने की बात विवेक से अधिक वानीरा कहती रही लेकिन एक बार नहाते में जब वह अपनी साड़ी में काफी उलझ गयी तो उसे भी तब पहनना पड़ा। 'बेदिंग-सूट' पहनकर पहले दिन स्वयं अपने को शीशे में कई बार देखा तो हर बार जाने

कैसी अवसनहीनता लगी। जाने कैसा सिमटा-सिमटापन भी लगा। पर जब पहनने, न पहनने का निर्णय स्वयं न कर सकी तो विवेक को दिखाते हुए पूछा। पर बस, जाने क्यों, वैसे ही वह बरजना चाहता था, लेकिन मात्र वैसे ही कोई बरज सका है जो विवेक ही बरज पाता? और जिस दिन पहली बार 'बेदिंग-सूट' पहनकर वानीरा नहायी तो वह बहुत प्रसन्न एवं उन्मुक्त लग रही थी। क्लाइड ने वानीरा को इस पर बधाई भी दी थी। विवेक पैरों के नीचे से खिसकती बालू की सुरसुराहट तथा हिल्लोलते समुद्री जल की प्रभुता एवं सत्ता को सीने पर अनुभव करता केवल मौन खड़ा था।

मन्दिर के गोपुर के सामने मूर्तियों और बर्तनवालों की दूकानों के पास विवेक की डिस्पेन्सरी है। जब कभी क्लाइड और वानीरा मन्दिर गये होते यह वानीरा, क्लाइड को यहाँ की परम्परागत चीजें, बर्तन आदि खरीदवाने गयी होती तो ये दोनों डिस्पेन्सरी भी जा पहुँचते। विवेक देखता कि वानीरा कभी जरी-पाट में होती तो कभी शान्तिपुरी में। प्राय: अपनी डिस्पेन्सरी में बैठे हुए वानीरा की ताजी अलक्तक रँगी एड़ियाँ बहुत देर तक उसके मन में घुमड़ती रहतीं। सम्भवत: वह अब ऐसे घुमड़ते हुए अनेक दृश्यों, स्थितियों का अभ्यासी हो चला था। रथयात्रावाले मैदान में जाते हुए यात्रिकी भूषावाले क्लाइड और सम्पूर्ण नारी बनी वानीरा को देखकर उसे लगता कि नारी यात्रा है और पुरुष यात्री।

एक दिन विवेक को किसी 'सीरियस केस' के सिलसिले में दूर देहात जाना था। उस दिन खूब ठण्ढ तो थी ही साथ ही वर्षा भी हो गयी थी। विवेक काफी भीग गया। रास्ते में ही उसे ज्वर हो आया इसलिए वह आधे रास्ते से ही लौट आया। उसके जल्द घर लौटने की सम्भावना कालीपद को भी नहीं थी। लेकिन जब ज्वर-तप्त विवेक को कालीपद ने बताया कि मिस्टर क्लाइड आये थे और आज सवेरे ही से वानीरा गयी हुई है तो सुनकर न उसे आश्चर्य हुआ और न ही वह चकित हुआ बल्कि विरत हो उठा। एक अस्पष्ट बोध उसे घेरे जा रहा था कि जब वानीरा बराबर घर से बाहर रहने लगी है। कपड़े बदल आराम करने के बजाय अपने भीतर जो एक अस्पष्ट असुविधा हो रही थी उससे मुक्त होने के लिए वह अपने कमरे में जाकर आरामकुर्सी पर अर्द्ध लेटे, आँखें मूँदे अनिश्चित मन से सोचता रहा। जाने कब इसी अनिश्चितता में वह पढ़ने लगा। यद्यपि वह अनजाने ही वानीरा की प्रतीक्षा भी कर रहा था पर इसका उसे स्वयं बोध नहीं था। खिड़की से आती ढलती साँझ की तेज ठण्डी हवा उसे पीठ की ओर काट रही थी। कई बार उसका मन हुआ कि वह उठकर या तो शाल ले ले या कालीपद से ही मँगवा ले पर बढ़ते ताप की गरमी में वह उत्तप्त था। खिड़की के बाहर स्पष्टत: अँधेरा हो गया था। विवेक अपने विचारों में डूबा पढ़ने में खोया हुआ था।...... तब कहीं उसने बाहरवाले दरवाजे के पास वानीरा की आवाज सुनी। साथ ही चम्मचों की

खनकवाली उसकी हँसी, उपरान्त क्लाइड का 'गुडनाइट' भी। तब वानीरा के पैरों की आहट बरामदे में थी पर विवेक को लगा था कि जैसे उसके जलते सिर में वानीरा पैर पटक-पटककर चल रही है। उसने वानीरा का कालीपद को पुकारना भी सुना। और जब कालीपद से उसे मालूम हुआ कि विवेक बहुत जल्द ही लौटकर आ गया है, साथ ही ज्वर से उत्तप्त है तो उनका आश्चर्य करना स्वाभाविक ही था पर वह आश्चर्य से अधिक चौंकी, यह विवेक को समझते देर न लगी। विवेक के घर जल्द लौट आने की असम्भावना से अधिक इसके सम्भावित हो जाने पर उसका सतर्क हो जाना स्वाभाविक ही था। किताब पढ़ते हुए भी उसने कनखियों से वानीरा को प्रवेशते देखा। स्तम्भित-सी पर्दे को बड़े अपराध भाव से पकड़े कुछ देर को रुकी, उपरान्त बढ़ते हुए बोली,

— जल्दी कैसे आ गये तुम?

विवेक का मन तो हुआ कुछ कड़ुवा बोलने के लिए पर वह केवल चुप हो उसकी ओर, अभिनय देखते दर्शक की निःसंगता तुल्य देखने लगा। वानीरा को विवेक का मात्र देखते रहना ऐसे ही लगा कि जैसे कोई मूर्ति हठात्, अविश्वसनीय रूप से आपको देखने लगे तो कैसा भय जैसा लगता है न? बस, कुछ ऐसा ही, बड़ा ठण्डा-ठण्डा-सा उसे लगा। स्पष्ट था कि वह विवेक से कभी यह नहीं आशा रखती थी।......मौन का ऐसा क्षण, जिसमें एक ओर पाथरत्व का भाव हो तथा दूसरी ओर जड़ता आ जाये तो क्षण, संवत्सर की भाँति दीर्घायु लगता है।

— क्या बात है विवेक?

वानीरा जानती थी कि यह बात मात्र उसके ओंठों से ही निकली है। साथ ही उसे विश्वास था कि उसकी किसी बात का उत्तर नहीं मिलेगा क्योंकि आज विवेक को उसने सम्भवतः पहली बार जलती पुतलियोंवाली निःशब्द कठोरता से युक्त देखा था। लेकिन विवेक से निकट केवल तपन के बोध के अतिरिक्त और कहीं कुछ नहीं था। सम्भवतः उसे यह भी चेत नहीं था कि वह क्या कर रहा है। देख वह रहा था।

— तबीयत कैसे खराब हो गयी?

विवेक को स्वयं लगा कि वह मूर्तियों की भाँति मुसकराया है। पर वानीरा को लगा कि जैसे जलती पुतलियोंवाली आग, उसे आदिवासियों की तरह घेरकर हू-हू करती हँस रही है। वह भयभीत हो अपने कमरे के लिए लौट पड़ी।

गत तीन दिन से वर्षा थमने का नाम ही नहीं ले रही थी। सर्दियाँ खासी बढ़ गयी थीं। तीन दिन बाद विवेक का बुखार उतरा। अभी उसे काफी कमजोरी थी परन्तु कर्त्तव्य-बोध ने चौथे दिन ही बैग और स्टेथस्कोप सम्हालने के लिए बाध्य किया। वह अभी कपड़े पहन ही रहा था कि वानीरा आयी,

— कालीपद बता रहा था कि तुम डिस्पेन्सरी जा रहे हो?

विवेक चुप रहना चाहता था। वह गत तीन दिन अपने बिस्तरे पर चुपचाप पड़ा रहा था। सिवाय परिचर्या के वानीरा भी बराबर बोलना खोजती रही थी पर वह अपने को भी तो उबला हुआ बर्तन अनुभव करती रही थी। सूनी-सूनी तपी आँखों से विवेक वानीरा को, घर की दीवारों को मात्र लीपता रहा था पर बोल, जैसे बीते हुए समय की भाँति हमेशा के लिए चुक चुका था।

— मेरे लिये चिन्तित होने की आवश्यकता नहीं वानीरा!

नये सिरे से घिरी बदली की काली सघन छाया से चारों ओर बड़ा अँधेरा घिर आया था। वानीरा अपने से टूटकर विवेक को ग्रहण करना चाहती रही ताकि बता सके वह इन दिनों क्या करती रही है। उस दिन क्या करती रही थी जिस दिन विवेक घर बीमार होकर लौटा था पर विवेक में शिला के जैसी कितनी ठण्ढी उपेक्षा थी। वह विवशता में फुँक उठी, —क्या आज न जाओगे तो बड़ी भारी कमाई में कमी हो जायेगी। विवेक जिस प्रकार मुसकराया उसमें अपनी सत्ता को अपरोक्ष रहने देने के साथ-साथ अचुनौती रहने दिया जाये का भी भाव था। वह कोट के बटन लगा चुका था। स्कूल जाते बच्चों की-सी प्रसन्न अँगुलियों से उसने जूते के फीते कसने शुरू किये, और एक बार फिर बड़ी सन्तोष की मुसकराहट वानीरा को सौंप वह अन्य दिनों की भाँति जूतों को खट्खट् करता हुआ बढ़ गया।

विवेक ने भी यही सोचा था कि वह घण्टे-दो-घण्टे में लौट आयेगा। लेकिन जब वह डिस्पेन्सरी पहुँचा तो रोगियों की भीड़ जमा थी। गत कई दिनों की लगातार वर्षा और ठण्ड ने लोगों की मुश्किल कर रखी थी। निमोनिया, डबल-निमोनिया के रोगियों की संख्या बढ़ गयी थी। चारों ओर बड़ा भीगा-ठण्डा वातावरण था। स्वयं उसकी तबीयत बिलकुल ठीक नहीं हुई थी पर वह बाध्य था कि अपना कुछ भी विचार किये बिना वह रोगियों को देखें। और सारे रोगियों को देखते-सुनते बारह बज गये। अपनी कुर्सी के पास जलती अँगीठी में वह हाथ सेंकता हुआ चलने की तैयारी कर रहा था। उसे वर्षा थमने की प्रतीक्षा थी। यद्यपि

आज के इस परिश्रम ने उसे न केवल पूरा थका दिया था पर उसका सिर अब तवे-सा जलने भी लगा था। अभी वह अपने कम्पाउण्डर से कहकर किसी गाड़ी की व्यवस्था के बारे में सोच ही रहा था कि तभी एक मल्लाहिन अपने लड़के के लिए डाक्टर को बुलाने के लिए आयी। ऐसी भीषण वृष्टि एवं अपनी उत्तप्तता के कारण वह नहीं जाना चाह रहा था। उसने उस लड़के को यहाँ लिवा ले आने के लिए कहा, या न हो तो वह दवा ले जाये पर मल्लाहिन बारम्बार रोते हुए उसके पैरों पर गिर रही थी। इस वर्षा-आँधी में जाने की कल्पनामात्र से वह सिहर उठा। वह स्वयं मिट्टी की आकण्ठ भीगी दीवार-सा खुद गया था पर जाने के सिवाय कोई चारा नहीं था। जिस समय वह डिस्पेन्सरी से नीचे उतरा, रथयात्रावाले मैदान में भीषण वृष्टि में साथ-साथ हवा का प्रवेश सड़क बुहारता नील फुहारों में उड़ा पड़ रहा था। चारों ओर वृष्टि के शोर और धुन्ध से बड़ा निर्जन था। दो-चार गायें जरूर दूकानों की आड़ किये पानी में भीगती खड़ी थीं। हवा का प्रकोप कमसिन छाते के लिए बहुत ज्यादा था इसलिए वह उसे कसकर थामे था। यद्यपि छाता नहीं उलटा पर इस चेष्टा में वह भीगा जरूर। उसे अपने से अधिक करुणा उस स्त्री पर थी जो हरे एकवस्त्र में निराच्छन्न भीगती उसे लिवाये आगे-आगे चली जा रही थी। यद्यपि स्त्री को देखकर कोई भी कह सकता था कि वह इस वृष्टि में यहाँ नहीं है। .....पगडण्डियाँ तक जलभरी हो गयी थीं। छोटे-छोटे नाले उन पगडण्डियों के रास्ते बहने लगे थे। भीगता हरी घास का विस्तार तथा वर्षा झेलती गाछों का सघन परिवार देख विवेक को बड़ी कँपकँपी-सी हो रही थी। जिस समय वह स्त्री की पोखरवाली झोपड़ी पर पहुँचा, गँदले पानी के पोखर में बूँदें झिरझिरा रही थीं। ताड़ के भीगते पेड़ों पर से पानी फिसल रहा था।

लड़के की दशा अत्यन्त शोचनीय थी। वह बुखार में फुंक रहा था। झोंपड़ी की जर्जर दीवारों तथा टपकते छाजन से जिस तरह आँधी-पानी आ रहा था उसमें वह स्वयं जब काँप रहा था तब एक फटी-सी गुदड़ी में सोये उस लड़के की क्या स्थिति होगी यह वह भलीभाँति समझ ले गया। मछली पकड़ने का जाल, डलिया आदि खूँटी पर रखे-टँगे भीग रहे थे। दीवार के पार भले ही विपत्तिजनक खुलापन था, पर था तो, लेकिन जरा-सी दीवारों ने रक्षा के नाम पर सिमटकर कैसा भयानक वातावरण कर दिया था। भला ऐसी भयानकता में कोई बच सकता है? स्पष्ट था कि लड़के का रोग अपनी अन्तिम अवस्था में था पर यह कह सकना विवेक के लिए तो मात्र कठिन ही था परन्तु इसे सुन सकना उस स्त्री के लिए कितना असह्य होगा, जिसकी कि वह एकमात्र सन्तान थी। बैग में जो इंजेक्शन थे उसके अलावा भी उसे चाहिए थे। ऐसी वर्षा में दवाई की दूकान खुली होगी इसमें उसे पूरा शक था। इंजेक्शन का नाम लिखकर उसने उस स्त्री को दिया जिस पर हिचक के साथ उसने विवश भाव से उस पुर्जे को लिया उसे देख उस घर की विपन्नता समझ ले जाना विवेक के लिए कठिन न था। उसने उसे पैसे दिये कि जाकर वह इंजेक्शन ले आये।

स्त्री की अनुपस्थिति में वह बराबर यही सोचता रहा कि किस प्रकार लड़के को बचाया जा सकता है, जो कि असम्भव लग रहा था। लड़के का मुख रोग और पीड़ा सहते-सहते विकलांग लग रहा था। उसे बार-बार मूर्च्छा हो आती थी। वह जैसे रोग से लड़ते-लड़ते थक गया था। वह अपनी उखड़ती हुई साँस को दाँतों से दबाये रखना चाह रहा था। विवशता में कराहकर जब वह लड़का, खुले घाव-सी अपनी विपन्न आँखें खोल किसी सहायता के लिए देखने लगता तो विवेक को लगता कि लहर अभी सदा के लिए गयी नहीं बल्कि फिर लौट आयी है। ज्वर सम्भवत: अपनी अन्तिम तेजी पर था। किसी भी क्षण इतनी तेज गर्मी में यह लकड़ी-सा चिटख सकता था। और इसे रोक रखना अब सम्भव नहीं लग रहा था। विवेक को उस स्त्री के लौट आने की प्रतीक्षा थी, दवाई की नहीं, इसलिए कि यह स्त्री अपने पुत्र को अन्तिम बार तो देख ले।....और जिस समय यह स्त्री आद्यन्त भीगी झोंपड़ी में घुसी उसका पुत्र अन्तिम साँस ले रहा था और स्त्री चीख उठी।

स्त्री जिस प्रकार विलाप करती पुत्र की मृत देह से लिपटी पड़ रही थी उसमें वह समझ नहीं पा रहा था कि अब उसे क्या करना चाहिए। आस-पास के कुछ लोग जमा हो गये थे। अब मृत्यु वैयक्तिक दुर्घटना न रहकर सामाजिक कर्म बनती जा रही थी। चुपचाप विवेक ने अपनी आज की कमाई लड़के के अन्तिम कार्य सम्पन्न हेतु रख दी और बाहर निकला। तब भी वृष्टि धाराधर ही थी। कुछ दूर चलने पर उसे अपने बारे में सोचने का अवकाश मिला तो उसे लगा कि वह काफी ठण्ड खा चुका है और वह दुबारा इस तरह भीगकर ज्यादा दूर बैग उठाये नहीं चल सकेगा। उसका सिर फटा जा रहा था। उत्तप्तती देह को भीगे कपड़े झनझनाये दे रहे थे। उसे अपने कन्धों पर कपड़ों का बोझ लग रहा था। भीतर-बाहर बड़ी ही अस्पष्टता लग रही थी। अपनी ही देह का भी बोझ होता है यह ऐसे ही क्षणों में बोधित होता है अन्यथा साधारणतया तो हम उसे फूल की भाँति ही हलकी-फुलकी पाते हैं और तभी तो उसे अनायास लिये रहते हैं।

और जब वह 'सी-बीच' वाली सड़क पर पहुँचा तो दूर सिरे पर प्रतीतती अपनी 'निर्जन सिकता' सुदूर मंगल ग्रह-सी लगी। वह एक-एक पैर नहीं बल्कि एक-एक पृथ्वी उठा रहा था। उसकी सारी चेष्टा छाते को न उलटने देने में लगी थी फलस्वरूप वह अँगुलियों में समग्र हो उठा था, अतएव छाता थामे अँगुलियों में वह कस उठा था। बारम्बार उसके दिमाग में उत्तप्तता की एक कील झनझनाती आर-पार हो जाती है और वह कराहकर जैसे फुँक उठता। हर बार उसे यही लगता कि अब वह यहीं गिरकर ढेर हो जायेगा। दूरियों का आभास तथा महत्त्व भी ऐसे ही क्षणों में अनुभव होता है। नगण्य कुछ नहीं होता। जिस दिन भी हमारे पैरों के नीचे दबा हुआ स्वत्व, स्थान तथा समय अपने वर्चस्व को प्राप्त कर लेता है तब हम निरीह हो जाते हैं। तब कल तक का नगण्य हमारे लिये परम नियामक सत्ता तथा काल बन जाता है। ....पहली बार जीवन और मृत्यु के बीच की क्षीण

रेखा का अनुभव उसे हो रहा था कि अब वह ऐसे ही भीगते हुए छाता थामे लाख चलता जाये, कभी भी, कहीं भी पहुँचने के लिए वह नहीं चल रहा है। सब-कुछ निरपेक्ष लगता है।

जब वह काटेज के बाहरी फाटक पर पहुँचा तो उसे विश्वास नहीं हुआ कि वह स्वत: चलकर यहाँ पहुँचा है। दूर वायव्य कोण में आकाश खुलने लगा था पर अभी वह आभास भर था। उपवन की कदली तथा लताएँ इतनी वृष्टि में या तो उखड़ी पड़ी थीं या भारनता थीं। दूबों में मटियाला पानी भर गया था। नींबू अवश्य धुलकर चटख पीले लग रहे थे।

कालीपद ने जब द्वार खोला तो बड़ी जलती आँखों से विवेक ने उसे पहचानने की-सी चेष्टा की। घर की एक गर्मी होती है यह उसे पहली बार बरामदे में ही अनुभव हुआ, जो कि भीगा हुआ था।

सात दिन। सात रातें। केवल ज्वर की उत्तप्तता और सन्निपात। वानीरा की चिन्ता तथा घबराहट स्वाभाविक थी पर स्थानीय डाक्टरों के लिए विशेष कुछ कर सकना कठिन हो रहा था। क्लाइड ने वानीरा को एकान्त में समझाया कि रोग की गम्भीरता कहीं असम्भवता की ओर न चली जाये इसीलिए अच्छा है कि विवेक को लेकर वह कलकत्ता चली जाये और वानीरा को चिन्ता करने की कोई आवश्यकता नहीं क्योंकि क्लाइड मिशन-अस्पताल में सारा प्रबन्ध करवा देगा। वानीरा को इस समय और कुछ न सोचकर कलकत्ते की तैयारी करनी चाहिए। वानीरा की अर्थ-सम्बन्धी चिन्ता भी स्वाभाविक थी पर क्लाइड का आश्वासन भी कम महत्त्वपूर्ण नहीं था। विवेक की कभी प्रेक्टिस ऐसी तो थी नहीं कि किसी भी लम्बी बीमारी का खर्च इतने समय तक कलकत्ते-जैसे शहर में वहन किया जाता और जब यही सब बातें उसने विवेक को स्पष्ट कीं तो उसका निरीह बनकर मात्र देखते रह जाना उसकी समझ में नहीं आया।

— तो तुमने अपनी राय नहीं बतायी।

— कौन-सी राय वानीरा?

— यही कलकत्ते चलने की।

विवेक अपने बिस्तर पर लेटा हुआ गुँथी अँगुलियाँ आँखों पर रखे वानीरा की बात सुन रहा था। वह बातों के सारे सन्दर्भ समझ रहा था। अपनी विवशता थी तथा वानीरा की...क्या? शायद अपने मनोभाव को वह स्वयं से ही असंज्ञ रहने देना चाह रहा था। क्योंकि संज्ञित कर देने पर तो अपने भीतर भयंकर विस्फोट हो जाता। लेकिन विवेक के पास इसका क्या प्रमाण है कि वानीरा का कलकत्ते के लिए इतना आग्रह करना अतिरिक्त है? और जब वानीरा ने विवेक में पत्थर का मौन पाया तो वह वितृष्ण हो, उठ गयी। वह समझ रही थी कि विवेक क्यों चुप हो जाता है हमेशा। लेकिन वह भी उसके मौन को तुड़वा देना चाहती थी क्योंकि तब जो सम्भाव्य विस्फोट होता उसका सामना कर सकने की वह स्थिति में नहीं थी।

जबकि क्लाइड जानता था कि विवेक-वानीरा के सामने कलकत्ते जाने के अतिरिक्त कोई चारा नहीं है या होगा, इसीलिए उसने तार से सारा प्रबन्ध करवा लिया था। विवेक एक नहीं, तीन रातों तक बराबर इस प्रश्न पर सोचता रहा कि वह क्लाइड के इस उपकार को स्वीकारे या न स्वीकारे। हर ऊँच-नीच उसके सामने

कौंध-कौंध जाता था। अपने को आश्वसित करने के लिए वह रातों तर्क-वितर्क करता रहा है। अपने को शंकाहीन करने के लिए वह सोये हुए वानीरा के मुख को बाँचने आधी-आधी रातों में लड़खड़ाता, लालटेन हाथ में लिये ज्वर में काँपता, थरथराता गया है और उसे निर्दोष सोते देख फिर अनिर्णीत मन लिये लौट जाता रहा हैं। यद्यपि उसे अब बहुत-कुछ अवश्यम्भावी लग रहा था। पर वह अपने से जूझता रहा था। परिस्थितियाँ स्वत: ही निश्चित होती जा रही थीं और वह भीतर-ही-भीतर घुटने टेक रहा था। एक बार पुरी छोड़ने का वह अर्थ समझ रहा था।

सामने कुर्सी पर बैठा क्लाइड बीमारी की गम्भीरता, कलकत्ते जाने की अनिवार्यता तथा किसी भी बारे में चिन्ता न करने की आश्वस्तता जो दे रहा था वह विवेक को अकाल तोड़ दे रही थी। परिस्थिति, समय और स्व से परे होकर अपरोक्ष भवितव्य को देख सकने की अकुलाहट उसमें थी पर क्या कभी किसी से ऐसा सम्भव हुआ है?

विवेक का ध्यान टूटा जब एक पोर्टर की आवाज उसकी खिड़की के पास से खिंचती चली गयी। उसने शायद स्टेशन का नाम पुकारा था। खूब प्रशस्त अँधेरा था जिसमें उस छोटे-से स्टेशन का अकेला बड़ा-सा गैस सूँ-सूँ करता जल रहा था। स्टेशन मास्टर के केबिन से लालटेन की पीली रोशनी तथा घण्टी टुनटुनाने की आवाज आ रही थी। किसी का एकाध बोलता स्वर भी अँधेरे में कहीं था, बाकी नि:शब्दता थी। कम्पार्टमेण्ट में सभी सोये हुए थे। सर्दी काफी हो आयी थी। खिड़की की लोहे की फ्रेम, बर्फ जमी लग रह थी। यद्यपि अँधेरा अपारदर्शी था पर यहाँ निष्कारण अबाधहीनता थी, इस विचार से ही विवेक के मन में उस फैले अँधेरे के प्रति एक मैत्रीभाव स्थापित होने लगा था। उसे कहीं-न-कहीं उस स्टेशन मास्टर तक से ईर्ष्या होने लगी थी जो अपने केबिन के सामने खड़ा हुआ किसी से बातें कर रहा था। इस निर्जन का वह एक मूर्त, निश्चित अंश है इसलिए वह भी अबाध निश्चिन्त होगा इस विचार ने ही विवेक को लगभग दु:खी कर दिया। और ट्रेन फिर चलने लगी। थोड़ी दूर तक तो वह पीछ छूटते गैस को देखता रहा, शायद वह और भी देखता परन्तु तभी ट्रेन खट्खटाँग करती एक पुल पर से तेजी से गुजरने लगी। अँधेरे में कुहरा काफी था इसलिए तारे नहीं दिखायी दे रहे थे और उसके सामने फिर अँधेरे में यात्रा करने का बोध भर उठा।

कैसे विमन भाव से वह बँधता सामान देखता रहा था। अन्तर्मन में बराबर वानीरा की चेष्टाएँ गौर करता रहा कि किस सधे भाव से, कर्त्तव्य रूप में ही वह सारा काम सम्पन्न करवाती रही। कहीं कुछ अतिरिक्त नहीं था।....जब कालीपद ने बाहर के दरवाजे में भी ताला लगाया तब वह कैसा विह्वल हो उठा था। उसे अज्ञात में ही लगा था कि घर में इस तरह ताला लगाना ठीक नहीं हुआ है पर यह विचार कितनी क्षीणता तथा क्षणिकता से आया था कि उसके प्रभाव को किसी भी रूप में अनुभव कर सकना किसी के लिए भी कठिन ही होता। वृक्षभाव के व्यक्तियों के लिए स्थान और सम्बन्ध वह धरती होते हैं जहाँ वे जड़ें जमाये लहलहाते होते हैं। ऐसे व्यक्ति दूसरों को यात्रा करते देख प्रशंसानत होते रहते हैं पर स्वयं के लिए एक पग की यात्रा भी भयानक, प्राणान्तक पीड़ा देती है। पुरी छूट रहा है। अब वह यह आकाश, ये दृश्य, यह प्लेटफार्म, ये लोग पता नहीं कब देख पायेगा, इस परिकल्पनामात्र से वह भरी-भरी आँख हो रहा था। कम्पार्टमेण्ट में अन्यमनस्क बने बैठे विवेक को वानीरा और क्लाइड ने किंचित् मनोरंजित करना चाहा पर वह उदास चित्र बना मूक, मौन बैठा रहा। हर छूटता हुआ दृश्य उसे अपनी बीतती हुई आयु का भाग लग रहा था। पर, न चाहने पर भी बीतना तो होता ही है।...इसके बाद विशेष कुछ नहीं स्मरण आ रहा था, केवल यही कि मिशन-अस्पताल में वह लगभग छह हफ्ते बिस्तरे पर पड़ा रहा था। उसकी देह-पतझर का वृक्ष हो गयी थी। नये के लिए समय की आवश्यकता थी, और इसीलिए तब उत्तरपाड़ा में एक छोटा-सा मकान लेकर पूर्ण स्वस्थ होने के लिए दो माह और रहना पड़ा था। इन्हीं दिनों उसे पुरी छोड़ते समय की भावना बड़ी मूर्त लगी कि पता नहीं वह पुरी फिर कब देख सकेगा। क्योंकि पुरी लौटकर प्रेक्टिस करने की सारी व्यर्थताओं पर वानीरा बहस करती और विवेक सोचने के लिए बाध्य था। कलकत्ता वह स्वयं नहीं रहना चहता था। कलकत्ते का भीगा अँधेरापन उसे प्रिय नहीं था। क्लाइड इसी बीच दो बार डिब्रूगढ़ से देखने आया था। वानीरा को डायमण्ड हार्बर तक वह घुमा लाये ताकि उसका परिचर्या करता मन कुछ सहज हो सके, वह स्वयं विवेक ने बड़ी ही फीकी मुस्कराहट के साथ क्लाइड से कहा था। यद्यपि विवेक जानता था कि जो छूट गया है, उसका छूटना अनिवार्य ही था पर उसकी सत्ता इस अनिवार्यता से उलझ-उलझ पड़ती थी। और जिस दिन अपने पर पत्थर रखकर उसने क्लाइड के प्रस्ताव, वानीरा के तर्कों को विवश फीकी प्रसन्नता के साथ स्वीकारा, वह विक्टोरिया मेमोरियल के लान पर चित लेटे हुए अनन्त दूरियोंवाले

आकाश को एक मूर्ख व्यक्ति की भाँति देखता रहा था। दूर सीढ़ियों पर संगमरमर के परिपार्श्व में मूँगिया साड़ी में वानीरा एक-दुर्बल चित्र लग रही थी। वह चूँकि थक गया था इसलिए मेमोरियल की सीढ़ियों से ही लौटकर लान में आकर विश्राम कर रहा था। क्लाइड के साथ वानीरा, फौवारे-सी प्रसन्नमना हो मेमोरियल देखने चली गयी थी और इसके बाद विक्टोरिया की छत पर कालीपद सामान रख रहा था तब दो मास का परिचित उत्तरपाड़ा छोड़ते हुए भी लगभग वही व्यथा हुई और एक बार उखड़ी जड़ोंवाला पेड़ जिस प्रकार दुबारा उखाड़े जाने पर निर्वैयक्तिक हो जाता है जैसे ही वह भी हो गया था, जैसे पता नहीं किसी चीज की उसे प्रतीक्षा थी। लेकिन क्या वह स्वयं स्पष्ट था इस बारे में? तभी तो पुरी की अन्तिम व्यवस्था करने के लिए भी वह वानीरा और कालीपद के साथ नहीं गया।

और पहाड़ों, नदियों, पुलों को पार करते दो दिनों की अनवरत यात्रा के बाद तब तीसरे दिन वे लोग डिब्रूगढ़ पहुँचे तो उसे लगा कि वह किसी सुदूर कोने में केवल नितान्त बन जाने के लिए आ गया हैं।

वानीरा ने करवट ली तो उसकी चूड़ियों का शब्द बड़ा मीठा-सा खनक गया। शायद उसने पानी माँगा।

— वानीरा! क्या पानी चाहिए?

— हाँ । अरे, तुम सोये नहीं अभी।

बिना कुछ उत्तर दिये उसने वानीरा को पानी दिया। कम्पार्टमेण्ट की गहरी नीली रोशनी लिहाफ के बाहर निकले वानीरा के गोरे हाथों पर गिरकर बैंगनी खिल आयी थी । पानी पीकर उसने पूछा,

— कितना बज रहा है?

रेडियम काँटों को आँखों पर जोर डालते हुए, देखते बोला,

— बारह-दस हो रहा है।

— अरे, मैं तो समझी थी कि सवेरे के तीन-चार तो बज ही रहे होंगे ।

— नहीं अभी तो पूरी रात बाकी है। ठण्ड तो नहीं लग रही है? कम्बल चाहिए क्या?

— नहीं।

और वह करवट लेकर सो गयी।

क्लाइड की कार उन लोगों के लिए स्टेशन के बाहर तैयार थी। पहली आँखों से प्रत्येक नयी जगह, नयी स्त्री की भाँति मोहती है। डिब्रूगढ़ भी पहली आँखों से तो साधारण, सुन्दर ही लगा। और जब डिब्रूगढ़ के बाहर खुले विस्तार में क्लाइड कार भगाते हुए उन्हें लिवा ले जा रहा था तब उसे अपने भौगोलिक ज्ञान पर तरस आया। उसका ख्याल था कि डिब्रूगढ़ कोई पहाड़ी जगह है लेकिन जब हरियाला विस्तार चारों ओर देखा तो अच्छा ही लगा। पतली सड़क के दोनों ओर चाबगान फैले हुए थे। लगभग पहली बार ही विवेक ने चाबगान देखे थे। अपनी कल्पना से एकदम विपरीत ढंग के बगान देखकर निराशा होनी चाहिए थी परन्तु उलटे उसे खूब प्रसन्नता हुई थी। चाय के साफ-सुथरे बगानों के बीच, लम्बी कतारों में लगे सफेद पुते तनेवाले पलाश देखकर वह लगभग विभोर हो गया। अभी फरवरी लगा था। फाल्गुन की चारों ओर प्रतीक्षा समाप्तप्राय ही थी। वह कल्पना कर ले गया कि फाल्गुन और चैत्र में चाबगान कितने सुन्दर, अप्रतिम अद्वितीय हो जाते होंगे, और एक लाल खम्भोंवाली फेन्सिंग की ओर कार ने मोड़ लिया। क्लाइड का बँगला बगान के बीच में कुछ ऊँचाई पर था। पोर्टिको में खड़ी कार से जब उसने उतार में चला गया बगान देखा तो उसे हरी झाईंवाले समुद्र की याद हो आयी। चारों ओर सन्नाटेवाली शान्ति थी। जिस समय उन्हें क्लाइड उनके कमरे में छोड़कर विदा हुआ तो खिड़की से आते सवेरे के धुले आलोक में कमरा, चीजें और वे दोनों बड़े खुले-खुले लगे। खिड़की के पास निश्चिन्त मन हो आरामकुर्सी पर बैठ अपने को सहेज सकना, ऐसे में सम्भव था। वह आँखें मूँदे अनुभव करता रहा कि वानीरा स्नान की तैयारी में है और कालीपद यहाँ की सारी व्यवस्था समझने गया हुआ है।

विवेक के साथ वानीरा भी चाहती थी कि क्लाइड का आतिथ्य ज्यादा दिन नहीं स्वीकारना चाहिए इसलिए वह कभी क्लाइड के साथ, तो कभी वानीरा के साथ, तो कभी अकेला ही कस्बे में मकान तथा डिस्पेन्सरी के लिए उपयुक्त जगह की तलाश में गया। जब आठ दिनों की दौड़-धूप के बाद बिश्टूपुर में चार कमरोंवाली एक छोटी-सी काटेज तथा सदर बाजार में चौराहे पर पेट्रोल की टंकी की बगल में

जब डिस्पेन्सरी के लिए जगह मिल गयी तो विवेक को बड़ा ही आत्मविश्वास-सा लगा जैसे वह अभी भी है। क्लाइड उन्हें बिश्टूपुरवाले बासे पर छोड़ गया और जब बड़े ही अनपेक्षित ढंग से खुले में तार बाँधा गया तथा उस पर जब वानीरा की शान्तिपुरी सूखने लगी तो विवेक को लगा कि जितना कुछ वह बीत गया समझ रहा था वैसा सब-कुछ नहीं है। कालीपद के केलों को काट-छाँटकर खुले आँगन को व्यवस्थित कर दिया। रोज शाम जब तुलसी को प्रणामती तथा शंख बजाती वानीरा को उसने देखा तो उसे बीते हुए विगत के कुछ कड़वे सन्दर्भों पर विश्वास नहीं हुआ। इस बार वानीरा ने न केवल घर ही सम्हाला वरन् डिस्पेन्सरी की सारी व्यवस्था को भी अपने हाथों में रखा। वानीरा का उत्साह देखकर विवेक को लगा यदि सम्भव होता तो वह विवेक से डाक्टरी भी ले लेती और स्वयं ही कुर्सी पर बैठ जाती।

कुछ ही दिनों में क्लाइड के सत्प्रयत्न से विवेक की डाक्टरी ने इस बार अधिक व्यवस्थित स्वरूप लिया। विवेक चाहता तो यहाँ भी वही पुरीवाली प्रेक्टिस करता पर इस बार वानीरा जैसे सतर्क थी इसलिए विवेक के न चाहने पर भी धीरे-धीरे उसके पेशेण्ट्स या तो मिलिट्री के अफसर होने लगे या चाबगानों के बड़े-बड़े मालिक। चूँकि इन लोगों से ही उसे अवकाश नहीं मिल पाता तब भला वह साधारण रोगियों को कब देखता? और रोगियों को भी लगा कि यह बड़े आदमियों के डाक्टर हैं। इस बार की व्यवस्था को अति-आधुनिक कर देने का श्रेय तो वानीरा को था ही पर विवेक और रोगियों के बीच काउण्टर-प्रथा, टोकन नम्बर लेने की प्रणाली पर वानीरा अपने आदमी के द्वारा नियन्त्रण किये थी। इसीलिए डाक्टर तक पहुँचने के पूर्व ही रोगी के सामर्थ्य की पहचान हो जाती थी। विवेक के हाथों में केवल रोगी को देखना था बाकी तो डिस्पेन्सरी की व्यवस्था ही ऐसी थी कि रोगी हर जगह पैसा डालता जाता और वह आगे बढ़ते हुए अन्त में दवाई लेकर तभी निकल पाता था जब वह पूरा पैसा दे चुका होता। यहाँ आकर वानीरा ने जैसे विवेक का सोचना तक ले लिया था। विवेक को उसने एक प्रकार से सारी चिन्ताओं से मुक्त कर दिया था। बल्कि उसे किन-किन रोगियों को कब-कब देखने जाना है इसकी सूची तक विवेक को जेब में रखी मिलती। चाहे विवेक किसी विजिट पर ही गया हो, चौबीसों घण्टे एक कम्पाउण्डर उसके साथ रहता। पैसे के लेन-देन का दायित्व उस कम्पाउण्डर पर था और जो कि वानीरा के प्रति उत्तरदायी था। पर यह सब वानीरा ने इस मृदुलता के साथ सहज ढंग से किया था कि किसी को भी घुटन या कठिनाई अनुभव होने का प्रश्न ही नहीं था। बल्कि इतनी व्यस्तता के होते हुए भी वानीरा न केवल विवेक के लिए ही उसका निजी समय निकाल देती थी बल्कि अब वे दोनों भी आये दिन एक निश्चित समय पर मार्केटिंग करने भी जाते। लोगों के यहाँ दावतों पर भी पूर्ण सुरूपित होकर जाते। ब्रह्मपुत्र के बाँध पर घूमते दोनों को प्रायः लोगों ने देखा है। महीने में एकाध बार क्लाइड के साथ 'लांग ट्रिप' पर भी हो आया जाता। विवेक को कुल मिलाकर

एक साथ बड़ी अविश्वसनीय निश्चिन्तता अनुभव होने लगी। पुरी के आरम्भिक दिनों और इन दिनों में यौवन और प्रौढ़ता का-सा अन्तर था, पर सुखमय प्रौढ़ता का। विवेक को अब केवल अपने में कामना करना होता था और कभी ऐसा नहीं हुआ होगा कि वह उसे बिना माँगे न मिला हो, क्योंकि वह पहले ही कर दिया जा चुका होता। स्पष्टत: पति-पत्नी के बीच अब कोई व्यवधान नहीं था। अब हमेशा वानीरा पार्श्व में उसे अनुभव होती चाहे वह शनिवार को क्लाइड के यहाँ खाना खाने जाना होता या किसी कर्नल-मेजर की टी-पार्टी होती। बाँध की ढलान पर से चाहे पत्थर लुढ़काये जाते या टहला जाता, वानीरा के केशों की गन्ध अब फिर विवेक को चौबीसों घण्टे अनुभव होने लगी थी। विवेक को कभी-कभी आश्चर्य भी होता वानीरा के इस नये रूप पर, जिसमें कि सारी अदृश्य सम्भावनाएँ हठात् ऊपर आ गयी थीं। पता नहीं अब पुरी-जैसी निरीह प्रतीक्षा थी कि नहीं पर जब कभी विवेक वानीरा को पाता, व्यस्त ही पाता। घर की वस्तुओं में भी वृद्धि के साथ-साथ सुरुचि-सम्पन्नता तो थी ही परन्तु उपयोगिता का ध्यान रखते हुए भी उनके शोभातत्त्व को कहीं भी गौण नहीं होने दिया गया था। आगे-पीछे बरामदे जाफरियों से घेरकर रँग दिये गये थे और बेलें चढ़ जाने पर तो वे बरामदे दर्शनीय हो गये थे। खुले ड्राइंग-रूम तथा लताच्छादित डाइनिंग-रूम की कल्पना वानीरा की अपनी ही थी। क्लाइड से कहकर शिलांग से डेलिया के फूलों की स्वस्थ कलमें, बीज आदि मँगाकर वानीरा ने अपने हाथों उस छोटी-सी जगह में विशिष्टता उत्पन्न कर दी थी। कुछ ही दिनों में बड़े-से-बड़े व्यक्ति को भी अपने यहाँ पार्टी दे सकने की उसकी स्थिति एवं क्षमता हो गयी थी। विवेक इन चीजों के प्रति उदासीन तो नहीं हो रहा पर सोत्साह कुछ किया भी नहीं उसने। उसने ऐसा होने दिया, यहीं उसका बड़ा भारी सहयोग स्वीकारा जायगा। खाली घर में तो आप अपने को चाहे जहाँ फैलाते फिरते हैं पर एकत्रित होती हुई चीजें जैसे-जैसे अपने लिये नियत स्थान बनाती जाती हैं तब आपके लिए अतिरिक्त फिजूल की कोई जगह ही नहीं बची होती है कि आप चाहे जहाँ हों, बल्कि आपके चलने, उठने-बैठने तक की चीजें नियन्त्रित करनी होती हैं। ऐसी नियन्त्रण करनेवाली चीजों का सुन्दर होना तो अनिवार्य है ही। रास्ते में अगर रद्दी कागज पड़ा होगा तो वह भला क्या आपका नियन्त्रण करेगा? लेकिन यदि एक गोल टेबल पर कोई अमूर्त (किसी की समझ में न आनेवाली, स्वयं उस वस्तु के मालिक की भी) मूर्ति-जैसी चीज बीच रास्ते में रख दी जाय तो आप स्वत: बाध्य हो जायेंगे कतराकर निकलने के लिए।—वैसे वानीरा को यह पता था कि कम-से-कम वस्तुएँ तक कैसे घर को भरा-पूरा बनाते हुए भी विस्तार देती हैं इसलिए इतनी चीजों के होते हुए भी विवेक को एक क्षण की असुविधा या आपत्ति का कोई कारण नहीं हो सकता था। पुरीवाले से यह घर कहीं छोटा था पर इतना सुगठित कर दिया था वानीरा ने कि वह विलास लग सकता था। लेकिन असम्पृक्त विवेक को भला इसमें क्या कहना हो सकता था? चीजें आती चली गयीं और वह हटकर उन्हें स्थान देता चला गया।

चूँकि उसे कहीं कुछ रुकावट नहीं होती थी तब भला चाहे एक्वेरियम हो या रेडियोग्राम हो या और कुछ हो, कोई अन्तर नहीं पड़ता था। कमरे में यदि खुली हवा तथा विस्तार अनुभव होता है तब पर्दे चाहे किसी रंग के हों या कितने ही भारी हों, डण्डे में लगे हैं या बन्द ब्रेकेट्स में हैं, उससे विवेक को कोई फर्क नहीं पड़ता। और जब आपको भी इतने सजे-बजे कमरे में अभ्यागतों की भाँति मात्र बैठना ही है कि आप एक ऐसे अभ्यागत हैं जो बाहर से नहीं आये हैं। रहना चीजों को है, आप तो वहाँ कुछ देर के लिए, किन्हीं अवसरों पर, बस होते भर हैं। यह वानीरा का काम है कि कार्पेट और पर्दों का रंग मिलाती बैठे। विवेक ने शायद उन सारी चीजों को कभी पूरी तरह देखा भी न होगा। कमरे में चीजे होने भर से क्या आप उन्हें जान जाते हैं? क्या जानना ऐसे ही होता है? वानीरा उन्हें जानती है इसलिए विवेक का निश्चिन्त हो जाना नितान्त अनिवार्य था। यदि वानीरा उसके पकड़े न निकाल दे या कालीपद आवश्यक वस्तुएँ लाकर न दे तो विवेक को शायद पता ही नहीं चले कि कौन-सी वार्डरोब है और कौन-सा उसका ड्रावर है? विवेक बेडस्विच जानता है, अपना बिस्तर जानता है। लेकिन अपने ही घर में इतना मोट-मोटा जानना हास्यास्पद हो सकता है परन्तु इसे अवास्तविक कैसे कहा जा सकता है? विवेक भी यह नहीं कह सकता कि वानीरा ने ऐसा करके उसे निरीह कर दिया है। बल्कि विवेक तक जानता है कि अब उसके पास काफी-कुछ अवकाश एवं मन:स्थिति होती है कि वह मेडिकल सम्बन्धी अधुनातन बातों, दवाइयों और चिकित्साओं से अपने को अवगत रख सके। विवेक को असन्तोष था भी नहीं और होना भी नहीं चाहिए वह इसलिए कि जब वानीरा ने स्वयं ही अपने अनुसार व्यवस्था चलायी है, जैसा कि वह चाहती थी और उसमें विवेक को भी कोई स्पष्ट असुविधा नहीं थी, तब विवेक अपना बाहर का कार्यभार सम्हाले। जबकि वानीरा ने तो बाहर के भी कार्यभार में उसे कई अवांछित बातों से, असुखकर स्थितियों से मुक्त कर दिया था। प्राय: रोज कहीं जाना होता पर वानीरा ने सब इतना सुचारु कर रखा था कि कभी भी उसे कहीं जाना बोझ नहीं लगता है, तब विवेक को क्या कहना हो सकता है? और क्या वानीरा नहीं जानती कि विवेक को इन बातों में कोई रुचि नहीं है कि कौन-सी चीज कब, कहाँ से और कितने में आयी, चाहे वह रोहू मछली हो या कार्पेट खरीदना हो। तब वानीरा से विवेक भी नहीं आशा करता होगा कि सारे-के-सारे बिल उसे सुनाते बैठे जैसे ये भी कोई अखबार की खबरें हों; और फिर ऐसी फिजूल की बातें ले जाकर पति को सुनाते बैठना बड़ा मध्यवर्गीय ओछापन लगता है। बहुत हुआ तो पति यह पूछ ले कि रेडियोग्राम किस कम्पनी का है? किस मेक का है? और क्या। गृहस्थी में इससे अधिक का हस्तक्षेप असन्तुलित ही कहा जायेगा। वानीरा को इसीलिए तो परम सन्तोष है कि विवेक अपनी मर्यादा तो निबाहता ही है पर सामनेवाले की गरिमा पर जरा भी आँच नहीं आने देता। गृहस्थी का सन्तुलन, पति-पत्नी की प्रति-सदाशयता से आता है इसे विवेक और वानीरा दोनों डिब्रूगढ़ आने के बाद पूरी तरह समझ

गये इसीलिए इतने कम समय में कैसा इन्द्रलोक-जैसा आपस का व्यवहार घर आदि हो गया है। घर में जैसे सारी चीजों के लिए स्थान है वैसे ही सारे घनिष्ठ रिचितों के लिए भी यथास्थान है। इसमें कुछ भी अतिरिक्त खोजना न्याय न ोगा। क्लाइड आते हैं, जाते हैं, विवेक के भी सामने आते हैं, पीठ पीछे भी आते । सामाजिकता का यह तकाजा होता है कि आप जिस तरह जायेंगे लोग भी उसी रह आयेंगे। इस सामाजिक आने-जाने को अतिरिक्त कोई और कहे पर विवेक ो शिकायत करने का मौका वानीरा ने नहीं दिया।

पीली बिल्ली की तरह धूप वानीरा की गोद में थी। फूलों का एक गुच्छा लता में लटका हुआ उसके सिर के पीछे बड़े ही नाटकीय भाव से अनायास आकर लटका हुआ था। बाँस की झँझरी से निरभ्र नीलाकाश दिखने से अधिक मुसकराता लग रहा था। विवेक नाश्ता कर टाई की गाँठ ठीक करते हुए चलने की अन्तिम तैयारी कर चुका था। वानीरा मोटी ऊन का बड़ा-सा पुलोवर बिन रही थी।

— तुम्हें यह रंग पसन्द नहीं है विवेक?

— नहीं तो, बहुत अच्छा है । बस जरा-सा गाढ़ा मस्टर्ड है, वरना...... लेकिन तुमको इन दिनों इतना परिश्रम नहीं करना चाहिए ।

— बिनने में भी कोई परिश्रम होता है?

— पता नहीं । मैं तो जब स्त्रियों को बिनते देखता हूँ तो मेरी अँगुलियाँ दर्द करने लगती हैं और तुम लोग हो कि चौबीसों घण्टे बिनती रहती हो।

विवेक को डिब्रूगढ़ आने के बाद से बराबर वानीरा का मुख, वानीरा का ही लगता रहा है। वानीरा ने रोज की तरह विवेक को पास बुलाकर पहले तो उसकी टाई ठीक की उपरान्त बटन-होल में ताजा गुलाब लगा दिया।

— वानीरा ? शीशे में कभी देखा है कि तुम इन दिनों कितनी सुन्दर लगती हो?

— सुन्दर? ओ बाबा!! बड़ा अजीब-सा लगता है ।

— सच, मुझे गर्भवती स्त्री को देखकर बड़ा अच्छा लगता है। बड़ी ही मन्दाक्रान्ता छन्द लगती है ।

— ये सब हवाई बातें हैं ।

— यही कठिनाई है वानीरा! पुरुष, जिस नारी-देह में कविता देखता है, नारी के निकट उसका कोई अर्थ नहीं होता।

— तुम तो शरीर-विज्ञान जानते हो फिर भी तुम्हें देह में कविता दिखती है?— अच्छा अब देर हो जायेगी ।—और हाँ, मेजर दास के यहाँ आज शाम चाय पर तुम्हें जाना है ।

— तुम नहीं चलोगी?

— भला इन दिनों मैं कहीं गयी हूँ? नहीं, तुम अकेले ही हो आना ।

और वे—क्लाइड आयेंगे तुम्हें ले जाने के लिए ।

— अच्छा।

और धूप में जाती हुई विवेक की छाया को वानीरा देखती रही, जो कि उसके मन में बड़ी देर तक मँडराती रही। जबकि देह में कोई एक अपरिचित छाया थी जो कभी दायें, तो कभी बायें ऊबचूब करती लगती। कई बार तो डुबडुब आवाज तक उसे सुनायी पड़ती। विवेक को कई बार रात में जगाकर कहती कि 'लो सुनो, तुम्हारे बच्चे की धड़कन तक सुनायी पड़ रही है।' और विवेक वानीरा के पेट पर झुका कान सटाये सुनने की चेष्टा करता रहा। अजीब तरह से जल की भरी-भरी आवाज वानीरा के पेट से उसे सुनायी पड़ती। कई बार कैसे हँसते हुए वानीरा कहती, 'लो, तुम्हारा बच्चा जाने कहाँ चला गया।' और सचमुच वानीरा उसका हाथ दबाये अपने पेट पर ऊपर-नीचे घुमाती दिखाने लगती। जब बच्चा ऊपर चढ़ने लगता तो वानीरा कराह उठती। विवेक घबरा जाता और पूछता होता कि 'क्या बात है वानीरा?'—और अजीब गरम फटे दूध-सी टुकड़ों में मुसकराती वानीरा कहती कि 'लड़का है न, परेशान कर रहा है।' विवेक इस बारे में क्या सोचता है यह स्वयं उसे अस्पष्ट था जबकि इस प्रकार की बातों में नारी सोचती नहीं, अनुभव करती है।

मेजर दास की पार्टी में क्लाइड ने विवेक का परिचय मेजर आनन्द से करवाया। साँचे ढली आर्य-देह एवं व्यक्तित्व का मेजर आनन्द उसे समुद्रगुप्त की सेना का एक व्यक्ति अधिक लगा बनिस्बत आज के। अपने आचार एवं व्यवहार को उसने कलदार मुद्राओं की भाँति विशिष्ट कर रखा था। उसे देखकर विवेक को यही लगा कि यह व्यक्ति भूल से मिलिट्री में चला गया है। यद्यपि थोड़ी ही देर में लोगों से मेजर आनन्द के शराब पीने के किस्से, उन्मुक्त जीवनयापन का दृष्टिकोण आदि थोड़ा-बहुत मालूम हो गया पर विवेक उन पर अधिक नहीं विश्वास सका। क्योंकि विवेक बराबर उसे एक पुरातत्त्वी के रूप में ही ग्रहण कर सका और लगभग उसी ढंग की बातचीत भी उन दोनों में होती रही थी। विवेक के ऐसा मानने के पीछे थोड़ा कारण भी था, क्योंकि आनन्द बराबर उससे पूर्व वैदिक संस्कृति एवं इतिहास के बारे में चर्चा करता रहा था। जो लोग संस्कृति के नाम पर अजन्ता, एलोरा, सारनाथ, बुद्ध आदि की चर्चा करते हैं उनकी ओर मेजर आनन्द बड़े ही विस्मयादिबोधक ढंग से मुसकराता हुआ देखने लगता जैसे कोई चौथी कक्षा का विद्यार्थी उसके सामने खड़ा हो। इन दोनों को व्यस्त देख क्लाइड और दास दोनों ने उनके वार्त्तालाप में हस्तक्षेप करने के लिए क्षमा माँगी तथा मेजर दास बोले,

— कहिये मेजर आनन्द! तो आपने अपने इतिहासकार के लिए डाक्टर विश्वास में एक श्रोता पाया कि नहीं?

— श्रोता? डाक्टर विश्वास की तो इतिहास में खासी गति है।

और मेजर आनन्द के मुसकराते मुख में सटे, सफेद दाँतों की चमक कौंधी और ओंठ वक्र, मुसकराते थिर हो गये। यह मेजर आनन्द की हँसी थी। बड़ी मूर्तिवत् हँसी हँसता था वह। विवेक बोला,

— मैं और इतिहास?

— क्यों? आप तो ऐसे कह रहे हैं जैसे डाक्टर इतिहासज्ञ नहीं हो सकता।

मेजर दास ने डाक्टर विश्वास की बात पर टिप्पणी करते हुए काजू की प्लेट सामने बढ़ायी। सभी ने निःशब्द भाव से काजू उठायी। दास फिर बोला,

— क्या मेजर आनन्द को देखकर इनके इतिहासज्ञ होने की कोई कल्पना कर सकता है?

— किसी आर्य मूर्ति की कल्पना ही नहीं वरन् साक्षात् अनुभव कर सकता हूँ।

विवेक की बात पर अप्रेरित रूप में असंग बना मेजर आनन्द खड़ा रहा। उपरान्त बहुत धीमे बोला,

— क्लाइड साहब कह रहे थे कि आप बहुत अच्छे मूर्तिकार भी हैं ।

— वास्तव में क्लाइड साहब हम लोगों के साथ बहुत पक्षपात करते हैं।

विवेक की बात पर दास बोला,

— यह तो मैं मान नहीं सकता डाक्टर विश्वास! कि मिस्टर क्लाइड आपके साथ पक्षपात करते होंगे। अंग्रेज यहाँ टिका ही इस बात पर है कि वह पक्षपात नहीं करता।

अनायास मेघ घिर आये थे, किसी सीमा तक अप्रत्याशित भी कहा जा सकता था। वैसे गत कई दिनों से आकाश तथा मौसम साफ रहा है तथा वर्ष के इन दिनों में मौसम साफ ही रहता है। क्लाइड ने बड़े मौके पर बहकती चर्चा को मौसम की चिन्ता की ओर मोड़ दिया,

— वैसे मार्च में वर्षा होती तो नहीं है पर देखिये कैसे बादल घिर आये हैं।

और फिर थोड़ा हँसते हुए बोला,

— कहिये मेजर आनन्द! आप सोचते हैं कि वर्ष होगी?

अभी कोई कुछ कहे इसके पूर्व ही दो-चार बूँदें टपक उठीं। वैसे किसी ने कोई उत्तर नहीं दिया पर सभी लगभग हँस पड़े। क्लाइड बोला,

— लेकिन कैसी अजीब बात है कि बात मैंने मेजर आनन्द से पूछी थी और बादलों ने सुनकर तुरन्त जवाब दिया।

लेकिन मेजर आनन्द ने अपने क्लासिकल मौन रहने की आदत को नहीं छोड़ा। अभी सब हँसने ही वाले थे कि बड़े मुलायम ढंग से आनन्द बोला,

— जिसकी बात उसी से पूछी जानी चाहिए मिस्टर क्लाइड!

उपस्थितों में शायद सभी मौसम को लेकर चिन्तित लग रहे थे कि मेजर दास के एक अर्दली ने विवेक को सूचना दी कि कालीपद एक जरूरी काम से आया है। विवेक किंचित् चिन्तित अवश्य हुआ। कालीपद ने बताया कि 'बोऊ-माँ' के पेट में बड़ा दर्द हो रहा है, अस्पताल पहुँच गयी हैं। विवेक ने क्लाइड को परिस्थिति बतायी और असमय जाने की क्षमा याचना कर वह क्लाइड को साथ लेकर बिदा हुआ।

बूँदा-बाँदी रास्ते में ही तेज हो गयी थी। बहुत देर तो नहीं हुई थी पर फिर भी नौ बज ही रहा था। वैसे प्रसव के बारे में पहले ही सारा प्रबन्ध करवा दिया गया था। जिस समय ये दोनों वार्ड में पहुँचे तो वहाँ मालूम हुआ कि लेबर-रूम के लिए ले जाया जा चुका है। लेबर-रूम के लम्बे गलियारे में मेट्रन ने उन्हें खड़ा

कर दिया कि अभी वह सारी स्थिति से अवगत कराती है। थोड़ी ही देर में मेट्रन के साथ बड़ी ही विपन्न अवस्था में विवेक ने वानीरा को देखा। वह बरामदे के सिरे पर मेहराब की बत्ती के नीचे एक वस्त्र में खड़ी थी। उस क्षण वह जिस ढंग से खड़ी थी, तथा वस्त्र भी जिस तरह अस्त-व्यस्त लिपटा था उसमें विवेक को बड़ी वितृष्णा हुई। वह जिस ढंग से दीवार का सहारा लेकर चलती हुई आयी थी वह और भी जुगुप्सात्मक था। वानीरा ने क्लाइड को पहचान लिया था इसलिए वह वहीं ठिठक गयी थी। सम्भवतः वह इस विपन्न रूप में विवेक के सामने तो हो सकती थी। किन्तु अन्य किसी के सामने नहीं। मेट्रन विवेक को बुला ले गयी। अभी थोड़ी देर तक वानीरा की जो प्रतीक्षा उसे करनी पड़ी थी तथा इस बीच आस-पास के 'लेबर-रूम' से औरतों के चीखने-चिल्लाने का जो आर्त्तनाद आ रहा था, डाक्टर होने पर भी उसे पहली बार नारी के इस दयनीय, बल्कि पशु रूप पर बड़ा तरस आया। एक क्षण में चाँदनी रात में खड़े प्रेमियों के स्वरूप से लेकर नारी के फूले पेट को पकड़-पकड़कर चिल्लाने की नग्नता कौंध गयी। वह सिहर उठा। नारी उसे कितनी विवश लगी पर यह भी कि जानते-बूझते भी बारम्बार नारी को यह स्वीकार्य होता है, इस पर भी आश्चर्य हुआ।

सवेरे जिसे खिली धूप की तरह देखा था वही इस समय मिमियाती, आँखों के नीचे बड़े-से काले वृत्त लिये कैसी विकलांग लग रही थी। उस क्षण वह संसार की सबसे उपेक्षित, दयनीय बल्कि हीन प्राणी लगी। वैसे प्रत्येक दर्द की छाया होती है, प्रसव की भी। उस क्षण वानीरा की देह जाने कितना, कैसा-कैसा और क्या-क्या उगल देने को तत्पर लगी पर विवेक सम्भवतः किसी भी बात के लिए उद्यत नहीं था। उसे हड्डियों तक ठण्ढापन लग रहा था। चौड़े बरामदे की कारण वर्षा की फुहार नहीं आ रही थी फिर भी एक दौंगरा हवा के साथ आया और उस भीगेपन में वानीरा की एक लट खुलकर मुँह पर झूल आयी।

— तुम्हें अभी तक लेबर-रूम में नहीं ले गये।

— नहीं। अभी इंजेक्शन दिया है। जिस एक्यूट-पेन की जरूरत है वह नहीं हो रहा है।

विवेक को मन-ही-मन हँसी आ गयी। दर्द कम करने के लिए इंजेक्शन, तो, दर्द बढ़ाये जाने के लिए इंजेक्शन। वानीरा की आँखें बोल रही थीं। जैसे उन्हें विवेक की संवेदना चाहिए न कि वितृष्णा, जो कि वानीरा सहज ही पढ़ ले गयी थी।

— मुझे इस रूप में देख तुम्हें अच्छा नहीं लगा न ?

— नहीं तो।

और विवेक अपने को, अपनी दृष्टि को वैसे ही समेटने लगा जैसे किसी ने उलटी लटकी बाहर निकली जेब को देख टोक दिया हो। विवेक की इस छूठ पर वानीरा बड़ा फीका-सा मुसकरा दी।

— मिस्टर क्लाइड भी हैं न?

— हाँ, तोऽऽ कब तक सम्भावना है?
— कम-से-कम रात में तो नहीं ही। तुम चिन्ता न करो। कालीपद यहीं रहेगा। सब प्रबन्ध ठीक है। तुम जाकर आराम करो। कोई बात होगी तो खबर कर दी जायेगी।—मिस्टर क्लाइड से मेरी ओर से क्षमा माँग लेना कि ऐसे में मिल सकना सम्भव न था।

दोनों क्षणभर के लिए चुप हो गये। वानीरा जाने क्या तौलती रही। बोली,
— सच बताओ, तुम्हें यहाँ अच्छा नहीं लगा न ?
— क्या तुम पागल हो? ये सब फिजूल की बातें सोचने का समय है क्या?
— वानीरा! घबराना मत—लेकिन जाने क्यों वानीरा मुझें लगता है दिस इज एन इन्सल्ट टू द वुमनहुड।

वानीरा हँस पड़ी। हँसते हुए वह इस समय कितनी उदार लग रही थी। बोली,
— नहीं, ऐसा नहीं है।—शायद इसीलिए नारी को पुरुष से हर बात के लिए पर्दा करवाना सिखाया गया क्योंकि सम्पूर्ण नारी को, उसके सारे कार्यों को, यातनाओं को और तो और सुख के प्रकार तक को पुरुष कभी नहीं समझ सकता।—अच्छा, यदि बच गयी तो फिर......
— क्या मतलब?
— क्यों? स्त्री के लिए यह कोई रूमानी स्थल थोड़े ही है विवेक। जन्म लेनेवाला कभी-कभी जन्म देनेवाले की बलि ले लेता है। अब तुम प्रेम, विवाह, दाम्पत्य जीवन का अर्थ समझे होगे। और अभी भी बहुत-कुछ दर्शकीय-जैसा ही समझे होगे। वास्तविकता की कल्पना भी नहीं कर सकते हो।—खैर तुम्हें पेड़ से नहीं आम से मतलब होना चाहिए।
— अच्छा अब जाओ।
— लेकिन तुम विश्वास दिलाओ कि घबराओगी नहीं। और तुम हर हालत में ठीक रहोगी।

वानीरा इस बार उदार ही नहीं विराट् मुसकरा रही थी। प्रसूता की पवित्रता पुरुष के सारे पुण्यों से भी अधिक दिव्य होती है।
— अच्छा!!

वानीरा अपनी देह, देह-धर्म, स्थिति सब में लौटती हुई विदा दे रही थी। विवेक आकुल था पर सिवाय इसके वह और हो भी क्या सकता था? जिस नारी को सहभोगा जाता है वह बाद में उस सुख को एकान्त पीड़ा में निवारण करने के लिए शेष रह जाती है। उसे अब अपने पर, उस भोग-सुख पर जुगुप्सा थी, लेकिन कितनी मिथ्या थी।

सवेरे डिस्पेन्सरी जाने के लिए रोज की अपेक्षा जल्द तैयार हो गया। रातभर वह सो न सका। वानीरा की चिन्ता तो थी ही पर वानीरा की अनुपस्थिति ने घर को

रोता कर दिया था। घर की चीजें तक विमन लग रही थीं। कहीं कुछ करने के लिए था ही नहीं। बड़ा खाली-खाली-सा लगा। और वह भी रात लगभग एक चीज की तरह ही घर में अपने को अनुभव करता पड़ा रहा। वैसे उसे किसी भी क्षण कालीपद के आने की आशा रही। सवेरे जब महाराजिन ने उसे चाय के लिए जगाया तब उसे लगा कि वह रात में शायद सोया ही नहीं था।

सवेरे अस्पताल में ड्यूटी पर आयी नयी मेट्रन ने बतलाया कि काफी देर से लेबर-रूम में श्रीमती विश्वास हैं। बच्चा होने में कठिनाई थी क्योंकि दो बाल्टी पानी पेट से जा चुका था इसलिए 'प्रेशर' तो अब रहा नहीं। जच्चा को जितना 'एक्यूट-पेन' होना चाहिए वैसा नहीं हो रहा था इसलिए कहा नहीं जा सकता कि कब तक बच्चा हो तथा सम्भव है कि ज्यादा देर होने पर आपरेशन करना पड़े। यह जानकर कि अभी तीन-चार घण्टे तो बच्चा नहीं ही होगा, वह गया ताकि जरूरी केस निबटाकर जल्द ही लौट आये। यदि साथ में क्लाइड न होता तो वह अवश्य ही बहुत घबरा गया होता।

अस्पताल में बैठे-बैठे दोनों उकता गये थे इसलिए बाहर खुले में निकल आये। सवेरे ग्यारह का समय था पर अस्पतालों, पुलिस थानों में आदमियों के होते हुए भी बड़ी वीरानगी-सी होती है। गुलमुहर के पेड़ों के नीचे रखी बेंचों पर लोग प्रतीक्षा करते बैठे थे। एक खसिया बढ़ी स्त्री शायद अपनी बहू के बच्चा होने की प्रतीक्षा में कल से अस्पताल में पड़ी हुई थी। एक व्यक्ति को घेरकर लोग किसी बच्चे के होने की दुर्दान्त कहानी सुन रहे थे कि कैसे बच्चा आँतों में फँस गया था तो उसे काट-काटकर निकाला गया। चारों ओर ऐसी बातें हो रही थीं। दूरी पर एक बड़े-से हण्डे में अस्पताल की जमादारिन पानी गरमा रही थी और वहाँ औरतों की भीड़ थी। जमादारिन बड़े ही जोरों से अश्लील ढंग से बातें करते हुए कम पानी खर्च करने के लिए लोगों पर चिल्ला रही थी। रातवाला ही दृश्य था। औरतें वैसी ही विपन्नावस्था में लेबर-रूम के आस-पास पेट पकड़े चीखते-चिल्लाते घूम रही थीं। पर रात में जैसा आर्त्त भयानक लगा था वैसा तो इस समय नहीं लगा, हाँ असहनीय अवश्य था।

आकाश में छुटपुट बादल थे पर धूप छिटक आयी थी। अनायास रात को वर्षा हो जाने से मौसम कुछ ठण्ढा हो गया था। जब ज्यादा देर होने लगी तो विवेक ने आग्रह कर क्लाइड को लौटा दिया। क्लाइड ने इसी शर्त पर जाना मंजूर किया कि सभी परिस्थितियों से उसे अवगत किया जाये तथा गाड़ी और ड्राइवर अस्पताल के बाहर रहेंगे। लगभग दो बजे डाक्टर आयी और उसने विवेक से आपरेशन के लिए कहा। विवेक ने स्थिति की गम्भीरता समझ अस्पताल के कागज-पत्रों पर हस्ताक्षर कर दिये और धुकधुकी लिये वापस जाकर एक बेंच पर बैठ गया। जाने क्यों उसे एक अव्यक्त बेचैनी अनुभव हो रही थी। चिन्ता वानीरा की ही हो सकती थी, उस

अनजान शिशु के लिए तो क्या हो सकती थी जिससे कोई रागात्मिका हो ही कैसे सकती थी। जाने क्यों उस खुलेपन में लगभग निरभ्र आकाश में, चटख धूप में प्रार्थना करने को मन में आया। अनायास ही उस अनजान शिशु से सम्बन्ध स्थापित कर उसे सम्बोधित कर वह एक नाटकीय कविता या प्रार्थना अपने में बुदबुदाता बैठा रहा :

आओ,
आओ मेरे पुत्र! जन्म लो।
हमें नयी संज्ञाएँ देने के लिए तुम आ रहे हो।
तुम्हें नहीं मालूम
माँ, दर्पण होती है।
ऐसा दर्पण
जिसे खण्डित नहीं होना है।
तुम एक धूप, एक बादल, एक ऋतु की प्रज्ञा बनकर
आओ,
आओ मेरे पुत्र! जन्म लो।

लगभग इन्ही पंक्तियों को बहुत-कुछ ऐसे ही विवेक दुहराता हुआ हर क्षण किसी भी अघटित की प्रतीक्षा में बैठा था। उसकी आँखों के आगे विपन्न बनी वानीरा आपरेशन मुद्रा में लेटी हुई थी। लेकिन आपरेशन करते हुए उसके हाथ यह नही निर्णय कर पा रहे थे कि बच्चा....... और बारम्बार बच्चे तक आते उसका आपरेशन अधूरा रह जाता था कि तभी नर्स दिखलायी दी। संकेत से उसने बताया कि बच्चा मरा हुआ निकला लेकिन जच्चा पर कोई संकट नहीं है। विवेक स्वयं यह लिखकर दे चुका था कि संकट की स्थिति में जच्चा को ही बचाया जाये। पता नहीं नर्स की बात उसने सुनी कि नहीं।

— क्या वह आपरेशन थियेटर में हैं?

— हाँ, अभी बेहोश हैं। आप दो घण्टे बाद आ जाइये।

तभी नर्स किसी की पुकार पर बड़ा सफेद-सफेद-सा खद्-खद् करती चली गयी।

जिस समय वह अस्पताल पहुँचा तो क्लाइड भी साथ ही था। अस्पताल में यह समय मिलनेवालों का था। बड़ी ही फुलवारी लग रही थी। इस समय तक विवेक काफी-कुछ सोच चुका था। उसे वानीरा के प्रसव की निरर्थक पीड़ा, उसके भोग का पछतावा था। यदि किसी पीड़ा को मात्र बन्ध्या ही होना है तो उसे भोगते

समय उतनी पीड़ा नहीं होती जितनी कि उस पीड़ा के बीत जाने पर। कम-से-कम विवेक को यही लग रहा था और जब विवेक को ऐसा लग रहा था तो क्या भोक्ता वानीरा को ऐसा नहीं लग रहा होगा? शायद सोचने में इसी क्षण पर वह वानीरा के कमरे में पहुँचा था। सब बड़ा सफेद-सफेद था, केवल पैताने तहाया हुआ लाल कम्बल खूब उभर आया था। बड़ी ईर्ष्यालु शान्ति थी। लगभग अठारह-बीस घण्टे के शारीरिक संघर्ष के बाद मुख पर हल्दी पुती हुई थी। रातभर खूब बजाये गये वाद्य की-सी उस मुख पर थकान-ही-थकान थी। कुर्सियों की हलकी-सी आहट पर बिना हिले-डुले वानीरा ने केवल निःशब्द पलकें खोलने की चेष्टा की। सम्भवतः इस समय वह विवेक के यहाँ होने के प्रति आश्वस्त थी—इसीलिए सफेद चादर में से गोरा पतला हाथ बड़े ही सायास भाव से सरकता हुआ दिखलायी दिया। नर्स ने उसे सूचित किया। विवेक खड़े होकर उसे देखने लगा। दर्द की ही यह विशेषता होती है कि न कहने पर तो कितने पास खड़े व्यक्ति तक को उसकी क्षीणतर आहट नहीं हुआ करती। जबकि भोक्ता, पीड़ा से सोच में डूबा वेदना मूर्त हुआ रहता है।

— वानीरा!

और अनजाने ही उसकी आँखें छलछला आयीं। विवेक को पूर्ण बोध हो गया कि वानीरा क्या भोग रही है। वानीरा का हाथ उसके हाथों में आकर अपनी सम्पूर्ण विवशता में ठहरा हुआ था। विवेक की आवाज पर कितनी चेष्टा से वानीरा ने पलकें खोली थीं। इसका कितना प्रभाव विवेक पर हुआ क्या किसी दिन भी वानीरा बूझ पायेगी? कौन किसके अन्तर को बूझ पाया है? वानीरा ने मात्र देखा। शायद यही बोला भी था। उसके मुख पर कोई भाव नहीं था। शायद चरम भोक्ताओं के मुख भावहीन हो जाते हैं।

— मिस्टर क्लाइड को देखा? ये देखो सिरहाने खड़े हैं।

पलकें और पीछे ले जाने की वानीरा ने चेष्टा की। क्लाइड शायद वानीरा की कठिनाई समझ ले गया और वह पलँग की दूसरी तरफ विवेक के ठीक सामने खड़ा था। क्लाइड जिस भाँति देख रहा था उसमें एक प्रशंसक का देखना था।

— आपकी कैसी तबीयत है अब?

पुतलियों ने जरा-सा काँपकर अपने अच्छे होते, प्रश्न पूछने की कृतज्ञता आदि सब व्यक्त कर दिया। पर इतने देखने में ही वे पलकें थक उठीं। कमरे में फिर सन्नाटा छा गया। वैसे कैसे कहा जाता कि कमरे में बड़ा भारी शोर हो रहा था जो कि इस समय नहीं रहा। दो-चार वाक्यों का बोला जाना क्या शोर होता है? शायद नहीं, लेकिन वानीरा की पुतलियों का जो सामना था वह किसी हाहाकार से कम था?

विवेक, वानीरा की व्यथा, मनस्ताप सब बूझता है। इसीलिए वह अधिक सतर्क भी है। वानीरा जिस प्रकार उदास हो गयी है उसे भी वह सकारण मानता है। जब व्यक्ति सारे भोग भोगने के बाद भी रीता ही रह जाये तब उसका अन्तर तक हड्डियों की भाँति ही चूर-चूर हो जाता है। इसीलिए रात में सोती हुई वानीरा के जरा से चौंकने पर विवेक का हाथ एकदम बेड-स्विच पर ही जाता है। वह अगर अपने में तन्मय बनी बैठी है तो उसे कोई बात सहसा न कही जाये, इस बात को नौकरों तक को बता दिया जा चुका है। जरा-सी आँधी की सम्भावना हो तो विवेक उसे बाहर से भीतर लिवा लाता है या खिड़की खुली हो तो अपने हाथों उसे बन्द कर देता है।

अब वह पूर्ण स्वस्थ ही नहीं बल्कि पहले की अपेक्षा अधिक भर गयी है। पर साथ ही एक अजीब उदासी पाल ली है। किसी बात में जैसे रुचि नहीं रह गयी है। यदि किसी दिन विवेक ने बहुत आग्रह किया तो बहुत हुआ बाँध तक हो आयी। वानीरा जानती है कि उसे अंजलि के जल की भाँति ही सदा सतर्क होकर धारे रहने की आवश्यकता है पर वह अपने को नहीं समझा पाती है। उसे अपने से वितृष्णा हो रही है जो घोषित रूप में छोटी-से-छोटी बात में चिढ़ के रूप में अभिव्यक्त होती है। रेडियोग्राम का न्यूनतम स्वर भी शोर लगता है। पर्दों में लगे घुंघरुओं की आवाज नौकरों के आने-जाने से कैसी कठोर लगती है। उसका बस चलता तो वह दीवारहीन कमरों में ही रहती वर्ना कैसे सिर पर ये दीवारें धँसी पड़ती हैं। इनसे यह नहीं होता कि हम जब चाहें तो थोड़ा दूर हो जायें! नहीं, जब देखो तब कमर कसे अर्दली-सी खड़ी हैं। भला ऐसे में कोई कैसे निश्चिन्त होकर बैठ ही सकता है। और जब निश्चिन्त बैठना नहीं होगा तब भला सोचना कोई क्या खाक करेगा?—और ऐसी मन:स्थिति में झरती पीली पत्तियों का खिड़की से आकर कमरे में गिरना कितना बुरा लगता है न? सब-कुछ हो, पर दूर-दूर हो तो बड़ा अच्छा लगता है। खिड़की से दिखती हिमालय की नील श्रेणियों से भला किसी को क्या आपत्ति हो सकती थी? कैसे अपनी तथा देखनेवाले दोनों की मर्यादा रखते हुए दूर-दूर बनी रहती है। इनका वैराट्य न तो सिर पर ही आता है और न बोझ लगता है। बहुत पास होने पर क्या सम्बन्ध, क्या स्थितियाँ, क्या चीजें सभी तो टकराती हैं। हमारे निकट अपनी ऊँचाई के अतिरिक्त दूसरे की ऊँचाई सिर पर आती लगती है, बोझ लगती है। दूरी पर खड़ी कैसी ही विराटता को हम इसलिए सहन कर पाते हैं क्योंकि उसकी अतिरिक्त दूरी ऊँचाई में विनष्ट हुई रहती है।

केवल एक ही बात, विचार बारम्बार मँथ जाता है। पहले जब वह मूर्त था तो देह के भीतर गुनमथान करता रहता था और अब जब वह अमूर्त होकर विचार बन गया है तो पूरे स्वत्व को पके फोड़े-सा दर्द देता रहता है—जिसकी धड़कन को वह उन दिनों छूकर देख सकती थी, अपने ही भीतर उस धड़कन को यहाँ-वहाँ,

पसलियों के नीचे, पेट के गहरे अन्तराल में तिरते अनुभव कर लेती थी और अपने भीतर यात्रा करती उस धड़कन को वह अपने पैरों को धीमे-धीमे रखकर कैसे नरम-नरम सहेजे रखती थी। बैठते हुए तब कैसा समग्र दाय का अनुभव होता था कि जैसे वह अपने साथ किसी और का भी बैठना कर रही है। अपने में वह पूरे रूप में दो हो गयी थी। अहोरात्र अपने भीतर एक लोक को वहन करने की अनिर्वचनीयता कैसे अपनी इन्द्रियों में अनुभव होती। बस उन दिनों कुछ भी तो करने को मन नहीं करता था केवल वह अपने ही पेट में जैसे जा बैठती और यात्रा करते, तिरते उस पिण्ड को गर्भजल में उतरते-तिरते देखती होती। इसी अर्थ में शायद नारी रहस्य होती है पुरुष के लिए और इसे ही वह कभी नहीं जान पाता। बल्कि जो जान पाता है वह इतना अरूमानी होता है कि पुरुष केवल वितृष्ण होने के और कुछ हो भी नहीं पाता। यह केवल पुरुष ही कर सकता है कि आज वह विलास में आसन्न है तो कल वह वीतरागी बना परिव्राजक है। बिना परिक्रमा के पुरुष नहीं रह सकता भले ही वह पत्नी की हो या पृथ्वी की। बस, ऐसे ही, सोचते बैठे रहना थोड़ा अच्छा लगता है अन्यथा जरा-सी चेतन होने पर ही वानीरा को यह खाये जाता कि हाय—क्या वह किसी चेतन के स्थान पर शव को उन दिनों अपने भीतर धारे रही थी? क्या वह विगत था, अनागत नहीं? क्या वह मृत्यु था, प्रजा नहीं?

कैसे वह उस रात कराहती रही थी। पर 'एक्यूट पेन' होता ही नहीं था। इंजेक्शन से भी कोई लाभ नहीं हुआ था। उसका चिल्लाना फट ही नहीं रहा था। जब वह 'लेबर-रूम' में टेबल पर लेट हुई थी उसे पूरी चेतना थी कि ब्लैडर के फट जाने से सारा पानी बह रहा है। बाल्टी में गिरते पानी की आवाज तक उसने सुनी थी। नर्स कह रही थी कि वह चिल्लाती क्यों नहीं? जोर क्यों नही लगाती? पर कैसे? उसने अपनी मुट्ठियाँ कसकर जोर लगाया था। गिरते पानी के साथ देह की शक्ति भी जैसे टपककर गिर रही थी। नर्स ऊपर साँस खींचने के लिए मना कर रही थी। जबकि वह ऊपर साँस खींच ही नहीं रही थी—और तब वह मूर्च्छित हो गयी थी—पार्टीशन के पार दूसरी टेबल पर लेटी हुई स्त्री के बच्चे के रोने की आवाज से उसे चेत हुआ था। पार्टीशन के पार स्त्री की कराह अब सन्तोष की कराह थी। वह अपने बच्चे को बारम्बार सम्बोधित करते हुए प्रार्थनावाले बुदबुदाते ओंठों से पुकार रही थी कि वह बाहर आ जाये। —'बहुत हुआ'— 'अब वह सहन नहीं कर सकेगी', पर चीख नहीं निकल रही थी। पार्टीशन के पारवाली औरत 'ओ माँ' करके जिस तरह चीखी थी वैसे ही वह भी चीखना चाह रही थी ताकि वह स्वयं माँ बन सके, पर उसके हाथ-पैर, संज्ञा, देह सब इतने पीड़ामय हो गये थे कि उनमें कोई चेतना ही नहीं रह गयी थी। केवल अजीब-सा जलभरा-सा भाव-बोध

देह तथा इन्द्रियों तक में फैल गया था।—पानी निकल जाने के बाद वह निश्चेष्ट अतन्द्र बनी कहीं अपने ही में लीन थी। केवल डाक्टर तथा नर्स की आवाज अस्पष्ट में सुनायी पड़ रही थी। शायद उसने सुन भी लिया था कि डाक्टर अब देर करने के पक्ष में नहीं था। पानी निकल जाने के बाद प्राकृतिक प्रसव हो सकने की सम्भावनाएँ नहीं रह गयी थीं क्योंकि जच्चा में शक्ति बिलकुल भी नहीं रह गयी थी। थैली के फट जाने से बच्चे को भीतर कोई आधार नही रह गया था। डर था कि कहीं आँतों में उलझकर बच्चा समाप्त न हो जाये। —डाक्टर ने उसके पेट पर कान रखकर बच्चे को धड़कन सुनने की चेष्टा की थी और अगत्या जब आपरेशन किया गया तब वह मूर्च्छित थी। वह चेतना में जिस समय लौटी तो दर्द की एक तेज लकीर आद्यन्त दौड़ गयी और वह मूर्च्छित होते-होते बची थी। जब दो-चार बार में वह दर्द की अभ्यस्त हुई तो पहला विचार उसे अपने बच्चे का आया। अपने पास उसने हौले से हाथ उठाकर देखना चाहा कि उसका बच्चा आराम से तो है न? कैसा है? जैसी उसने कल्पना कर रखी थी वैसा ही है न? लड़का है या लड़की? जब हाथ से टटोलने पर दोनों ही ओर रिक्त लगा तो किंचित् घबरायी थी। सिरहाने रखे पालने में वह उत्सुक होकर देखना चाहने लगी। पर अभी वह जरा-सा हिलकर देखे इस चेष्टामात्र से उसे जो दर्द हुआ उसकी परिकल्पना से वह आज तक सिहर उठती है। उसे किंचित् हिलते देख नर्स चौकन्नी हुई थी। नर्स के लिए उसके मन की आकुलता जान लेना बिलकुल स्वाभाविक था। लेकिन वानीरा के लिए नर्स का मात्र भावहीन खड़े रहना ही सारी स्थिति को समझ ले जाने के लिए काफी था। उसने पलकें ऊँची कर पालने के सूनेपन को दो-एक बार जाने किस प्रत्याशा से बल्कि विवशता से देखा और तब वह कटे पेड़-सी हरहराकर अपने ही भीतर टूटती चली गयी थी। वह शायद तब वास्तविक मूर्च्छित हुई थी। दर्द अब अनन्तमुखी हो उसकी शिरा-उपशिराओं में फैलकर सदा-सदा के लिए घर कर गया था। वह सम्भवतः रोना चाहती रही पर उसमें किसी भी बात की शक्ति नहीं रह गयी थी बल्कि वह दर्द, आँसू या सारी क्रियाओं से परे मात्र एक स्थिति भर था।

केवल एक ही विचार उसे अनहल किया लगता कि क्या वह अपने में किसी शव को ही लिये दर्द भुगतती रही है? क्या वह कभी जीवित नहीं था? उसने अनेक रातों उसकी धड़कनें सुनी हैं। धड़कनें ही नहीं उसने अपने बच्चे से बातें तक की थीं। और बच्चा उसकी बातें सुनने के लिए कैसे ऊपर चढ़ आता था और फिर कैसा खिलखिलाकर नीचे बहुत नीचे, किसी गहराई में तैर जाता था। विवेक को बच्चे की धड़कनें सुनायी हैं। वानीरा ने स्वयं अपने बच्चे के हाथ, पैर, सिर तक अनुभव किया है। उसका बच्चा शव कभी नहीं हो सकता था। उसने नौ माह किसी मृत्यु को अपने में नहीं धारण किया। वह प्राण था। उसके देह थी। वह देह, जिसे रचने के लिए एक-एक पल वह कैसे उसे ऊने-ऊने सेती रही थी।—और आज वही.......

वानीरा कमरे में अकेली बैठी, खिड़की से नील पर्वतमाला देख रही थी। बड़ा ही धूप धुला प्रशस्त फैलाव इस तीसरे पहर में उभर आया था। जून का अन्तिम सप्ताह था। गर्मी काफी प्रखर थी। बादलों के घिरने की सम्भावना शुरू हो गयी थी। दो-चार बार बरस जाये तो सम्भव है गर्मी कुछ कम हो। कम तो क्या होगी, भभकेगी ही अधिक पर जब बरसने लगेगा तो एक-न-एक दिन तो ठण्ढक हो ही जायेगी। दिनभर पंखे की हवा से घबराकर वह इस समय खिड़की खोल अपने से बचने के लिए बैठी थी। पढ़ती है। दिनभर पढ़ती ही रहती है। पर उसे इन किताबों और लेखकों पर हँसी आती है। पता नहीं जाने किस कल्पना-लोक के चरित्रों की ये बातें करते हैं। नारी के बारे में लिखेंगे तो बड़ा ही मीठा-मीठा-सा आदि से अन्त तक लिखकर हर पुरुष को जिज्ञासु बना देंगे कि जैसे नारी न हुई कोई रसगुल्ला है कि पाने, खाने और खाकर अपने भीतर तक केवल मिठास का ही अनुभव करें। और वह प्रायः झल्लाकर किताबें, पत्रिकाएँ फेंक देती रही है, बस एक ही बात—वही मिथ्यात्व। स्त्री वही है, कभी उसे चौरंगी पर ले जाकर लेखक रोमांस करवा देगा तो कभी दार्जिलिंग की किसी बर्फीली चोटी के परिपार्श्व में खड़ा कर उसे सर्वश्रेष्ठ सुन्दरी घोषित कर देगा। जैसे नारी का अपना तो कोई स्वत्व है ही नहीं। पहले भी नहीं था। पहले वह समर्पिता बनी पति के चरणों में धूल-धूसरिता थी तो आज चुस्त पंजाबी कुरते-सलवार में बड़े ही समेटे-समेटे अपने को उत्सर्गित ढंग से लिये हुए खिलौना बनी घुमायी जा रही है। क्या कभी उसे वैसा ही गौरव पुरुष देगा जो दो पुरुष आपस में देते हैं? उसे स्त्री-जाति पर ही चिढ़ हो आयी कि कभी वह कपड़ों में इतनी खो गयी थी कि बस, और आज वह कपड़ों से बाहर फूटी पड़ रही थी। अपने अंगों की तरह स्वयं भी कोई सन्तुलन नहीं रख पाती।

शायद वह इसी तरह फिजूल का अपने पर रोज ही की तरह चिढ़ती बैठी रहती और कालीपद चाय ले आये इसकी प्रतीक्षा करती रहती पर विवेक के हँसने की आवाज सुनायी दी। वह चौंकी। आज असमय विवेक कैसे? शायद कोई साथ में है। कौन है? क्लाइड तो नहीं ही लगता, तब?

— वानीरा!

उसने मात्र उन्मुख होते हुए विवेक की ओर देखा।

— कई दिनों से मैं चाह रहा था कि मेजर आनन्द से तुम्हारा परिचय हो जाये।

— कौन मेजर आनन्द?

— अरे वही जिनके बारे में बताया था न तुम्हें कि यह मुझे मेजर दास की चाय-पार्टी में मिले थे, जो इतिहास में काफी रुचि रखते हैं?

— हाँ, याद आया। तो?

— अभी मुझे रास्ते में मिल गये तो साथ लिवा लाया।

— रास्ते में?

— हाँ, वो गोविन्दराम फ़र्म के मैनेजर शाह हैं न, उनकी पत्नी को देखकर लौट रहा था।

— क्या हुआ श्रीमती शाह को?

— हिस्ट्रीरिक पेशेण्ट हैं। —तो तुम तैयार हो जाओ। मेजर आनन्द को ड्राइंग-रूम में बैठा आया हूँ।

वह अनुत्तरा उठ आयी। कभी कोई दूसरा दिन होता तो वह झल्ला पड़ती। वह अपने जल को अनछुआ ही रहने देती पर आज वह दिनभर इतना स्वत: रही थी कि उसे अपने जल से बाहर निकल उठने की अकुलाहट होने लगी। यह उसके अन्तर में था यद्यपि बाहर वह वैसे ही अप्रयोजित, अलस बनी उठी, और तैयार होने के लिए चली गयी जैसे एक आँसुओं में डूबा उदास क्षण, जो अभी यहाँ था और अभी ही उठकर कहीं चला गया।

जिस समय वह सुषमित होकर ड्राइंग-रूम में पहुँची विवेक और आनन्द इतिहास पर चर्चा कर रहे थे। शायद पुष्यमित्र शुंग की प्रशस्ति में मेजर आनन्द इतिहास के पन्नों पर दौड़ ही नहीं रहा था वरन् स्केटिंग कर रहा था। आनन्द के बात करने का ढंग बड़ा ही मन्द, गम्भीर किन्तु संयमित आवेशवाला था। वह बोलते हुए लिखता मालूम देता था।

— डाक्टर विश्वास! अभी-अभी कुल सौ वर्ष पहले बौद्ध अशोक का धर्म-प्रयास बीता था। कलिंग में, अशोक के आक्रमण के बाद पुनर्जागरण आया और वहाँ सम्राट् खारवेल-जैसा प्रतापी सम्राट् हुआ। ठीक इसी समय मौर्य साम्राज्य की बागडोर निर्वीर्य बृहद्रथ के हाथों में आयी। पुष्यमित्र शुंग इसी का सेनापति था। समझ रहे हैं न कि इतिहास की किस दुरभि में एक अमागध, एक ब्राह्मण, मात्र एक सेनापति एक दिन सारी जनता की उपस्थिति में, सेना के परामर्श से बृहद्रथ का वध कर देता है। इसका अर्थ हुआ विवेक बाबू कि पाटलीपुत्र की जनता में अशोक के द्वारा बौद्धों को दिये गये प्राधान्य से असन्तोष था और वही असन्तोष पुष्यमित्र के हाथों में खड्ग बना।

वानीरा ठीक इसी वाक्यांश पर प्रविष्ट हुई थी। और हँसते तथा प्रणामते बोली,

— कौन किसके हाथों में खड्ग बना?

मेजर आनन्द ने खड़े हो प्रति-नमस्कार करते हुए कहा,

— एक सामाजिक असन्तोष एक व्यक्ति के हाथों में असन्तोष बना श्रीमती विश्वास।—मुझे आनन्द कहते हैं।

— अभी आप बौद्धों की ही चर्चा कर रहे थे?— इसलिए कौन से आनन्द हैं आप?

और तीनों हँस पड़े। कालीपद चाय ले आया था। वानीरा चाय बनाने लगी।

— मेरे आने से आपकी इतिहास-चर्चा रुक गयी न?

— नहीं ऐसी तो कोई बात नहीं।

— सुनती हूँ इतिहास आपको काफी प्रिय है।

तभी विवेक ने चाय का कप वानीरा से लेते हुए कहा,

— प्रिय? इन्हें तो इसका व्यसन तक है।

आनन्द को वह पहले ही दे चुकी थी। अपना कप उठा, कुर्सी से टिक किंचित् निश्चिन्तता अनुभव करते हुए बोली,

— क्या आप मिलिट्री में जाने के पहले कहीं इतिहास के प्रोफेसर थे?

— चाहता था, पर था नहीं।

— क्या इतिहास-जैसी अवैयक्तिक चीज भी व्यसन हो सकती है?

— व्यसन और प्रिय ये दोनों ही विशेषण जो मेरे सन्दर्भ में प्रयुक्त किये गये हैं, वे मेरे द्वारा तो प्रयुक्त नहीं ही हुए हैं । अधिक-से-अधिक रुचि ही कह सकता हूँ ।

— किसी विशेष काल में रुचि है आपकी?

— हाँ, प्रागैतिहासिक तथा वैदिक युग ।

— सुनती हूँ उस काल में कुछ नहीं था । जो कुछ सभ्यता, इतिहास आदि है वह सब ईसा से आरम्भ होता है ।

— सुनता मैं भी यहीं था।

और आनन्द तिरस्कृत मुसकराने लगा। जिस तरह तोलकर वानीरा बातें कर रही थी लगभग उसी वजन की बातें आनन्द भी कर रहा था। सभी को हठात् लगा कि बातें बड़ी फैल गयी हैं, उन्हें समेटा जाना चाहिए।

मेजर आनन्द ने ही पहल की,

— अब आपकी तबीयत कैसी रहती है?

वानीरा आनन्द के पूछने का सारा मन्तव्य समझ ले गयी। बोली,

— तबीयत तो ठीक ही है।

जो ठीक नहीं था उसे अनकहे भी आनन्द तक कहा हुआ बना दिया।

— सुना आप लोगों के पास बहुत बड़ा खजाना है।

और मेजर आनन्द अपने ढंग से हँस पड़ा।

— आपका मतलब अगर गड़े हुए से है तो वह सरकार तथा मकान मालिक का होगा।

मेजर आनन्द को वानीरा में एक विशेषता लगी। हठात् मेघ घिरने लगे थे। हवा झिरझिराने लगी थी।

— नहीं, मेरा मतलब.......

— मैं जानती हूँ ।

— क्या?

— विवेक की मूर्तियाँ।

और वानीरा ने एक झटके में अपनी श्रेष्ठता सिद्ध कर दी। स्पष्ट था कि आज मेजर आनन्द अब और उन मूर्तियों की चर्चा नहीं कर सकता था। अतएव बातें, खासकर ऐसे समाज में घूम-फिरकर मौसम, खालीपन पर आ जाती हैं।

— आज रात, नहीं तो सवेरे तक जरूर पानी गिरेगा।

— यह आप कैसे कह सकते हैं? क्या ये जो सहसा बादल घिरने लगे हैं इसलिए कह रहे हैं।

— ईशान कोण में बिजली की लपक आप देख रही हैं?

— आप तो मौसमी का भी इतिहास जानते लगते हैं।

— नहीं, केवल मोटी-मोटी बातें। —एक निवेदन करना था।

— आज्ञा करें।

— किसी दिन चाय पीकर मुझे अनुगृहीत करें।

— दोनों ही काम करने होंगे?

और तीनों हँस दिये। विवेक के मन पर जो एक बोझ था वह इस बात से दूर हो गया कि आज कई दिनों, बल्कि हफ्तों बाद वानीरा इतने सहज ढंग से किसी अन्य के सामने प्रस्तुत हुई थी और उन्मुक्त थी।

वानीरा को मेजर आनन्द न केवल इतिहासवेत्ता ही बल्कि एक अच्छा वक्ता तथा अत्यन्त संयत व्यक्ति भी लगा। उसकी न केवल बातों में ही बल्कि हँसी तक में सामनेवाले को अकेले कर जाने की क्षमता थी। सामनेवाले को वह लेता अवश्य था पर स्वयं को उसे कितना सौंपता था इसका निर्णय चाहते हुए भी वानीरा नहीं कर सकी। क्लाइड, आनन्द, विवेक और वानीरा, क्लाइड के लान में बैठे हुए, चाय पीते सूर्यास्त के प्रलम्ब सौन्दर्य को देख रहे थे। दिनभर वर्षा नहीं हुई थी इसलिए सब बड़ा सुहाना हो गया था। अभी-अभी क्लाइड ने एक शिकार का वर्णन पूरी रोमांचकारिता के साथ सुनाया था। शायद सभी उसे सुनकर अपने-अपने ढंग से अपने में ग्रहण किये सहसा मौन हो गये थे। सहसा मौन बड़ा लम्बा लगता है साथ ही भारी भी। अपना ही हाथ हिलाने पर पूरी सृष्टि का बोझ अनुभव होता है।

— शायद इतनी अच्छी शाम में ऐसा वर्णन सुनाकर मैंने अच्छा नहीं किया।

क्लाइड की इस बात को तीनों ने सही माना परन्तु क्लाइड के इस प्रकार बोलने में कहीं पश्चात्ताप का भी भाव था। सहसा वानीरा बोली,

— मेजर आनन्द! क्या आप जानते हैं कि मिस्टर क्लाइड के पास बड़े ही अच्छे क्लासिकल रिकार्डों का संग्रह है।

— मैं तो इन्हें एक बहुत अच्छा चाय का उत्पादक, शिकारी, उदारमना अंग्रेज तथा मित्र मानता रहा हूँ। इनके पास अगर क्लासिकल रिकार्डों का संग्रह है तो मुझे

आश्चर्य नहीं होगा। वैसे मैं जानता नहीं।—लेकिन क्या आप जानती हैं कि इनके पास सबसे सुन्दर तथा कीमती शतरंज न केवल है ही बल्कि उसके खिलाड़ी भी अच्छे खासे हैं!

वानीरा थोड़ा खिलखिला पड़ी।

— मेजर आनन्द! न केवल जानती ही हूँ परन्तु मेरे पति के साथ इनकी कई बाजियाँ भी देख चुकी हूँ।

वानीरा की बात पर झूठा हतप्रभ होते हुए आनन्द बोला,

— मैं शुरू दिन ही समझ गया था कि आपसे पेश नहीं पाया जा सकता।

— ऐसा क्यों?

— लेकिन ऐसा क्यों नहीं? प्रमाण मिल ही गया अभी।

क्लाइड इस बीच नौकर के साथ पुराने ढंग का चोंगेवाला ग्रामोफोन लिवाये चले आ रहे थे। क्लाइड ने रिकार्डों का बक्सा वानीरा के सामने बढ़ा दिया। वानीरा ने डिब्बा विवेक की ओर बढ़ाते हुए कहा,

— मेरी तरफ से तुम चुनाव नहीं कर सकोगे विवेक?

— तुम इस समय वाद्य सुनना चाहोगी या गान?

— चाहती हूँ कि तुम और क्लाइड शतरंज खेलों और मेजर आनन्द मुझे सुनायें कि प्रागैतिहासिक काल में कब क्या हुआ और क्यों हुआ।—बुरा न मानना विवेक! असल में अपने से इतने दूर चले जाने को मन करता है कि कभी आभास तक न हो कि मैं थी या हुई भी। और यह इतिहास में ही सम्भव है।

वानीरा की इस बात बात पर सबका चौंकना सहज ही था। क्लाइड ग्रामोफोन में चाभी दे चुका था। अभी वह चोंगा लगा रहा था कि वानीरा ने यह बात कही थी। वह बोला,

— श्रीमती विश्वास! मैं कई दिनों से आपसे एक बात कहना चाह रहा था।

— मिस्टर क्लाइड! क्या यह सम्भव नहीं है कि मैं उसे जानती होऊँ ?

— जरूर सम्भव है, लेकिन—

— क्या आप सोचते हैं कि मैं भी वह सब अब नहीं सोचना चाहती हूँ जिसके न सोचने के लिए आप कहने जा रहे हैं?

— हाँ और क्या। इस तरह अगर आप गाँठ बाँधकर बैठ जायेंगी तो कैसे काम चलेगा?

— कौन-सा काम? मिस्टर क्लाइड! एक बार वितृष्णा हो जाने पर मुँह सदा के लिए तुरा जाता है।

— इसीलिए मैं डाक्टर विश्वास से कई बार कह चुका हूँ कि दो-चार दिन की आउटिंग का कार्यक्रम क्यों न बनाया जाये? परिवर्तन हमेशा अच्छा होता है।

विवेक ने इस बीच एक वाद्य का रिकार्ड छाँट लिया था। वह उठा और उसे ग्रामोफोन पर लगा दिया। तभी वानीरा उठी और बोली,

— विवेक! तुम नहीं सोचते कि अब हम लोगों को चलना चाहिए?

बात सभी को असंगत लगी। सूर्यास्त के अन्तिम रंग आकाश में मैले हो रहे थे। प्रकाश तो अधिक नहीं था पर आभास बहुत था। स्वर और प्रकाश दोनों की स्तब्धता पत्तों, लान, सामने के विस्तृत फैले चाबगान तथा लोगों के मुखों पर ठहरी हुई थी। केवल ग्रामोफोन का अकेला स्वर आशा से अधिक उभरा लग रहा था। वह फिर बोली,

— मेजर आनन्द। क्या आप शहर की तरफ नहीं जा रहे हैं?

और मेजर आनन्द की जीप जिस समय विवेक-वानीरा को लेकर चली, रिकार्ड समाप्त हो चुका था और क्लाइड उसे बन्द कर रहा था। वानीरा के इस प्रकार अनुत्सवी ढंग से उठकर चल देने के प्रति लगभग सभी को सहानुभूति थी।

नवरात्र के दिनों में आकाश लगभग स्वच्छ रहता है। रहा भी। इसलिए 'रिजर्व फारेस्ट' की आउटिंग का कार्यक्रम बन गया। पर विवेक के लिए जा सकना सम्भव न हुआ। कुछ रोगी ऐसे थे जिन्हें वह छोड़कर नहीं जा सकता था। तय यही हुआ कि अलत सवेरे क्लाइड, आनन्द और वानीरा, दो नौकरों के साथ निकल पड़ेगे और या तो शाम तक या देर शाम तक लौट आयेंगे। 'रिजर्व फारेस्ट' ही में जंगली हाथी, चीते, अनोखे पशु-पक्षी देखे जा सकते थे। वहाँ के लिए राजकीय आज्ञा प्राप्त कर लेना मेजर आनन्द के लिए कोई कठिन नहीं था।

लेकिन इन लोगों को चलते-चलते ही आठ बज गये। खुली धूप, ठण्ढी हवा तथा साफ सड़क के कारण तीन घण्टे में ये लोग सौ मील का रास्ता तय कर सके। यात्रा लगभग दो सौ मील की थी। आनन्द को आशा थी कि एक, डेढ़ तक तो अवश्य ही फारेस्ट रेस्ट-हाउस पहुँच जाया जायेगा। आज के जैसा खुला दिन शिकार और मछली पकड़ने के लिए आदर्श होता है। चारों ओर का विपुल दृश्य देखते रहने के कारण यात्रा असुविधात्मक नहीं लग रही थी। थोड़ी ही देर बाद अनायास मेघ घिरने लगे और आधे रास्ते तक पहुँचते तो मूसलाधार वृष्टि होने लगी। यद्यपि आनन्द की जीप चारों ओर से अच्छी तरह से ढँकी थी पर बौछार बहुत तेज थी। पानी जिस सपाटे से बरस रहा था उसमें गज भर आगे भी देखना दुष्कर हो रहा था। नदियों, नालों में काफी पानी था। पानी, बौछार और तेज हवा के कारण उनकी गति इतनी धीमी हो गयी थी कि जगह-जगह उन्हें रुकने के लिए बाध्य होना पड़ रहा था। इसका नतीजा यह हुआ कि जिस समय मेन रोड छोड़कर वे लोग 'रिजर्व फारेस्ट' की सीमा में प्रविष्ट हुए तब चार बजने में दस मिनट थे। मीलों तक सघन कान्तार के न कोई शब्द, न स्थिति कुछ नहीं था। जंगल में वे जैसे-जैसे प्रविष्ट होते गये वैसे-वैसे ऊँचे शीशम तथा दूसरे पेड़ों ने लगभग रात ही उपस्थित कर दी थी। भोगता अरण्य-सौन्दर्य, मोहक अवश्य था पर उसमें एक अपराजेयता थी जिससे भय लगता था। मैदानों की अपेक्षा वन का भीगना नितान्त अपना होता है। अजीब सन्नाटे में खिंचे सब बैठे थे। केवल जीप की दो बत्तियाँ

और इंजिन की घरघराहट ही उस कान्तारी निर्जनता में सजीव लग रहे थे। वापस लौटने का प्रश्न ही नहीं था क्योंकि यदि इसी तरह वर्षा होती रही तो पता नहीं कितनी रात में डिब्रूगढ़ लौटना हो। और वहाँ ऐसे भीगते हुए लौटने में किसी और की नहीं तो वानीरा की तबीयत अवश्य खराब हो सकती थी। हवा कद्दावर पेड़ों के बीच साँय-साँय कर रही थी। रह-रहकर आती पशु-पक्षियों की अजीब आवाजें तथा सुदूर में एक साथ आती हाथियों की चिंघाड़ वन के एक सिरे से दूसरे सिरे तक अनुगुंजित हो रही थी। नदियों, नालों के मारे फर्लाङ्ग भर चलना मुश्किल हो रहा है। पता नहीं इतना पानी धरती कैसे धारण किये रहती है। वातावरण क्रमश: भयद होता जा रहा था। क्लाइड और आनन्द के बीच सिर और कान पर रूमाल बाँधे वानीरा भी मौन बैठी थी। वर्षा पर्दों पर गोलियों की तरह टकरा रही थी। आनन्द के बालभरे पुष्ट हाथ, स्टीरिंग कर रहे थे और वह ड्राइविंग में केन्द्रित था। क्लाइड अपना पाइप पीते हुए शायद मन-ही-मन वर्षा पर चिढ़ रहा था क्योंकि शिकार का उसका सारा कार्यक्रम ही चौपट हुआ जा रहा था। वानीरा निष्क्रिय नहीं तो निश्चिन्त अवश्य थी कारण कि जहाँ तक स्थितिगत चिन्ताओं का प्रश्न था उसे वह साथ के दो समर्थ पुरुषों पर छोड़कर निरापद थी। सम्भवत: यही उचित एवं नारीगत भी था, बल्कि किसी सीमा तक यहाँ इस प्रकार घिर जाना उसे जरा भी विपद नहीं लग रहा था। सम्भवत: बारम्बार उसका मन एक ही बात कहने को हो रहा था कि आनन्द! जरा जीप रोको, इस वर्षा में भीग लिया जाये, सम्भव है भीतर का असन्तोष, रोज की अन्यमनस्कता को कुछ ठण्ढापन लगे। मुँह पर फुहार झेलना कितना अच्छा लगता है न?

— क्या अभी हम लोग फारेस्ट में नहीं पहुँचे?

वानीरा के इस प्रश्न पर क्लाइड ने पाइप को दाँत से पकड़ जवाब दिया,

— यही तो फारेस्ट है।

दोनों की समझ में नहीं आया कि 'तो फिर?' कहकर वानीरा क्या पूछना चाह रही है? लेकिन जाने क्या सोचकर दोनों ने ही वानीरा से कुछ नहीं पूछा, बल्कि आनन्द ने क्लाइड से पूछा,

— क्यों मिस्टर क्लाइड! आपको तो याद होगा कि इस नदी के पार ही तो दाहिने से एक शार्टकट है रेस्ट-हाउस के लिए।

— मेरा ख्याल है कि जरूर है, पर इट इज नाट व्हेरी सेफ।

बिना किसी ओर देखे आनन्द किंचित् हँसते हुए बोला,

— तब तो बहुत अच्छा है कि अगर कोई जानवर मिल जाये तो आपका शिकार का कार्यक्रम तो पूरा हो जायेगा। वर्ना खाली हाथ लौटना पड़ेगा। एक पतले-से पुल को लगभग हिलाती हुई जीप उस पार पहुँची। नदी बहुत नीचे नहीं थी पर धार तेज थी तथा शब्द भी खासा था। दाहिने हाथवाली पहाड़ी लगभग सामने का रास्ता रोककर बायें हाथ दूर तक चली गयी थी। नदी और पहाड़ी की तलहटी से सटी सड़क आगे निकल गयी थी। आनन्द ने शार्टकट के लिए

जैसे ही जीप को मोड़ा तो बड़ी जोर का झटका लगा। अभी कोई कुछ कहे इसके पूर्व ही सबने देखा कि एक बड़ा-सा बारहसिंघा जीप से टकराता भागा। क्लाइड का हाथ फौरन अपनी राइफल पर गया। पर अभी वह जीप का पर्दा उठाकर बाहर निकले इस बीच वह पेड़ों में अदृश्य होता जा रहा था। फिर भी बड़ी फुर्ती से कूदकर निशाना ले अन्दाज से उन्होंने तीन-चार फायर किये। सारा जंगल राइफल की आवाज से गूँज उठा। क्लाइड जानता था कि फायर व्यर्थ ही गये हैं पर सावधानी के ख्याल से वह उधर ही लपका जहाँ बारहसिंघा फायर करते समय अन्तिम बार दिखा था। ठीक इसी समय जबकि बारहसिंघा जीप से टकराया था, हठात् झटका लगने के कारण वानीरा आनन्द से टकरायी, तो अनायास वह आनन्द की खुली पुष्ट बाँह पर झटके से गिरी। बाँह की पुरुष-रोमवलि तब वानीरा के स्निग्ध गालों पर लगी तो देह सुरसुरा उठी। निष्प्रयास, बल्कि आदतन आनन्द का बायाँ हाथ सहारा देने के ख्याल से वानीरा की कमर पर आ गया। वानीरा ने देखा कि आनन्द उसकी ओर बड़ी ही सर्वजित् मुसकराहट से देख रहा है। प्रत्युत्तर में वह भी मुसकराते हुए स्वयं को साधने लगी जब क्लाइड बारहसिंघा की खोज में थोड़ी ही दूर जाकर जंगलों में अदृश्य हो गया तब जीप में बैठे हुए व्यक्तियों के पास सहसा कोई काम नहीं रह गया। वानीरा को ऐसे मौन बैठना सुहाया नही, वह बोली,

— क्या वह बारहसिंघा मर गया होगा?

— मैं तो नहीं समझता।

— तब फिर क्लाइड क्यों गये? भीग नहीं जायेंगे वह?

— शिकारी, शिकार के अलावा और कुछ नहीं देख पाता है।—लो, वो देखो, जनाब खाली हाथ चले आ रहे हैं।

क्लाइड ने आते ही कहा,

— कमबख्त वार बचा गया।

— चलिये, कोई बात नहीं, आपने कोशिश तो की।

और जीप पहाड़ी जंगली रास्ते पर चढ़ने लगी। जीप के भीतर अँधेरा था पर स्पीडोमीटर और तेलसूचक यन्त्रों की क्षीण लाइट, थोड़ी-सी होते हुए भी बड़ी फैली-फैली लग रही थी। और जिस समय ये लोग रेस्ट-हाउस पहुँचे वर्षा हलकी हो गयी थी, पर अभी वर्षा और होगी, इतना स्पष्ट लग रहा था।

रेस्ट-हाउस के बरामदे में बैठे हुए थोड़ी निश्चिन्तता अनुभव करते हुए वानीरा को बड़ा अच्छा लग रहा था। आकाश बादलों से अभी भी भरा था पर उनकी सघनता, इतने बरस जाने के बाद कम हो गयी थी। जो अँधेरा एकदम झुक आया था, थोड़ा ऊँचा हो गया। चारों ओर का दृश्य क्रमश: उतार लेता हुआ क्षितिजपर्यन्त वनश्री बनकर फैला था। बड़ी ही निस्तब्धता फैली थी। तीनों के चाय पीते तक वर्षा एक प्रकार से थम चुकी थी। भीगे कुहरे के झीने, नीले मलमली दुकूल पेड़ों पर या तो लटके हुए थे या उनमें फैले थे। घाटियों की लचक के साथ कुहरा भी चिकनी, नीली लचक में रुका हुआ था। हवाहीन वातावरण में मौन भी बड़ा उत्कीर्णित लगने लगता है। वानीरा इस क्षण न विगत, न आगत, कहीं अन्यत्र न होकर पानी की बूँद बनी स्थिर थी। व्यक्ति यदि ऐसे ही असम्बद्ध क्षणों में जी सके तो उसे कभी दु:ख नहीं हो सकता। दु:ख, विगत की स्मृति या आगत की आशंका से होता है। यदि केवल वर्तमान-ही-वर्तमान हो तो ऐसा वर्तमान सदा हमारे पैरों के नीचे होता है। पर ऐसे क्षणों में भी दु:खी कर देने की क्षमता होती है। वानीरा को यही दु:ख सताये हुए था कि यह क्षण कैसे चुपचाप, अनायास, निष्प्रयास बीता जा रहा है। बीतकर कैसे अदृश्य हुआ जा रहा है कि कभी भी नहीं लौटेगा। आरामकुर्सी पर बैठी हुई वह, उसका यह चाय का प्याला, भाप के कोमल वर्तुल सब बीतकर जाने कहाँ चले जा रहे हैं। कैसी अजीब बात है कि हम बीतकर कहीं चले जा रहे हैं और हमें ही नहीं मालूम कि बीतकर कहाँ पहुँच गये हैं या पहुँच रहे हैं। तब भला एक दिन जब सम्पूर्ण या रहे-सहे भी अन्तिम बार के लिये बीत जायेंगे तब भी हमें क्या मालूम हो सकेगा? हम स्वयं बीतकर अपने ही लिये अज्ञात हो जाते हैं। केवल एक दिन ऐसा जरूर होगा जिस दिन अन्तिम बार बीतकर फिर और कुछ बीतने के लिए शेष नहीं रहेगा।

तभी हाथी की चिंघाड़ कहीं पास में दक्षिण से आयी। वह चौकी। क्लाइड हँसते हुए बोला,

— डरने की कोई बात नहीं। रातभर ऐसी चिंघाड़ें सुनने को मिलेंगी।

— शायद हम लोगों ने यहाँ आने के लिए उपयुक्त दिन नहीं चुना।

वानीरा की बात पर क्लाइड बोला, जो कि बन्दूक की नली में कुछ देख रहा था;

— नहीं, दिन तो बहुत अच्छा है। जब चले थे तब कितना खुला हुआ था, और वैसे भी अभी दो-तीन घण्टे जंगल में घूमा जा सकता है। ठीक है न मेजर आनन्द?

— पानी बरस गया है, सम्भव है श्रीमती विश्वास को अड़चन हो।

आनन्द की बात पर वानीरा बोली,

— लेकिन अब तो अँधेरा काफी हो गया है।

क्लाइड ने टिगर को दो-तीन बार चलाते हुए कहा,

— यहाँ का यही तो आदिम आनन्द है मिसेज विश्वास! — चीते, हाथी, अजगर और....

कारतूस की पेटी कसते हुए क्लाइड बोलता जा रहा था, बिना यह समझे-बूझे कि बात का वानीरा पर क्या प्रभाव हो सकता है। वानीरा अन्तर में भयग्रस्त हुई। ऊपर से वह निस्पृह बनी रही। लेकिन वह यही सोच रही थी कि यदि आनन्द और क्लाइड दोनों ही चले गये तो वह यहाँ अकेली बैठी क्या करेगी? आनन्द के दोनों नौकर पीछे की तरफ खाना बनाने में व्यस्त थे। अभी थोड़ी ही देर में अँधेरा घिर आयेगा, तब वह यहाँ अकेली बैठी बरामदे में क्या करेगी? और क्या तब सम्भव भी होगा?

दोनों बाहर निकलने की तैयारी लगभग पूरी कर चुके थे। आनन्द ने अपनी सर्वजित् मुस्कराहट के साथ कहा,

क्या आप नहीं चलेंगी?

नारी जब पुरुष से कुछ अतिरिक्त की आशा करती है तब आँखें बड़े ही प्रमुख रूप से खुली-खुली लगती हैं। ऐसी आँखें आपकी पात्रता बाँच ले जाती हैं ठीक ऐसे ही जैसे कि कर्ज देनेवाला, कर्ज लेनेवाले को आद्यन्त बाँचता है। नारी कभी भी अपने को निरापद नहीं सौंपती। जब वानीरा ने उसे बाँच लिया तो अपना एक हाथ उठा दिया जिसे आनन्द ने लिया नहीं बल्कि ग्रहण किया। ऐसे ग्रहण करने का अर्थ प्रत्येक नारी के निकट बहुत स्पष्ट होता है। नारी देती नहीं, ग्रहीता होना चाहती है।

और बरसातियाँ, टार्च, राइफलें लेकर तीनों निकल पड़े। दृश्य का हरापन किंचित् गहरा गया था। जंगल की क्रमशः भयानक निस्तब्धता कद्दावर पेड़ों के गीले तनों, भीगे रास्तों तथा ठिठुरे अँधेरे में जैसे बोल रही थी। सन्नाटे की अनन्त पतली-पतली धारियाँ यहाँ-वहाँ खिंच उठी थीं। किसी पक्षी की जरा-सी हलचल से ढेरों बूँदें टिपटिपा जातीं और उसकी-सी प्रतिध्वनि तक लगने लगती। भीगे रास्ते पर अपनी ही पदाहटें उन्हें सुनायी पड़ रही थीं। निर्जनता, कसा हुआ वाद्य लग रही थी तभी तो स्वयं के सोचने तक का शब्द अनुभव होता था इसलिए तीनों बिना कुछ सोचे-विचारे बढ़ रहे थे। वानीरा बीच में थी और क्लाइड आगे था। आनन्द कभी-कभी आस-पास के घिरे अँधेरे में टार्च की रोशनी फेंककर देखता चल रहा था। बीच-बीच में क्लाइड की सीटी कुछ देर को सुनायी भर पड़ जाती, जो काफी प्रमुख लगने लगती। ऊँचे पेड़ों और वन के सघन विस्तार ने उन तीनों को नगण्य कर दिया। वातावरण में हाथियों की चिंघाड़ थोड़ी स्पष्ट थी। पर जाने क्यों वानीरा को अनुखन यह लगता रहा कि अभी कोई अघटित घट सकता है। किसी भी क्षण कुछ भी सम्भव है।

— यह हाथियों की चिंघाड़ बहुत दूर तो नहीं लगती मिस्टर क्लाइड! आनन्द की बात का जवाब क्लाइड ने बिना मुड़े दिया,

— यह जो थोड़ी दूर पर नदी है, वहाँ शाम के समय ये सब पानी पीने आते हैं।

— तो क्या हम लोग उन्हें देख सकते हैं?

वानीरा की इस बात का उत्तर दिया जाता इसके पूर्व ही आनन्द की बैटरी एक पेड़ के तने के पास ठिठकी और लगभग चीखते हुए वह बोला,

— मिस्टर क्लाइड!

क्लाइड शायद बैटरी की रोशनी में वह देख चुका था जिसे आनन्द दिखाना चाहता था और क्लाइड ने निशाना साधकर दो गोलियाँ चलायीं। वह अजगर था जिसने इन लोगों को नहीं देखा था। केवल उसकी भारी फूत्कार सुनायी दी थी। गोलियों का शिकार हो अजगर ढेर हो गया। वानीरा के मुँह से केवल चीख निकली थी और अगर आनन्द ने सहारा न दिया होता तो वह मूर्च्छित होकर गिर पड़ती। वैसे वह मूर्च्छित नहीं हुई थी क्योंकि उसने गोलियों की आवाज सुनी थी तथा अपनी कमर में आनन्द का हाथ भी अनुभव किया था, साथ ही उसे आनन्द के कन्धे का अनुभव अपने गालों पर हुआ था। जब उसने क्लाइड की आवाज सुनी तब अपनी आँखें खोली थीं।

— उसे रास्ते से हटा दिया जाना चाहिए।

और उसने देखा कि क्लाइड खून से लथपथ अजगर की विशाल काया को ठेलकर पत्तों के नीचे दबाने लगा है। तब शायद वह पूरी साँस ले सकी, पर वह बहुत डर गयी थी। आनन्द उसे बराबर सहारा दिये था। वह अब उससे और अधिक सटकर चल रही थी। वह यह कहने की बराबर सोचती रही कि वह लौट जाना चाहती है पर उसमें यह कहने का भी साहस नहीं रह गया था।

जब वे लोग नदी-तट पर पहुँचे और थोड़ा खुलापन देखा तो वानीरा का भय किंचित् कम हुआ। रास्तेभर वह पत्तों की चरमराहट पर किसी बनैले जन्तु की कल्पना करते हुए काँपती आयी थी और कम्पित वानीरा को आनन्द अपने से अविलग किये रहा।

आकाश साफ होने लगा था। पंचमी का पतला चन्द्रमा फूल आया था। वन में अँधेरा अत्यन्त शालीन भाव से उजला गया था। दूर कोने में उस पार हाथियों का एक झुण्ड नदी में घुसने की चेष्टा में खड़ा था।

— हमें ओट में हो जाना चाहिए, क्योंकि अगर उन्हें हमारी उपस्थिति का भान हो गया तो वह हमारे लिये शुभ न होगा।

और क्लाइड सबके लिए किसी निरापद स्थान की खोज में बढ़ गया। वातावरण में नदी का शब्द कलकला रहा था। वन की समग्रता कितनी विपुल थी कि जैसे अगम्य हो। हाथियों के पानी में घुसने का शब्द जोर से उठा और ढेर-सारा जल, उत्तप्त होकर ठेले गये रूप में बहता दिखा। तभी उनकी प्रसन्न चिंघाड़ वन में व्याप्त हो गयी। पानी पर सूँड़ों का पटकना सुनायी पड़ रहा था। चारों ओर की निस्तब्धता व्याकुल लग रही थी। वानीरा को लगा कि किसी भी क्षण हाथियों को यह भान हो सकता है कि दूसरे किनारे पर कुछ लोग हैं और वे झपटकर आ सकते हैं। ऐसी दुरभि में तब क्या होगा, यह सोचकर ही काँप उठी। वह अब जिस मनःस्थिति में थी उसमें वह यहाँ बैठ नहीं सकती थी।

— मेजर आनन्द! क्या अब हमें लौट नहीं चलना चाहिए?

— क्या बहुत डर लग रहा है?

शायद हाथी उन्मुक्त होकर नदी में नहा रहे थे। जंगल में उनकी चिंघाड़ की प्रतिध्वनियों के साथ अनेक जानवरों की बोलियाँ गूँजने लगी थीं। थोड़ी देर पहले

तक वन की सारी निर्जनता अब जैसे सहस्त्र-कण्ठी होकर मुखर हो गयी थी। विपुलता ही भय है, चाहे वह मौन की हो या मुखरता की। तभी कहीं पर एक बड़ी-सी दहाड़ गूँजी और चारों ओर दुहराती-तिहराती गूँजती चली गयी। क्लाइड हाँफता हुआ आ रहा था,

— मेजर आनन्द! लगता है शेर भी यहीं कहीं पास में ही है।

— तो अब हमें क्या करना चाहिए?

— किसी पेड़ पर चढ़ना ही अच्छा होता लेकिन मिसेज विश्वास कैसे चढ़ पायेंगी?

— क्या यह ठीक नहीं होगा कि यहीं दुबके बैठे रहें?

— क्या हम लोग लौट नहीं सकते?

वानीरा की बात पर क्लाइड मुसकराना चाह रहा था, बोला,

— लौटना इस समय सम्भव नहीं, क्योंकि मान लो शेर रास्ते में ही मिल जाये, तो? —अच्छा हो कि हम लोग बँट जायें।

— ठीक है, आप किसी पेड़ पर पोजीशन ले लीजिये और हम लोग यहीं रहते हैं।

शेर की दहाड़ अभी भी आ रही थी पर दूरी पर हो गयी थी।
क्लाइड बोला,

— लगता है शेर नदी के पार पहुँच गया है।

वानीरा अपने भीतर की थरथराहट बड़ी मुश्किलों से रोके हुए थी। अपनी दोनों जाँघें सटाये वह टाँगों को काँपने से रोके हुए थी। रास्ते की अपेक्षा यहाँ उसे भय कम था क्योंकि शेर से उसको उतना डर नहीं लगता था जितना कि साँप आदि से। जैसे ही क्लाइड चलने को हुआ तो वह बोली,

— नहीं मिस्टर क्लाइड! आप कहीं नहीं जायेंगे। मेरा ख्याल है कि थोड़ी ही देर में हम लोग यहाँ से चल सकेंगे।

और जिस समय ये लोग रेस्ट-हाउस वापस पहुँचे तो आकाश निरभ्र हो चुका था। कहने भर के लिए भी बादल नहीं रह गये थे। तारे एकदम पारदर्शी शुभ्र छिटक आये थे। चारों ओर का अँधेरा जुगनुँओं में सुलगा पड़ रहा था। यही तय हो पाया कि सेवेरे जल्द चल दिया जाये ताकि दोपहर के पहले तक डिब्रूगढ़ पहुँचा जा सके।

घर पहुँच उसे दिनभर ग्लानि बनी रही। किसी दूसरे पर नहीं बल्कि अपने पर ही। रात रेस्ट-हाउस में जो विषम परिस्थिति उत्पन्न हुई उसमें कहीं वह स्वयं

भी थी। इस बात को वह किसी अन्य के सामने नहीं स्वीकारेगी परन्तु अपने निकट क्या वह अस्वीकार सकती हैं?

लौटकर खाना खा वह अपने कमरे में जाकर लेट गयी थी। शायद क्लाइड और आनन्द भी अपने-अपने कमरों में जाकर लेट गये थे। वह पढ़ते-पढ़ते बिना लालटेन बुझाये ही सो गयी थी। पता नहीं उसकी नींद क्योंकर खुली थी पर जैसे ही वह लालटेन बुझाने के लिए उठी कि उसे बरामदे में पैरों की हलकी पदचाप सुनायी दी। वह एकदम ठण्डी होकर हड्डियों तक काँप उठी थी। बड़ी भयद हो आहट लेने की चेष्टा की। उसे लगा जैसे कोई टहल रहा है। सिहरन दौड़ गयी थी। सम्भवतः वह चीख ही पड़ती पर टहलती आकृति का आभास खिड़की से दिखा और उसे शंका हुई कि आकृति आनन्द की तरह की है। उसने साहस कर पुकारा था,

— कौन! मेजर आनन्द?

— अभी आप सोयीं नहीं?

— बाहर आप क्या कर रहे हैं?

— बाहर कितना अच्छा है।

और जब वह भी गाउन में लिपटी बाहर बरामदे में पहुँची थी तो उसे आनन्द के कथन में जरा भी अत्युक्ति नहीं लगी! सारा दृश्य ठहरी पुतली की तरह सजीव था। तारे अतिशय धुले चमक रहे थे। बच्चे की कोमल साँस की तरह हवा चल रही थी। तीक्ष्णता अवश्य थी पर जादू भी कम नहीं था। अँधेरे में एक प्रकाश होता है और उसी आलोक में गाउन में हाथ डाले आनन्द, वानीरा को बड़ा ही सुन्दर पुरुष लगा।

— आपके इस तरह टहलने से मैं तो डर गयी थी।

— आप शायद बत्ती बुझाना भूल गयी थीं। आपको शायद यह भी नहीं मालूम कि आप सीने पर किताब रखे सो गयी थीं और करवट लेने पर किताब गिर पड़ी थी।

तभी उसे ख्याल आया कि निश्चय ही वह किताब गिरने की आवाज से ही चौंकी थी।

— तो क्या आप रातभर मेरी खिड़की के निकट पहरा देने के विचार से टहल रहे थे?

— इतना सौभाग्य क्या कभी हो सकता है?

वानीरा ने अपने पास खड़े इस शलाका-पुरुष को देखा तो इसी ख्याल में था कि इस वाक्य का अर्थ अतिरिक्त ही सही, क्या है? पर आनन्द निस्पृह खड़ा था। कहीं भी कोई संयमहीनता नहीं दिखी। और तो और वाक्य कहकर उसने वानीरा की ओर देखना भी उचित नहीं समझा। कुछ देर को दोनों ही अबोले खड़े रहें।

— सुना है आप बहुत अच्छा गाती हैं।

— लोग आपसे मेरी अब शिकायतें भी करने लगे हैं, है न?

आनन्द उसे अब देखने लगा है यह वानीरा को बिना उसकी ओर देखे भी लगा। जबकि वह सप्तर्षि को देखने लगी थी।

— वानीराजी!

— यह 'जी' भी क्यों?

वानीरा ने स्पष्ट अनुभव किया कि दाहिना हाथ आनन्द ने बढ़ाया और उसका बायाँ हाथ गह लिया। देह की गर्मी भी कैसी मन्द सिंकी होती है। आनन्द ने वानीरा की अँगूठी को अनामिका में घुमाते हुए कहा,

— वानीरा! आकाश में काल-पुरुष के कभी दर्शन किये हैं?

— काल-पुरुष?

— हाँ, जो समस्त ग्रह-नक्षत्रों में व्याप्त है। जो कारण है इस समस्त चराचर का।

— लगता है आप तो उपनिषद्, ज्योतिष में भी रुचि रखते हैं।

आनन्द ने उसकी बात का कोई उत्तर नहीं दिया बल्कि वानीरा की कमर में हाथ डालकर अपने से सटाये हुए सुदूर नक्षत्रों में विराजे काल-पुरुष को दिखाने की चेष्टा करते हुए कहा,

— वानीरा! तारों की रचना पर ध्यान दे सकोगी?

— बताओ।

आनन्द बायें हाथ से उत्तर-दक्षिण बताते हुए बोला,

— ये जो तारों की माला खिंची है इसे देखती हो? —और ये जो इसमें पूर्व-पश्चिम में फूटती तारों की दो रेखाएँ भी? —

और वोऽऽ जो बड़ा-सा गोलवृत्त है न—यही उस काल-पुरुष की देह, भुजाएँ और सिर है। अनन्त आकाशों को पहने हुए यह करोड़ों सूर्य-नेत्रोंवाला काल-पुरुष कालातीत में चल रहा है। हमारी पृथ्वी की पूरी आयु उस पुरुष के पलक की एक झलकमात्र है वानीरा! —भला ऐसे में हमारा पूरा जीवन तथा उस पूरे जीवन में आज की यह रात और पूरी रात में आज का मुहूर्त्त और उस मुहूर्त्त को देखती हुई तुम्हारी यह मंगलमय दृष्टि....

और वानीरा ने आनन्द की साँस का कैसे क्रमशः अनुभव किया यह तो स्पष्ट बोध नहीं, पर अपने मुँह, कपोल, पलकों और माथे पर आनन्द की गरम, उत्तप्त साँसों का अनुभव किया; इतनी चेतना उसे अवश्य थी। पता नहीं आनन्द ने जिस काल-पुरुष को दिखाना चाहा वह देख सकी कि नहीं पर उसके मन में जिसे शलाका-पुरुष स्वीकारा था उसे वह आद्यन्त देख सकी। कैसे वह अवश हुई और कैसे आनन्द उसे कमरे तक लाया और वह यह भी कुल इतना जान सकी कि उसने अपने को सौंपा नहीं वरन् ग्रहीता हुई।

लौटने में रास्ते भर वह कैसे अपने से ही अंग चुराती केवल मौन बनी बैठी रही थी। जाते समय जितना उत्साह था, लौटते समय उतनी ही निरुत्साहित थी; बल्कि उसे निर्वसनता लगती रही। रात जो शलाका-पुरुष लगा था लौटने में

ड्राइविंग करता वही पुरुष कैसा साधारण हो उठा था। प्राप्य हो जाने पर सब साधारण हो जाता है। जब वह जीप से उतरकर घर में प्रविष्ट हो रही थी उसे मालूम था कि आनन्द जीप के पास विदा देने और लेने के लिए उत्सुक खड़ा है पर मुड़कर देखना और औपचारिक मुसकराना उसे नहीं सुहाया। वह वास्तव में बिखर उठी। अपने बिखरेपन को समेटने में कितनी चेष्टा करनी होती है यह वह लौटने के बाद दिनभर प्रयास करती रही। उसे बस एक ही चीज खाती रही कि वह आनन्द के निकट ऐसे सहज कैसे हो गयी? जबकि क्लाइड के निकट वह चिर लालसा रही है, तथा है। कल रात जो हुआ वह नया नहीं था; अवांछित भी नहीं था पर व्यक्ति, स्थान तो सर्वथा अवांछित थे। उसे अपने भीतर ही दरार अनुभव हुई। उस दरार के पार एक ही रात में विवेक खड़ा हो गया। सम्बन्ध का दर्पण क्या अब कभी दरारहीन नहीं हो सकेगा? क्लाइड दिखने में पुरुष है पर वैयक्तिक आचार में कितना विश्वसनीय। क्या पुरी, क्या डिब्रूगढ़, क्या एकान्त समुद्र-तट, क्या चाबगान के सूने विस्तार सब जगह वानीरा अपने को न केवल सुरक्षित ही अनुभव करती रही पर निरापद भी। कैसे निश्चिन्त तथा आश्वस्त होकर वह अकेली पार्टियों के बाद क्लाइड के साथ रुक जाती रही है और दो-चार पैग शेम्पेन के पीने से बाद, मधुर संगीत के वातावरण में भी क्लाइड ने उसे उतना ही शालीन छुआ होगा जितना कि कोई अत्यन्त सतर्कता में किसी कोमल पाटल-दलवाले फूल को छूता हो। क्लाइड स्वयं विवश हो जाता रहा हो पर वानीरा को न तो कभी अवश, न विषम परिस्थिति में ही खड़ा किया होगा। तभी तो वह क्लाइड के निकट दुर्भेद्य विश्वास अनुभव करती रही है। पर यह आनन्द ऊपर से व्यवहार में आद्यन्त शिष्टतापूर्ण। बोलता है तो लगता है जैसे किताब पढ़ रहा है। ऐसी किताब जिसमें केवल सुभाषित, तत्त्वज्ञान ही है और जो सुनहरी जिल्द की प्रभावशाली है। पर अकेले में कैसा अधिकार-भाव उसकी आँखों, हाथों सब में होता हैं। उसने कैसे सहज भाव से उसकी कमर में हाथ डाला था जैसे यह कोई अव्यवहृत बात नहीं है। किस विश्वास के साथ, साहस के साथ उसने वानीरा को विवश किया। कितने शान्त भाव से वानीरा को ग्रहण किया। उसे अच्छी तरह याद है कि जिस अदम्यता से वह उसके बिस्तरे पर बैठा हुआ उसके बालों में अँगुलियाँ चला रहा था, तब उसकी प्रतिष्ठा वानीरा की आँखों में कैसी खुभ उठी थी पर वह कितना चाहती रही कि वह जोरों की एक चपत आनन्द को मार बैठे। केवल इसलिए कि वह कोई झरने का जल नहीं है जिसमें वह अपनी अँगुलियाँ कितने निश्चिन्त एवं साधिकार भाव से चला रहा है। वह एक व्यक्ति है और वह भी परायी है। लेकिन वह ऐसा नहीं कर सकी थी। आनन्द अपनी सारी आत्मस्थता के बावजूद भी उस पशुराज की तरह लग रहा था जो शिकार को हस्तगत करने के बाद उसके अन्तिम बार के लिए खेलता है। उसका भारी जबड़ोंवाला भारी सुंदर मुख वानीरा, आँखों की राह अपने भीतर बल्कि पेट तक पी गयी थी। ऐसा ही सुन्दर जबड़ोंवाला मुख अपने भीतर चलते हुए अनुभव होने लगा था और उसे

अच्छी तरह याद है कि दाढ़ी की नीली झाईंवाला आनन्द का गोरा मुख, डूबते चन्द्रमा-सा उस पर झुकता ही आया था। उसका पुरुष, उसकी नारी से स्वीकृति चाहता था और वह सब कैसे आधे मन आधी देह की बनी स्वीकृति होने की चेष्टा करती रही क्योंकि उसे आनन्द के पीछे जो अँधेरा था उसमें हठात् विवेक खड़ा दिखा था।.... और पीठ में चादर की सलवटें-ही-सलवटें अनुभव होती रहीं..... और भोर के आलोक में हड्डी भरी हथेली के पिंजर-सी जब सलवटोंवाली चादर झलकी तो.....तो......

ऐस्प्रो की दो टिकियाएँ खाकर वह दिनभर लेटी रही। अपने से परे जाने की चेष्टा में वितृष्ण बनी बिस्तरे पर टूटी पड़ी रही। सिर में दर्द और देह में थकान होते हुए भी वह सो न सकी। ज्योंही वह विचारों में विवेक के निकट होती तभी आनन्द सामने आ खड़ा होता। वह उसे फटकारने लगती पर आनन्द उसे किस अधिकार से आदेशित कर रहा होता। वह अब कभी आनन्द से मिलना नहीं चाहती क्योंकि विवेक से दूरी नहीं चाहती। जिस घर को, विवेक को उसने डिब्रूगढ़ में आकर मनोनुकूल सँवारा है उसे वह विनष्ट नहीं कर सकती। कल की रात पर वह मौन की एक ऐसी अभेद्य शिला रखकर उसे दफना देगी कि किसी को कभी विश्वास भी नहीं आयेगा—शायद तभी विवेक की हँसी सुनायी दी।

— वानीरा!

वानीरा ने प्रकट में आँखें मूँद रखी थीं। वह सोयी नहीं थी पर सोचते-सोचते थक गयी थी इसीलिए उसे विवेक की पुकार नींद में आती पुकार-सी लगी थी।—जब विवेक पास आकर सिरहाने बैठा और उसके बालों में अँगुलियाँ चलाने लगा तो उसे बड़ा अजीब-सा लगा। विवेक कभी उसके बालों में इस तरह अँगुलियाँ नहीं चलाता जबकि वानीरा ने सदा चाहा कि वह किसी की बाँह पर सिर धरे हुए हो और कोई उसके बालों में अँगुलियाँ चलाता रहे। वानीरा ने धीरे से आँखें खोलीं। विवेक उसे फूले पलाश-सा प्रसन्न हो देख रहा था। विवेक की प्रसन्नता प्राय: जल धुली धूप का आभास देती है।

— बहुत थक गयी न?

प्रात:काल के आकाश में पीछे छूटे, फीके उदास चन्द्रमा-सी वानीरा विवेक का बोलना सुनती रही।

— रात में जानते हुए कि आना न हो सकेगा, प्रतीक्षा करता रहा....... बहुत वृष्टि थी न? क्या वहाँ तुम्हें मेरी याद आयी थी?

वानीरा क्या जवाब दे? विवेक कैसा विश्वासी सवेरा लग रहा था जबकि वह वितृष्ण सन्ध्या थी। वानीरा का मन हुआ कि विवेक के कन्धे पर सिर रख फूट पड़े। कैसे बारम्बार वही जाने कहाँ-कहाँ भटक जाती है। कभी वह क्लाइड के चुम्बकत्व में खिंची दिशाहारा तारिका बनी अज्ञात में खो जाती रही तो कल वह शलाका-पुरुष के साथ काल-पुरुष देखते-देखते भ्रष्ट हो गयी। स्वयं वानीरा को अपने पर विश्वास नहीं रह गया था तभी तो डिब्रूगढ़ में चीजों में घिरी व्यस्त रहती है। जब कोई व्यक्ति किसी को नहीं रोक पाता है तब कई बार चीजें ही उसे रोक

लिया करती हैं। उनके भीतर अपने ही व्यक्तित्व की तहें बनती चली जा रही थीं। उसे क्षणान्त में डिब्रूगढ़ के आरम्भिक दिन कौंध गये जिनकी पृष्ठभूमि कलकत्ता-यात्रा में ही तैयार हो चुकी थी। 'डायमण्ड-हारबर' की विशाल भूमिका में वानीरा का स्वत्व क्लाइड की नीली आँखों में बहुत-कुछ पढ़ ले गया। जलपोतों के भोंपुओं की आवाज से गूँजे वातावरण में क्लाइड की वह बात सदा-सदा के लिए उसे भटका ले गयीं,

— वानीरा! डिब्रूगढ़ चलकर देख लो कि क्लाइड की बात का विश्वास किया जाय या नहीं।

तीसरे दिन हुगली के किनारे जेटियों पर घूमते हुए सहसा वर्षा होने लगी थी। वर्षा की फुहारों ने चारों ओर कितना सघन कुहासा उत्पन्न कर दिया था। जहाज, स्टीमर, कम्पनियों की पथरीली विशाल इमारतें, कुली, नदी सभी फुहारों में खो गये थे। क्लाइड ने वानीरा को आलिंगित करते हुए पूछा था,

— क्या निर्णय किथा वानीरा? मैं तुम पर कभी कोई सामाजिक लांछन न आने दूँगा, मेरा विश्वास नहीं है क्या?

— नहीं मिस्टर क्लाइड! केवल विश्वास ही नहीं, अपने को सौंप भी रही हूँ।

सौंपी हुई वानीरा को क्लाइड ने कितनी प्रसन्नता से स्वीकार किया था। इसे वानीरा एक जन्म ही क्या जन्म-जन्मान्तर तक नहीं भूल सकती; न वह क्षण, न क्लाइड का वह बँगला, न वे चाबगान की आक्षितिज हरी झाड़ियाँ—डिब्रूगढ़ के वे आरम्भिक दिन थे। विवेक उन दिनों मकान खोजकर व्यवस्थित होने की चेष्टा में था। क्लाइड के साथ में वह लान में बैठी शाम की चाय पीते हुए ग्रामोफोन सुन रही थी। अज्ञात में विवेक की प्रतीक्षा तो थी ही पर कहीं निश्चिन्तता भी थी।

— वानीरा! पुरी छोड़कर यहाँ आ जाने का दुःख तो नहीं है!

— शायद विवेक को है?

— तुम्हें तो नहीं है न?

— मिस्टर क्लाइड! दो व्यक्ति खेल सकें ऐसा कोई ताश का खेल आप नहीं जानते?

और पहले अँधेरे में एक टेबल पर बीच की लालटेन के दोनों तरफ ताश के पत्ते सम्हाले क्लाइड और वानीरा खेल रहे थे।

— वानीरा! कई दिनों से एक बात कहना चाह रहा था कि क्या यह सम्भव है कि तुम दोनों यहीं रहो?

— हाँ, आपका बँगला आपकी आवश्यकताओं से बड़ा है, पर शायद सम्भव नहीं।

— क्यों? डिस्पेन्सरी के लिए शहर में कोई जगह खोज ली जायेगी तब क्या आपत्ति हो सकती है?

— आपको एक बात याद है?

— क्या?

— कलकत्ते में आपने कहा था कि आप अपना एल्बम दिखायेंगे!

क्लाइड को अब अच्छी तरह मालूम है कि वानीरा को जब किसी बात का उत्तर नहीं देना होता है या बहस नहीं करनी होती है तब बिलकुल ही दूसरी बातें शुरू कर देगी। चाहे आप एक बार पूछें या बारम्बार दुहरायें वह कभी उस बात की चर्चा नहीं करेगी। काफी देर तक वे लोग एल्बम देखते रहे थे। अधिकतर चित्र जानवरों के या शिकार-सम्बन्धी थे। शायद कंचनजंघा देखते हुए क्लाइड का चित्र था। वह ध्यान से देख रही थी तभी क्लाइड ने पूछा था,

— वानीरा! तुम्हें कभी जिज्ञासा नहीं हुई कि मैंने विवाह क्यों नहीं किया?

— होती है ।

— पर ्पने कभी पूछा नहीं ।

— सुनती हूँ दार्जिलिंग बड़ी अच्छी जगह है ।

— फिर वही । जब तुम्हें कोई बात टालनी होती है तब मौसमों-स्थानों की चर्चा ले बैठती हो।

आरामकुर्सी पर विश्रामती वानीरा पर धूप, पीली शाल-सी बड़े हौले से बिछी थी। वह बोली,

— सच ही मिस्टर क्लाइड ! मौसमों-स्थानों की चर्चा करते बैठना बड़ा फिजूल-सा लगता है, है न ? —अच्छा, अबकी जब शेर का शिकार करें तो उसकी खाल मुझे करियेगा, करियेगा न?

दूर-दूर तक केवल निर्जन। कमरे में घोर निस्तब्धता। खिड़की की राह बाहर का दृश्य भीतर से संयोजित लग रहा था। दीवारों पर उन्नीसवीं शती के फैशन के अनुरूप बच्चों, कुत्तों, दृश्गों आदि से फ्रेमित चित्र सजे हुए थे। बारहसिंघों, शेरों के दो-चार मुँह तख्तो पर जड़े दीवारों पर जबड़े फाड़े डरावने बनने की चेष्टा में बड़े ही दयनीय लग रहे थे। फायर-प्लेस पर ईसा की एक बड़ी-सी काँसे की मूर्ति सन्ध्या-धूप में चमक रही थी। एक तरफ कोने में नक्काशीदार स्टैण्ड में साफ की हुई चमकती चार बन्दूकें खड़ी हुई थीं। दूर एक कोने में जहाँ कि 'वाटनाट' था, जिस पर कि चाय-काफी के डिब्बे, प्याले-तश्तरियाँ चमक रहे थे, एक बुक-शेल्फ था जिनमें शिकार-साहित्य की काफी किताबें रखी हुई थीं।

— जानती हो मैंने विवाह क्यों नहीं किया?

क्लाइड अपना गेलिस ठीक करते हुए बोला।

— जब-जब भी विवाह का दिन तय हुआ होगा जरूर ही उस दिन शेर का शिकार करने जाना पड़ा होगा और इस तरह......

और आधी बात के बीच ही वानीरा किस कदर हँसने पर आ गयी थी कि जाती हुई सन्ध्या-धूप हड़बड़ाकर हठात् चली गयी। बहुत ज्यादा हँसी सामनेवाले को कितना छोटा बना देती है।

खिसियाते हुए क्लाइड बोला,

— इतना हँसकर तुम मेरा अपमान कर रही हो।

— सच? आपको यही लगा?

और वानीरा ने आँखें फैलाते हुए कुछ इस लहजे में कहा जैसे दो स्वर एक साथ बजा रही हो। मुख पर कुछ ऐसा परिताप का भाव था कि अब दृश्य का पटाक्षेप जैसे हो जाना चाहिए।

— न सही अपमान वानीरा! पर.......

— मिस्टर क्लाइड! मेरा ख्याल है कि विवेक को आने में देर लग सकती है।

बिना किसी प्रयोजन के विवेक के बारे में चर्चा चलाकर वानीरा क्लाइड तक क्या अभिव्यक्त कर देना चाहती थी इसे वह समझ नहीं पाया।

— तुम क्या कहना चाहती हो?

वानीरा मुसकराकर खड़ी हुई। उसने तत्काल क्लाइड के प्रश्न का उत्तर देना आवश्यक नहीं समझा। ईसा के सामने रखी मोमबत्तियों में से एक को जलाते हुए बोली,

— मेरा ख्याल है कि यहाँ आकर बसने की बात तय कर मैंने भूल तो नहीं की, क्यों मिस्टर क्लाइड?

वानीरा ने यह बात क्लाइड की ओर पीठ किये ही कही थी, अतएव वह उसके मुख को तो नहीं देख सका पर स्वर में जो थरथराहट थी उसने क्लाइड को उसके निकट पहुँचा दिया। वानीरा के कन्धे पर हाथ धरते हुए बोला,

— वानीरा ! मैं अपनी सामर्थ्य के साथ तुम्हारे साथ हूँ। और यह बात मैं ईसा की प्रतिमा के सामने कह रहा हूँ। विश्वास नहीं आता है?

वानीरा ने देखा कि सच ही क्लाइड की नीली आँखों में बड़े ही रेशमी आँसू के बारीक कण छलक आये हैं। वह सोचने लगी कि ऐसा सीधा व्यक्ति शिकारी कैसे हो सकता है? जबकि क्लाइड के सारे व्यक्तित्व में एक शिशु भाव था जिसके साथ खेलने को उसका मन सहज हो आया। क्लाइड का नौकर बड़ी-सी लैम्प लिये कमरे की ओर आ रहा था इसलिए दोनों स्वस्थ होने को सचेत हुए। नौकर लैम्प रख गया। वानीरा खिड़की से दृश्यावलोकन करने लगी। क्लाइड रात के लिए अपनी बन्दूकों को तैयार करने में लग गया। एक बन्दूक में कारतूस भरते हुए बोला,

— क्यों वानीरा! तुम्हें कभी भी मुझसे डर नहीं लगा?

क्लाइड बन्दूक को लाक करते हुए पास आ खड़ा हुआ। वानीरा ने कोई उत्तर नहीं दिया बल्कि अपना हाथ उसकी ओर बढ़ा दिया।

— तुमने मेरी बात का उत्तर नहीं दिया।

— इसलिए कि नारी पुरुष से कभी डरती नहीं है क्लाइड! वरन् वह तो उसकी दया का पात्र है। भले ही उसके हाथ में राइफल ही क्यों न हो। और वानीरा इस बार फिर खुलकर हँस पड़ी। अभी क्लाइड किसी बात का जवाब दे इसके पूर्व ही रात के लिए बाल ठीक करने के ख्याल से वानीरा ने जूड़ा

खोलकर बाल पीठ पर फैला लिये। फैले बालों में वह छतनार गाछ हो उठी। खिड़की से जैसे ही वह चली, दीवार से उतरकर फर्श पर साथ-साथ उसकी छाया भी हो ली।

कुछ देर उपरान्त जब वह गाउन में लौटी तो क्लाइड और चाय दोनों ही उसकी प्रतीक्षा कर रहे थे। क्लाइड को चाय दे वह अपना कप लिये जैसे ही खिड़की की ओर जाने के लिए बढ़ी तो क्लाइड ने टोका,

— अगर दिनभर भी तुम्हें खिड़की के पास खड़ा रहना पड़े तब भी तुम्हें कोई उकताहट न होगी, है न?

— अगर घरों में खिड़कियाँ न होतीं तो बेचारी नारियाँ जाने कब की मर गयी होतीं मिस्टर क्लाइड!

बाहर काफी अँधेरा हो गया था। दोनों बड़ी देर तक चुस्कियाँ लेते निर्जन तथा आकाश की नितान्तता देखते खड़े रहे। क्लाइड दोनों के कप रखने जब गया तो वानीरा कुहनियाँ टिकाये तारे गिनने की चेष्टा करती रही। बचपन से वह तारे गिनने की मूर्खता प्रायः करती आयी है। अनेक बार झुँझलायी है पर अब तो जैसे उसकी आदत हो गयी है। अभी वह दस तक ही तारे गिन पायी थी कि फिर कुछ गड़बड़ी हो गयी और गिनना छोड़, वह मात्र देखने लगी। उसने अदेखे भी क्लाइड का लौटना सुना तथा वह पास में आकर खड़ा भी हो गया है, जानते हुए भी अनमुड़ी ही रही। उपरान्त आकाश विलोकते हुए ही बोली,

— पता नहीं कब और कहाँ पढ़ा था कि जब दो व्यक्ति प्रेम करते हैं तब आकाश में एक तारा जन्म ग्रहण करता है—क्या इस समय भी कोई तारा जन्म ग्रहण कर रहा है क्लाइड?

क्लाइड के हाथों में वानीरा का चूड़ियों भरा हाथ था और उसे वह वैसे ही सहेजे हुए था जैसे वह कोई पूजा का फूल हो। तभी बाहर पोर्च में गाड़ी का शब्द सुनायी दिया था। क्लाइड ने चौंककर कहा,

— शायद विवेक आ गया।

— हाँ, लेकिन अभी उसे यहाँ तक आने में समय लगेगा।

क्योंकि वानीरा जानती है कि बिना निश्चिन्त हुए विवेक यहाँ नहीं आयेगा इसलिए वह निश्चिन्त बनी क्लाइड के हाथ-में-हाथ दिये लगभग सटी खड़ी रही। अपनी कमर पर क्लाइड का घूमता हुआ अपेक्षित हाथ भी अनुभव करती रही पर उसे जैसे किसी बात की व्यग्रता नहीं थी।

और उस दिन के विवेक में तथा आज के विवेक में, बल्कि कहना चाहिए पुरीवाले विवेक में कहीं कोई प्रत्यन्तर नहीं था। और सम्भवतः कभी नहीं हो पायेगा। शायद किसी में भी आमूल नहीं बदलता है।

— वानीरा! आज से 'पथेर पांचाली' लगा है। कल ही टिकिट मँगवा लिये थे। चलो उठो, जल्दी से तैयार हो जाओ। मिस्टर क्लाइड और मेजर आनन्द भी बस आने ही वाले होंगे।

— क्यों वे लोग भी क्या चलेंगे?

— हाँ, क्यों?

— क्या हम लोग कभी कहीं अकेले नहीं चल सकते?

कहते हुए वानीरा अप्रत्याशित तेजी से उठी और नहानघर की ओर चल पड़ी। विवेक वानीरा के इस अनपेक्षित परिवर्तित स्वरूप को समझने की चेष्टा करता रहा। याद नहीं पड़ता कि आज के पूर्व भी वानीरा ने ऐसी आपत्ति की हो। बहुत सुदूर अतीत की बात ही और थी जब वानीरा और उसके बीच केवल उनके अपने वस्त्रों के और कुछ भी नहीं था। गत वर्षों में तो ये लोग अनिवार्य हैं यह मानकर भी वानीरा की प्रसन्नता के लिए वह सब-कुछ करता रहा है। कालीपद ने मुसम्मी का रस बढ़ाते हुए विवेक को सूचित किया कि मेजर आनन्द और मिस्टर क्लाइड ड्राइंग-रूम में प्रतीक्षित बैठे हैं।

आकाश में टूटते तारों की चमकती रेखाएँ यहाँ-वहाँ दिपी पड़ रही थीं। कुहरा अनायास ही छँटा लग रहा था। अभी-अभी जो पुच्छलतारा टूटा था उसकी कितनी तेज चमक थी कि विवेक, जो कि विगत में आकण्ठ खोया था, संज्ञाहीन बना उस बीत गये व्यतीत में रह रहा था, कैसे चौंककर वह इस वर्तमान में लौट आया जिसमें रेल, रेल की खिड़की, रात का अन्तिम प्रहर, सोयी हुई वानीरा, कम्पार्टमेण्ट की मन्द नीली रोशनी और पहियों की सपाटें मारती अनवरत घर-घर सब एक ही साथ उभर आये। स्मरणित विगत से सम्भावित वर्तमान में लौट आना वैसा ही होता है जैसा कि क्लोरोफार्म के प्रभाव के बाद दर्द भुगतने के लिए चेतना में लौटना। आकाश को खिड़की में लेकर विवेक फिर उदास, मौन ही देखने लगा।

ऐसे जाने कितनों के, कितने विभिन्न ढंग से अपने-अपने अनुभव सम्पन्न होते हैं। किसी एक के अनुभव दूसरे को नहीं काटते। सब अपने-अपने वृत्त में घूम रहे होते हैं। कितना अजीब है कि हमें पास का ही वृत्त नहीं दिखलायी देता। एक ही समय में, एक ही आकाश देखते हुए एक सुखी हो रहा होता है और दूसरा परम दुःखी। लेकिन क्या एक-दूसरे के साथ पात्रता, स्थान, स्थिति आदि बदले जा सकते हैं? क्या हम यह नहीं चाहते कि हमारा दुःख यदि कोई और भोग लेता तो कितना अच्छा होता? लेकिन क्या निरपेक्ष हुआ जा सकता है? क्या कालातीत हुआ जा सकता है? स्मृति न हो, क्या ऐसी किसी स्थिति, प्रलाप को छोड़कर, की कल्पना की जा सकती है? बीतकर क्यों नहीं हममें से वह सब वैसे ही अवश्य हो जाता है जैसा कि समय या घटित होने के अर्थ में वह हुआ रहता है। क्यों वह बीतकर हममें पछतावा भर जाता है? जब भाग्य या नियति ही सब-कुछ है तब क्यों नहीं हम निश्चिन्त होकर अकर्मण्य बने बैठे रहते हैं? जब हमारे पुरुषार्थ को एक शीशेघर की भाँति टूटना ही है तब क्यों कर्म या संघर्ष किया जाये? कैसी विडम्बना है कि हर पुरुषार्थ को उसकी सफलता या असफलता के बाद भाग्य या नियति कह दिया जाये। साथ ही कैसी विपन्नता है कि विगत तो जाने कितनी शताब्दियों का हाहाकार लिये हमारी स्मृति में आरात्रिक हू-हू करता मौजूद रहता है

पर जिस भविष्य के लिए हम सारे छल-छद्म करते हैं उसका बिलकुल अगला क्षण तक नितान्त अपरिचित होता है। भला ऐसे घोर अपरिचित पथ पर हम अपने जीवन को, पुरुषार्थ को किस उद्दामता के साथ उछालते चलते हैं कि हम उसे जीतकर ही रहेंगे। लेकिन उस समय को भी तो हम नहीं जानते थे जो अभी-अभी बीतकर विगत बना है और उसे भी हम वैसा ही जीत लेना चाहते थे, पर अब पछताते हुए सोचते हैं कि ऐसा न करते तो यहाँ न पहुँच कहीं अन्यत्र होते। लेकिन हम अगर यहाँ नहीं पहुँचते तो इस जगह और कौन पहुँचता? तब, क्या हमारा यहाँ पहुँचना एक पूर्व निश्चित भवितव्य था? तब, क्या हमारा पुरुषार्थ हमारे प्रति ईमानदारी न निभाकर किसी पूर्व-निश्चित भवितव्य का माध्यम भर है?—क्या विवेक यह सब झुठला सकता है? क्या वह इससे अस्वीकार सकता है कि आये दिन जो उपहार की चीजें, मूल्यवान् भेंटें आती रहीं उन्हें अस्वीकारा जाता तो विवेक, सम्बन्धों के जिस जीर्ण कगार पर आ पहुँचा है वह तब वहाँ न होता?

भले ही विवेक अपने को प्रताड़ित करे पर अतीत को कभी भी, कोई भी अपने भीतर से नहीं काट फेंक सका है। भला उस शाम को भी विवेक अपने भीतर से कैसे काट फेंक सकता था।

वह शाम!

पता नहीं वह किस रोगी को देखकर ताँगे से लौट रहा था। अपने भीतर वह डिब्रूगढ़ आने के बाद क्रमशः बोझ अनुभव करता ही चला गया था। लेकिन उस बोझ को उसने स्वयं अपने निकट भी कोई भाषा नहीं दी थी। इसलिए दिनभर डाक्टरी के बाद देर रात तक पढ़ते हुए अपने को व्यस्त बनाये रखा। वैसे आये दिन किसी-न-किसी के यहाँ चाय-पार्टी या भोज होते, जिनमें व्यस्त रहना ही होता पर इनके अलावा वह देर रात तक पढ़ते हुए अपने को व्यस्त रखता ताकि उसका सामना स्वयं से न हो सके। सबकी चेष्टा यही होती है कि अपने से साक्षात् न हो सके क्योंकि अपने निकट ही हम सबसे बड़े अपराधी होते हैं। दूसरों के साथ की गयी उपेक्षाओं के एक नहीं हजार कारण हमारे पास होते हैं। पर अपने साथ की गयी उपेक्षाओं का एक भी कारण हमारे पास नहीं होता। डिब्रूगढ़ में उसने कितना चाहा कि वह डाक्टरी पेशे में जिस समाज-सेवा के भाव से आया था उसे पुरी की भाँति यहाँ भी शुरू करे परन्तु वानीरा ने जिस प्रकार उसे चीजों, व्यस्तताओं और व्यक्तियों से बाँध दिया था उसमें सिवाय विवश हो जाने के वह और कर भी क्या सकता था? वह मूक रह केवल देखने के लिए बाध्य था कि कैसे जूट की कार्पेटों पर कालीन आये तथा उन कालीनों पर डनलपिलो के दीवान और किमखाब के पर्दों ने अपना स्वत्व जमाया। उसे पूरा विश्वास था कि यदि वह इसी गति से मूक बना रहा तो वानीरा उसके तथा अपने पैरों के लिए आक्षितिज न केवल कालीन ही बल्कि डनलपिलो का लचकीलापन बिछाकर रहेगी। केवल विवेक को मूक-मौन बना रहना है। क्या वह नहीं जानता कि चीजें कितने मान के साथ आती हैं? चीजें ऐसे व्यक्तियों के पास कभी नहीं आतीं जो उनके आने के बारे में प्रश्न या अँगुलियाँ उठाते हैं! चीजें बड़ी लाजवन्ती होती हैं। एक बार भी टोक दिये जाने पर चीजें आना बन्द कर देती हैं। इसलिए वह अपने को व्यस्त रखता था कि कहीं किसी दिन विवेक के भीतर विराजा यह प्रश्नकर्त्ता उन चीजों से कहीं कुछ पूछ न बैठे। शायद उसका सिर दर्द कर रहा था। ताँगे में बैठे हुए कुछ ठण्डी हवा का आभास हुआ। घर पहुँचकर क्लाइड के यहाँ रात को भोज पर जाने की तैयारी करने के अतिरिक्त उसे और कुछ करना भी नहीं था। ऐसी तैयारियाँ करना स्त्रियों को ही शोभा देता है। ठण्डी हवा के बोध ने सहसा उसे स्मरण कराया कि वह कई दिनों से ब्रह्मपुत्र के बाँध पर नहीं बैठा है। व्यस्त व्यक्ति कभी-कभी बड़ी

मोटी-मोटी वस्तुओं, स्थितियों, सम्बन्धों तक को प्रायः भूला रहता है। और जब हठात् एक दिन बोध होता है कि अपने ही शहर में एक नदी भी है या और कुछ ऐसा ही है तो कैसा आश्चर्य होता है। घर न जाकर उसने ताँगा बाँध के पास ही रुकवा लिया। जब वह बाँध के ऊपर पहुँचा तो ठण्डी उन्मुक्त हवा ने उसका स्वागत किया। अंगों में भर उठी थकान पहले ही झोंके के साथ झरती-सी लगी। सामने प्रशस्त दृश्य था। बाढ़ के दिन थे। वैसे विषम बाढ़ अभी नहीं थी पर पानी मटमैला जरूर हो चला था। सामने के विस्तार में, बल्कि सामने की पर्वतमाला के पदतल तक ब्रह्मपुत्र फैला हुआ था। बड़ा ही सागरवत् फैलाव था। धनुषाकार किनारा पश्चिम में दूर तक चला गया था। पश्चिमाकाश अपेक्षाकृत उजला था। किनारे के मकान और बँगले साँझ के इस प्रथम झुटपुटे में तथा घिरते सन्नाटे में अन्तिम बार के लिए आलोकित लग रहे थे। साँझ के खिंचाव में हमेशा यह लगता है कि जैसे किसी ने हठात् बड़ी ही दर्दभरी एक मीड़ लेकर आलाप पर ही ठुमरी को समाप्त कर दिया हो। सन्ध्या उपरान्त के बाद की नीरवता, अपने आरम्भ होते हुए अँधेरे के साथ बड़ी ही वासनामय लग रही थी। सन्नाटा पेड़ों के स्वत्व तक में समाया लग रहा था। वातावरण में केवल ब्रह्मपुत्र ही बातें कर रहा था। दूर-पास के पर्वत तथा वनराजि बड़ी तेजी से अँधेरे में डूबते जा रहे थे। कुल मिलाकर आकाश नीले की अपेक्षा अंगूरी अधिक था। बाँध के पत्थरों को रोकनेवाली जालियों के पास बाढ़ का पानी कलकला रहा था। दो-चार नावें छपछप करती बाँध की बुर्जी की गोलाई के दूसरी ओर बँधी हुई हिल-डुल रही थीं। विवेक जाकर एक नाव में बड़े चेतनसंज्ञ हो लेट गया। लेटते ही उसे लगा जैसे बरसों बाद उसका अपने से साक्षात् हुआ हो। जिस क्षण व्यक्ति अपने को सम्पूर्ण अनुभवता है वह क्षण उपलब्धि का होता है। अपने निकट अपनी ही उपस्थिति से प्रायः हम परिचित नहीं होते इसलिए कुछ ही देर में बोझ-बोझ-सा लगने लगता है। बोझ, अवांछ्य का होता है। पर इस क्षण विवेक को बोझ बिलकुल ही नहीं लगा। बल्कि हिलती-डुलती नाव के संग प्रवेश को अनुभव करता मात्र अनमना-सा था। आकाश को सीने पर झेलते हुए बड़ा सार्थक अनुभव होने लगा। सम्भवतः पहली बार आकाश से अँधेरे के झरे जाने को न केवल देखा ही वरन् अनुभव भी किया। बल्कि उसे लगा कि उसके कपड़ों तक पर जरूर ही अँधेरा झरा है जिसे वह बाद में झाड़ गिरायेगा। उसे लगा कि न केवल उसका शरीर ही थका था बल्कि उसका मन भी बुरी तरह थका था, और जिसकी प्रतीति उसे इस समय हुई। वह इस समय ब्रह्मपुत्र के संग अज्ञात में प्रवाहित था, आकाश में खोया हुआ था तथा विस्तार में विलीन था। ऐसे ही क्षण में कितनी प्रसन्नता होती है। यह सोचकर कि हम अब कहीं नहीं हैं। सोचने से परे ऐसी स्थिति होती है। विवेक भी कुछ नहीं सोच रहा था क्योंकि ऐसे अप्रतिम क्षण को सोचकर हेय नहीं करना चाह रहा था। सोचने के लिए सम्पूर्ण जीवन है। ऐसा क्षण केवल भोगने के लिए होता है। अतएव अपने न होने को भोग रहा था।

शायद तभी किसी के बोलने का स्वर सुनायी पड़ा था जिसके साथ ही उसे यह भी ध्यान आया कि अब घर चलना चाहिए अन्यथा क्लाइड के यहाँ जाने में देर हो सकती है तथा यथार्थ ही वानीरा को परेशान भी होना पड़ेगा। जिस आवाज पर वह सचेत हुआ था वह किसी एक जोड़े की थी। जोड़ा बाँध पर, पानी नापनेवाले पत्थर के पास खड़ा दिखा। साँझ को मन्द हवा में उस स्त्री का उड़ता आँचल, पंख लग रहा था। साथवाला व्यक्ति सैनिक था यह भूषा के आकार-प्रकार, चाल एवं ऊँचाई से स्पष्ट था। लेटे हुए विवेक को वे दोनों आकाश में खिंचे छायाचित्र-से लगे। पुरुष ने स्त्री का हाथ थाम रखा था। स्त्री रह-रहकर अपने उड़ते कुन्तल हटा रही थी। विवेक को स्पष्टतः ईर्ष्या तो नहीं पर किंचित् असुविधा-जैसी हुई। साँचे में ढली स्त्री की देह-यष्टि साड़ी में लिपटी होने पर भी आकाश की पृष्ठभूमि में उभरी लग रही थी। शायद वे दोनों भी बाढ़ देखने आये थे। कुछ देर खड़े रहने के बाद नापवाले पत्थर के चबूतरे पर स्त्री बैठ गयी। पुरुष बाँध की जालियो में पैर फँसाकर कंकड़ी मारता बैठा था। विवेक उठने की पूरी मानसिक तैयारी कर चुका था कि तभी उसने निःशब्द वातावरण में दोनों की हँसी, बल्कि कहना चाहिए खिलखिलाहट-जैसी सुनी। एक क्षण के लिए उसे घोर आश्चर्य हुआ क्योंकि वह हँसी या खिलखिलाहट तो पूरी तरह पहचानता है। ऐसे तो वानीरा ही खिलखिलाती है, यद्यपि बहुत कम।

— वानीरा।

और आनन्द की आवाज सुनकर उसे किंचित् भी आश्चर्य नहीं हुआ क्योंकि खिलखिलाहट पहचानने के साथ वह आनन्द को सहज ही पहचान ले गया था। वानीरा ने जरूर ही हुँकारी भरी होगी पर विवेक उसे नहीं सुन सका। बाढ़ का शब्द स्पष्टतः बाधक लग रहा था। थोड़ी देर पूर्व इस जोड़े को लेकर उसके मन में जो कल्पना आयी थी उससे वह स्वयं भी सुखी हुआ था पर अब उसे वह सिर दर्द बढ़ा-सा लगने लगा, जिसके लिए वह यहाँ आया था। यह नहीं कि उसने वानीरा का किसी के साथ जाना-आना न देखा हो, या न सोचा हो, पर आज जाने क्यों असहनीय लगा। वह जाने किस प्रेरणावश नाव पर से उठा और जालियाँ पकड़ते हुए बुर्जी पर पहुँचने की चेष्टा करने लगा। अभी वह आधा ही पहुँचा था कि उसे आनन्द का वाक्य सुनायी दिया,

— शायद मेरा तबादला इलाहाबाद हो जाये।

विवेक ने चढ़ना छोड़ वानीरा की बात सुनने की पूरी चेष्टा की । परन्तु वानीरा कुछ नहीं बोली। इसके बाद काफी बड़ा मौन फैल आया था, जो कि अँधेरा घिरने के साथ-साथ प्रगाढ़ होने की चेष्टा कर रहा था। विवेक बुर्जी की तरफ न जाकर बाँध की ओर बढ़ा। वह काफी सतर्कता से चढ़ रहा था कि तभी उसे आनन्द की बात का आधा भाग सुनायी दिया।

— क्या विवेक राजी हो सकेगा वानीरा?

विवेक के लिए आधी बात पूरी थी। उसका दिमाग झनझना रहा था पर वह जालियाँ पकड़ने में काफी सावधानी बरते हुए था क्योंकि अगर वह गिर पड़ा तो शोर होने पर सम्भव था कि आनन्द आता और तब तो विषमता उत्पन्न होती वह किसी के लिए भी वांछित नहीं होती।

बाँध पर पहुँच उसने देखा कि सारा दृश्य धुँधला गया हैं। सड़कों की बत्तियाँ झिलमिला रही थीं। बाँध पर ज्यादा देर खड़े रहना उचित नहीं था। पास ही अनन्द की जीप खड़ी थी। किसी भी क्षण वे लोग भी उठ सकते थे। इसलिए विवेक तेज कदम बढ़ाता एक अपरिचित गली में से होता हुआ बढ़ गया।

घर पहुँचने पर कालीपद ने बतलाया कि मेजर आनन्द आये थे और वानीरा उन्हीं के साथ गयी है, भोज पर विवेक को स्वत: ही जाना होगा जाने क्यों उसे हँसी आ गयी। उसे अचानक अनपेक्षित हँसते देख कालीपद का चौंकना स्वाभाविक था।

क्लाइड के भोज में विवेक अप्रत्याशित रूप से अधिक मुखर रहा। वैसे वह सामाजिक सदा से रहा है। यह बात दूसरी है कि सामाजिकता का अर्थ उसके निकट दूसरा ही था जैसे यह कि वह प्रत्येक के लिए एक धैर्यवान् श्रोता रहा हैं इसलिए सभी को उससे बातें करना सुहाता रहा हैं। वैसे लोगों ने कभी यह नहीं देखा कि स्वयं विवेक ने उनसे कितनी बातें की हैं। या तो वह सुनते हुए मुस्कराता रहा होगा या बीच-बीच में आश्चर्य प्रकट कर वक्ता को बोलते जाने का प्रोत्साहन देता रहा होगा। इसलिए आज उसे लोगों ने मुखर देखा तो सबको असहज लगना स्वाभाविक था। आनन्द ने सदा उसे इतिहास के बारे में बताया होगा पर आज जब स्वयं विवेक ने उसे प्राचीन इतिहास के उन छूटे हुए स्थलों के बारे में बताना शुरू किया जिनके बारे में सारे इतिहास चुप हैं तो आनन्द का आश्चर्यित होना उचित ही था।

— मेजर आनन्द ! अशोक की कलिंग-विजय में जिन दो लाख प्राणियों की हत्या हुई वे कौन लोग थे।

मेजर आनन्द अपनी उस अनिन्द्य मुसकान के साथ बोला,

— क्यों ? कलिंगवासी।

— सो तो थे ही, लेकिन तत्कालीन भारत के राजनैतिक इतिहास तथा धार्मिक यथाक्रम को देखकर आप किसी विशेष निर्णय पर पहुँचे हैं?

— मैं आपका संकेत नहीं समझा।

विवेक ने काँटे से टेबल-क्लाथ पर भारत का मानसिक बनाते हुए कहा,

— यह देखिये, समस्त दक्षिण में, पश्चिम में तथा कलिंग अर्थात् उड़ीसा तक जैन धर्म का प्राबल्य था। और आप जानते ही हैं कि अशोक के पौत्र सम्प्रति ने जैन धर्म के लिए वही किया जो कि अशोक ने बुद्धधर्म के लिए। अर्थात् जैन धर्म स्पष्टत: बुद्ध धर्म को चुनौती दे रहा था।

— चुनौतीवाली बात की सम्भावना के लिए ऐतिहासिक तथ्य तो नहीं है और बिना उनके—

टेबल-क्लाथवाले मानचित्र की ही ओर देखते हुए आनन्द को उत्तर देते हुए विवेक फिर बोला,

— क्या आप सारे कारण इतिहास में हो पाना चाहते हैं?—और आप देखिये कि अशोक के कुल डेढ़ सौ-दो सौ वर्ष बाद ही कलिंग में जैन सम्राट् खारवेल का उदय एक प्रचण्ड धूमकेतु की भाँति होता है। क्या ऐसी शक्ति निष्प्रयास उत्पन्न हुआ करती है। कलिंग की मेधा को अशोक ने झुका दिया था। पर उस झुकाने में वह स्वयं इतना भयभीत हो गया था कि सदा के लिए युद्ध न कर सका। कलिंग की वही पराजित मेधा खारवेल में पुन: प्रस्फुटित होती है और तेरह वर्ष का दीर्घ प्रवास करते हुए हाथों में खड्ग ले दजला-फरात तक छा जाती है। अशोक का सम्राज्य ध्वस्त हो जाता है, क्या इसे आप कलिंग का वह क्रोध नहीं स्वीकारते जिसे अशोक ने दो सौ वर्ष पूर्व दो लाख निरपराध जैनों के वध से अंकुरित किया था?—आज की अपेक्षा समय की गति तब बहुत मन्द हुआ करती थी और फिर किसी भी राष्ट्र, जाति या धर्म के जीवन में दो सौ वर्षों का समय भी कोई समय होता है? अभी तक कई धर्म तो हजार-डेढ़-हजार वर्ष बाद भी बड़े बचकाने हैं। और मेजर आनन्द! इसी सन्दर्भ में शालिवाहन साम्राज्य तथा शुंग साम्राज्य की स्थापनाओं को भी देखेंगे तो अनेक आश्चर्यजनक स्थापनाएँ आपके सामने आयेंगी।

विवेक जिस गम्भीरता एंव तन्मयता से बोल रहा था उससे सारे लोग सन्नाटे में थे। मेजर आनन्द वैसे तो मुस्कराता रहा पर क्रमश: अन्तर में गम्भीर होता चला गया। बोलते हुए विवेक के हाथों में काँटा, कलम लग रहा था। वानीरा को विवेक के इतिहास के ज्ञान पर आश्चर्य नहीं था बल्कि उसके इस तरह के बोलने पर न केवल आश्चर्य ही था बल्कि किसी सीमा तक वह हतप्रभ हुई। विवेक ने देखा कि उसके हठात् मौन हो जाने पर टेबल पर बड़ा वजनी मौन छा उठा है तो उसे लगा कि इस अवांछितता का कारण वह स्वयं ही है इसलिए बिना किसी अन्य की प्रतीक्षा किये वह स्वयं उठते हुए बोला,

— आई एम सारी जण्टलमैन।

यह कहना शायद ज्यादा अवांछित था और जिसे लोगों ने अनुभव भी किया। जो मौन हठात् आ गया था वह टूटा अवश्य, लेकिन दो-दो तीन-तीन के झुण्ड की छुटपुटी बातचीत में बँट गया। मेजर आनन्द और विवेक दोनों बाहर निकलकर लान में टहलते हुए बतियाने लगे। कुछ बरामदों में निकलकर आश्वस्तता अनुभव करते हुए अनुकूल मौसम आदि की हलकी-फुलकी बातों में बझ गये।

सम्भवत: सभी को काफी की प्रतीक्षा थी। वानीरा ने यह प्रतीक्षा, पियानो पर अँगुलियाँ चलाते हुए आरम्भ की। अनेक दिनों क्या, बल्कि महीनों बाद वह किसी वाद्य के लिए बैठी थी। उसकी लम्बी पतली अँगुलियाँ सफेद काले पर्दों पर हौले-हौले घूम रही थीं। शायद वह कोई राग नहीं बल्कि कोई गीत बजा रही थी। रोमन लम्बे गले का उसका स्लेटी नौकाकट ब्लाउज तथा उसी रंग की साड़ी में वह

अप्रतिम लग रही थी। दाहिने हाथ की अँगुली में गाणिक दमक रहा था। क्लाइड पियानो पर झुका गीत सुन रहा था।

— आप तो इतना पश्चिमी संगीत सुन चुकी हैं, क्यों नहीं कभी कोई सिम्फनी बजाने की कोशिश करतीं?

क्लाइड की बात वानीरा ने यथावत् बजाते हुए सुनी तथा अत्यन्त स्वल्प-सा उत्तर भी दिया,

— नहीं।

— क्यों?

इस बार जैसे वानीरा को उत्तर की कोई जल्दी नहीं थी। वह अत्यन्त आत्मस्थ भाव से मात्र बजाती रही, जैसे वह अकेली ही यहाँ पर हो। थोड़ी देर बाद थकी अँगुलियाँ पर्दों पर निढाल रखे-रखे ही बोली,

— इसलिए मिस्टर क्लाइड! कि उसकी स्वर-व्यवस्था के लिए भिन्न संस्कार तथा भिन्न व्यक्तित्व चाहिए।-जब भी सिम्फनियाँ सुनती हूँ तो एक वातावरण अनुभव होता है, दूर जाने कहाँ-कहाँ भटक उठती हूँ, बड़ा ही रम्य लगता है पर भैरव या शंकरा, जौनपुरी या आसावरी आदि सुनकर जो तदाकारिता लगती है वह रम्यता से बिलकुल अलग होती है।

— यह तो संस्कार की बात है वानीराजी! जो राग आपको कोमल लगता है वह सम्भवत: ऐसा न हो। आप जानती हैं कि 'देस' बड़ा हो कोमल और करुण राग है पर एक बार मैंने अपने एक अंग्रेज मित्र को वह राग सुनवाया तो बोले कि बड़ा ही 'गे' राग है। बिलकुल ही भिन्न प्रभाव हुआ उन पर। हमें आप क्या कहेंगी?

— पूर्व और पश्चिम के मनस् का भेद।

— एक तो ऐसी बात नहीं है। दूसरे मान लीजिये कि यदि ऐसा है, तो क्या उचित है?

वानीरा हँस पड़ी, बोली,

— उचित न होता तो वह होता क्यों?

— इसलिए हुआ कि आज के पूर्व सम्पर्क की वैसी सुविधाएँ न थीं। इट वाज नेचर हू डिवाइडेड द ह्यूमेनिटी। यह भेद केवल ऐतिहासिक है, वास्तविक नहीं।

— यदि यह ऐतिहासिक है तब तो उसका औचित्य और भी सही है।

— वैसे मिस्टर क्लाइड! दूर क्यों जाते हैं, दो व्यक्तियों के बीच यह भेद नहीं होता? क्या यह भेद ही व्यक्तित्व नहीं देता? और बिना व्यक्तित्व के क्या व्यक्ति, क्या जाति, क्या राष्ट्र कोई भी तो अर्थ नहीं रखते।

काफी आ चुकी थी। ट्रे से एक कप लेकर क्लाइड ने वानीरा को दी। मेजर आनन्द और विवेक तब तक भी इतिहास में बझे हुए थे। कमरे में आते हुए भी उनकी चर्चा यथावत् चल रही थी।

— लगता है डाक्टर विश्वास आज मेजर आनन्द का इतिहास का गर्व खण्डित करके रहेंगे।

विवेक चौंका। उसे स्वयं इतनी देर बाद अनुभव हुआ कि क्लाइड की इस बात में कहीं-न-कहीं सचाई है। अज्ञान में वह शाम से ही अस्तव्यस्त था, जिससे वह लड़ता रहा है तथा जिस पर संयम किये रहा। यह संयम का ही प्रतिफल था कि उसका आनन्द के प्रति आक्रोश इतिहास की चर्चाओं में व्यक्त हो रहा था। यदि आज की अस्तव्यस्तता न होती तो वह जीवनपर्यन्त यह कभी व्यक्त भी न होने देता कि इतिहास में उसकी न केवल रुचि ही है बल्कि गति भी। जिस समय लोग चलने को हुए काफी रात जा चुकी थी। प्रायः इस तरह के अवसरों पर आनन्द या क्लाइड कोई-न-कोई अपनी मोटर से विवेक-वानीरा को घर तक छोड़ देते रहे हैं पर एक तो मौसम बहुत सुहाना हो आया था तथा बड़ी अच्छी चाँदनी छिटक आयी थी इसलिए विवेक ने ताँगे से घर चलने का प्रस्ताव वानीरा से कुछ इस तरह किया कि दूसरे तो नहीं ही समझ सके पर स्वयं वानीरा भी कुछ समझ न सकी कि आज विवेक किसी की कार पर न जाकर ताँगे से क्यों जाना चाहता है? पर वानीरा और दिनों की तरह उसकी इस असंगत बात को काट भी न सकी।

जिस समय क्लाइड का नौकर ताँगा लेकर आया बाकी के सारे अतिथि, और तो और आनन्द तक जा चुका था। जब सब जा चुके थे तब क्लाइड, वानीरा के साथ विवेक दालान में मोढ़े पर बैठा ताँगे की प्रतीक्षा कर रहा था। लेकिन वस्तुतः वह ताँगे की प्रतीक्षा न कर जैसे लोगों के चले जाने की प्रतीक्षा कर रहा था। क्योंकि जैसे ही मेजर आनन्द की जीप रवाना हुई तो विवेक ने बड़े ही सन्तोष की साँस लेते हुए कहा,

— मिस्टर क्लाइड! आप क्या सोचते हैं कि मेजर आनन्द कैसे व्यक्ति हैं?

शायद वानीरा इस तरह के प्रश्न के लिए बिलकुल तैयार नहीं थी परन्तु क्लाइड इसके ठीक विपरीत ऐसा लगा कि जैसे वह इस प्रश्न के लिए कई दिनों से प्रतीक्षित था। क्लाइड इस बीच अपना पाइप भरने के लिए भीतर गया। वानीरा को चूँकि विवेक का यह प्रश्न आपत्तिजनक लगा इसलिए क्लाइड की अनुपस्थिति का लाभ उठा, वह बोली,

— तुम इस प्रश्न के द्वारा क्या जानना चाहते हो?

— यही कि आप लोग मेजर आनन्द के बारे में क्या राय रखते हैं?

वानीरा को विवेक के सीधे-सीधे पूछने पर काफी असुविधा हो रही थी। विवेक के इस सहसा बदले हुए रूप को वह समझ नहीं पा रही थी। वानीरा का असुविधात्मक मौन देख विवेक बोला,

— मैं जानता था कि इस तरह का प्रश्न तुम्हें असुविधाजनक लग सकता है इसलिए मैंने क्लाइड से पूछा। तुम्हें यदि मेरे इस पूछने पर आपत्ति हो तो मैं प्रश्न वापस भी ले सकता हूँ या कहो तो किसी अन्य दिन के लिए भी टाल सकता हूँ।

वाक्य समाप्त हो ही रहा था कि क्लाइड पाइप ताजा कर लौटा। तम्बाकू की तेज गन्ध हवा में भर उठी। क्लाइड जिस निश्चिन्तता से आकर पाइप पीने लगा उससे

लगा कि वह उत्तर देने की बहुत जल्दी में नहीं है। बड़ा अप्रीतिकर मौन साधे तीनों बैठे रहे। तब क्लाइड को ही अगत्या बोलना पड़ा।

— डाक्टर विश्वास! आपको शायद नहीं मालूम होगा कि मेजर आनन्द का यहाँ से तबादला हो गया है।

विवेक-वानीरा दोनों सुनकर चौंके। बल्कि वानीरा तो बोली,

— ऐ?? कब?? कहाँ??

— जरा रुकिये मिस्टर क्लाइड।

विवेक ने क्लाइड को आगे बताने से जैसे बरजा। एक क्षण वह रुका और फिर बोला,

— क्या आप जानते हैं कि जिस समय हम लोग लान पर टहल रहे थे मेरी और मेजर की क्या बातें हो रही थीं? —नहीं न? मैंने मेजर आनन्द का हाथ देखकर बताया था कि बहुत जल्द उनको स्थान परिवर्तन करना होगा।

कहकर बड़े ही नाटकीय भाव से विवेक चुप हो गया। विवेक हाथ देखना जानता है यह स्वयं वानीरा के लिए भी खबर ही थी। उसके मुख पर जाने क्यों अप्रिय आश्चर्य था। क्लाइड ने विवेक की इस सूचना पर हँसते हुए कहा,

— तब तो आप यह भी बता सकते हैं कि कहाँ जाना होगा?

— कहाँ के बारे में नहीं कह सकता पर किधर जाना होगा यह मैंने बता दिया है।

— अच्छा तो बताइये किधर जा रहे हैं वह?

— पश्चिम में जा रहे हैं।

— तब तो मेजर आनन्द को बहुत आश्चर्य हुआ होगा।

— नहीं। आश्चर्य मुझे हुआ कि मेजर अनन्द को भी हाथ देखना अच्छा आता है।

जाने क्यों विवेक ने यह बात कहकर वानीरा की ओर देखना शुरू किया। क्लाइड को लेकिन बातों में मजा आ रहा था, बोला,

— क्या उन्होंने आपका हाथ देखा?

विवेक हँसते हुए बोला,

— देखा ही नहीं साहब! बल्कि भविष्यवाणी तक की कि मेरा भी स्थान-पविर्तन है और वह भी पश्चिम ही की ओर।

वानीरा का व्यर्थ ही रंग फीका हो गया था, जिसकी कोई आवश्यकता नहीं थी। कम-से-कम क्लाइड को तो यही लगा, बोला,

— लीजिये आपके स्थान-परिवर्तन की बात सुनकर मिसेज विश्वास उदास हो गयीं।

— नहीं तो।

और शायद तभी ताँगे की आहट आयी थी। चाँदनी छिटककर पाटल हुई जा रही थी। पैरों के पास चली आयी चाँदनी में वानीरा बारम्बार अपना पैर भिगोती लग रही थी। 'नहीं तो' कहकर वह लगभग उठते हुए बोली,

— अच्छा तो अब चलें। तोऽऽ मिस्टर क्लाइड! ...आज के भोज के लिए अनेक-अनेक धन्यवाद।

विवेक अभी तक बैठा हुआ था। उसने आचरण और स्वत्व में ढली अपनी पत्नी को आज बरसों बाद तौलनेवाली दृष्टि से देखा जैसे वह किसी अन्य की सुन्दर पत्नी को प्रशंसाभाव से, ईर्ष्याभाव से नहीं, देख रहा हो। घुटनों पर हथेलियाँ फटकारते हुए वह बोला,

— क्या तुम सचमुच ही उदास हो गयी वानीरा?

— अच्छा, अब चलिये।

क्लाइड ने दोनों को बरसाती तक छोड़ते हुए एक बार फिर कहा,

— मैं समझता हूँ काफी देर हो गयी है आप लोगों को। अगर आप लोग चाहें तो मैं कार से छोड़ दूँ। काफी दूर जाना है।

अभी वानीरा कुछ कहे इसके पूर्व ही विवेक बोला,

— मिस्टर क्लाइड! हम लोग अनावश्यक रूप से सामाजिक हो गये हैं फलस्वरूप याद ही नहीं पड़ता कि मैं और वानीरा साथ रहते भी हैं। इसी बहाने अनुभव तो होगा कि हम लोग अपने लिये अभी भी हैं।

एक बहुत बड़ी बात पायदान पर पैर रखे हुए विवेक कह गया था, जिसे सुनकर सीट पर बैठी वानीरा ने, औचक के दिये गये कड़वे घूँट-सा पिया और अवांछित दक्षिणा-सा ग्रहण किया लेकिन इसके विपरीत क्लाइड ने बड़े ही भद्रोचित मुसकराते तथा अपने पाइप से ढेर-सारा धुआँ छोड़ते हुए सुना। विवेक के कन्धे से परे, जैसे छायातप में बैठी हो, वानीरा की ओर जिज्ञासा भाव से देखा जैसे किसी फूल की ओर देखा जाता है। पायदान पर जिस आसन्नता से विवेक चढ़ा तथा सीट पर जिस संकोची निश्चिन्तता से बैठा उसमें स्पष्ट संकेत था कि वह जानता हैं कि वानीरा तथा क्लाइड में प्रतिसंकेत चल रहे हैं, जिनके प्रति वह प्राय: अवश होकर अवसर देता है और इस समय भी वह अवसर दे रहा हैं। सीट पर उसके बैठने तथा ताँगे के चलने में अधिक विलम्ब नहीं हुआ पर क्षणान्त में ढेर-सारे चाँदनी भीगे क्षण नन्हें-नन्हें जुगनुंओं की भाँति गुजरकर अज्ञात में चले गये-सा लगा।

रास्ते भर दोनों लगभग मौन ही बने रहे, यही कहना होगा। लेकिन क्या वह मौन था? देखनेवाले को ऐसा लग सकता था पर देखे जानेवाले पात्रों की स्थिति इसके एकदम विपरीत थी। प्राय: यह होता है। प्रत्येक व्यक्ति आर्कटिक का वह समुद्र होता है जो ऊपर से बड़े विपुल भाव से कठोर, मौन तथा निरभ्र भाव से हिमयुक्त बना रहता है पर थोड़े नीचे ही अनन्त सृष्टि, प्रवाह, उष्णता, गहराई जाने क्या-क्या जीवित मौजूद होता है।...केवल घोड़े की टापें तथा पहियों का एकरस स्वर, प्रशस्त रात्रि भाव के निर्जन परिपार्श्व में बँधे-खिंचे वे दोनों अपना-अपना हाहाकार लिये लगभग आधे रास्ते तक चलते चले गये। शहर की शुरुआत होने को ही थी कि विवेक ने अत्यन्त सहज, साधारण भाव से, जैसे हठात् याद आ गया हो, की तरह

भीतर की जेब में हाथ डालकर मुसकराते हुए एक केस निकाला और वानीरा की ओर बढ़ाते हुए कहा,

— इतने कीमती उपहार को तुम शायद जल्दी में बाहरवाली आलमारी में ही छोड़ आयी थीं। कम-से-कम सेफ में तो रख आना चाहिए था।

विवेक द्वारा दिये जानेवाले नेकलेस के केस को देखकर वानीरा का आसन्न हो जाना स्वाभाविक था।

क्षणान्त में वह क्षण, आनन्द, उसके द्वारा दिये जानेवाला यह नेकलेस सब तिर उठे।—कैसे वह खिड़की के पास खड़ी बाँसों के कुंज में चहचहाती गौरैयाओं को फुदकते देख रही थी। अपराह्ण की केशवत् लहराती हवा में हरी मछलियों-सी बाँस की पत्तियाँ कैसे तिर-तिर उठ रही थीं। आकाश के परिपार्श्व में बाँस का वह कुंज किसी चीनी चित्र की सजीव प्रतिकृति-सा लग रहा था। वह अनात्म बनी खिड़की के बाहर के सर्वात्म में खोयी हुई थी। कमरे में बैठा हुआ, आनन्द चाय पी रहा है, की उसे चेतना उस क्षण में थी या नहीं, यह नहीं कहा जा सकता था। वह उठकर खिड़की तक इसलिए चली आयी थी ताकि वह आनन्द के देखने को टाल सके। आनन्द जब उसे एकान्त में देखता है तो उसकी दृष्टि बड़ी चीरहरणी-सी हो जाती है। ऐसे समय अज्ञात में वह अंग-अंग से परिधान पकड़े रहती है अन्यथा वह कैसी द्रौपदी बन आर्त्त-विवसना हो उठे न? वह आद्यन्त आनन्द को बूझती है। आनन्द उसे उस गर्त के समान लगता है जिसमें एक बार झाँकने पर व्यक्ति विवश हो उसी से खिंचता चला जाता है। तभी तो वह प्राय: आनन्द का एकान्त अब बचाती रहती है। आज भी वह दोपहर में सोने के प्रयास में लेटी हुई 'देश' का ताजा अंक उलट-पलट रही थी कि कालीपद ने आनन्द के आने की सूचना दी थी। वह कितनी घबरा उठी कि ऐसे समय तो आनन्द कभी नहीं आता रहा है, तब, क्यों? और तभी अनेक दिनों उपरान्त सिवीलियन सूट में उसे अपने सामने खड़े देख वह केवल स्वागत करने के लिए बाध्य थी। कैसे वह अनिवार्यवत् खड़ा था। और फिर तो मन कपड़े की तह-सा खुलता ही चला गया था। वानीरा कैसे सदा इस बात पर हँसती है कि आनन्द सबके सामने कितना गम्भीर बना रहता है और उसके सामने तो ऐसा कि बस अगर वह हाफपैण्ट पहना दे तो एकदम किशोर-सा लगे न? खूब-सारी बातें करना आता है आनन्द को। आइसक्रीम से लेकर अपने कर्नल तक की बातें, नकलें, बोलियाँ क्या-क्या नहीं सुनाता रहा हैं वानीरा को? कहीं कोई छल-छन्द नहीं, बिलकुल शरद्कालीन झरने के निर्मल जल-सा। वानीरा को आनन्द अपनी इसी भुवन-मोहिनी मुस्कान, सरलता एवं दृष्टि से बारम्बार देखकर टटोलता है जिससे बचने के हेतु वह खिड़की पर आ खड़ी हुई थी। वैसे वह परात्परा ही थी पर अपने पीछे आनन्द को आते भी सुन था तथा खड़े होते भी अनुभव किया था। कैसे उसकी अपनी साँस किसी अप्रत्याशित में माला के मनकों की भाँति बिखर उठी थी। और वह हड़बड़ाकर समेटने के लिए कैसी विवश लग रही थी, कि तभी दो दृढ़ हाथ उसे अपने गले के दोनों ओर अनुभव हुए। वह समग्र स्नात हो उठी। बड़ा भीगा-भीगापन सारी देहयष्टि में वैसे

ही फूट उठा था जैसे वह केले का पुष्ट वृक्ष हो और हाथी की सूँड़ ने उसे दबाकर निचोड़ना आरम्भ किया हो। वह कैसा टूटा-टूटा-सा बरजती रही पर उसे विश्वास है कि उसके भीतर ही घुटा रहा और जब अपने गले में यह नेकलेस बड़ा ठण्डा-सा एवं किंचित् भारी-सा अनुभव हुआ तो वह आँखें बन्द किये ही वापस अपने में लौटी। अपने कन्धों पर दस अँगुलियाँ वैसे ही अनुभव कीं जैसे वह आदि-काल से ऐसे ही प्रतिमा बन खड़ी है और वे दस अँगुलियाँ उसके कन्धों पर मूर्तिकार ने बाद में चिपका दी हैं। वह लगभग उन अँगुलियों को उतारने को ही थी कि,

— वानीरा! क्या कोई भी आज तक वस्तुओं के द्वारा अपने अन्तर को किसी को सौंप सकता है?

आनन्द की बात पर वह थरथराते हुए मात्र यही कह सकी,

— पता नहीं आनन्द! पर, तुम क्या सौंपना चाहते हो और किसे? और वानीरा ने विवेक द्वारा दिये जानेवाले केस को बड़े ही ठिठुरे हाथों से बिना उसकी ओर देखे ही निर्जीव भाव से वैसे ही थामा जैसे वह केस न होकर स्वयं क्षण ही हो। जैसे ही गिरे-गिरे ढंग से उसे थामा वैसे ही तत्काल वानीरा को विवेक का आज का सारा व्यापार, व्यवहार सब-कुछ स्पष्ट हो गया। पायदान पर वह जिस निरपेक्ष भाव से सिर नीचा किये अभी ताँगे पर चढ़ा था वह भी उसे सायास ही लगा।..वैसे यह नहीं कि आनन्द के अथवा दूसरों के इस तरह के उपहारों के बारे में विवेक को वह नहीं बता देती रही है पर आज जिस भावावेश में वह यह नेकलेस बाहर ही छोड़ आयी तथा उसमें की वह चिट...जरूर ही विवेक ने उसे पढ़ लिया होगा। सम्भव है न पढ़ा हो लेकिन क्यों नहीं पढ़ा होगा? —कैसा अजीब-सा सम्बोधन करता है आनन्द न? 'मेरी यक्षप्रिया!' —और छूटे वस्त्र-सा केस भी औचक में उसके हाथों से छूट गिरा। पहले से गिरा-गिरा-सा तो उसे वह थामे थी ही। विवेक ने देखा कि वानीरा निस्पृह बनी बैठी है। न केस लेते समय ही उसने कोई भाव व्यक्त किया था और न अब गिरते समय ही कोई व्यंजना। पूजा के फूल-सा ही, प्रतिमावत् उसे ग्रहण भी किया था एवं अनासक्त भाव से 'वासांसि जीर्णानि' को तरह गिर भी जाने दिया है। विवेक कहीं अन्तर में सुखी हुआ। केस उठाकर उसने वापस जेब में रख लिया। चाँदनी में बिल्लौरी ठण्डापन था। चाबगान, इक्के-दुक्के बँगले, लम्बी-पतली सड़क सब पर चाँदनी व्याप्त थी। खम्भों की रोशनी में ताँगे तथा घोड़े की आगे-पीछे आती-जाती छागाएँ ही व्यग्र दौड़ती लग रही थीं अन्यथा शेष सब प्रशस्त, निश्चिन्त था। अपने-अपने एकान्त, हाहाकार का बोध केवल अपने को छोड़ किसी दूसरे को उसकी न तो आहट ही थी और न आभास। दोनों को, दोनों का हाहाकार अवश्य सुनायी भी पड़ रहा था तभी तो विपरीत दिशाओं में देखते हुए वे घर पहुँचने की प्रतीक्षा में थे, जबकि शहर शुरू हो चुका था।

पूरी तरह भोगा गया हर दुःख एवं सुख अपनी सम्पूर्ण विविधता में भोक्ता के निकट वह चिर-संचित रहता है। विवेक चाहे तो अपने विगत को उतने

अधिकार भाव से फैला सकता है, चिह्नित कर सकता है जैसे वह कोई महत्त्वपूर्ण फौजी नक्शा हो और उसे आमने-सामने फैलाकर झण्डीवाले पिनों से अंकित करते हुए बता सकता है कि इस दिन, इस क्षण उसने यहाँ चाय पी थी। इस दिन वे लोग सब डक-हर्णिटग के लिए गये थे। फलाँ दिन आनन्द के साथ सीमा की किस चौकी तक दोनों गये थे या अकेले वानीरा गयी थी। यदि विवेक को वह दिन भी याद हो कि कैसे आनन्द डिब्रूगढ़ से रवाना हुआ था तो क्या आश्चर्य है?

सम्भवत: सवेरे तीन बजे एक विशेष विमान द्वारा सहयात्री रूप में अन्य दो-चार अफसरों के साथ मेजर आनन्द को भी जाना था। दिसम्बर का जाड़ा था, उस पर आधी रात तक काफी वर्षा हुई थी। आधी रात के बाद वर्षा अवश्य थम गयी थी पर आकाश मेघाच्छत्र ही रहा। आशा यही थी कि वर्षा के कारण जाना टल जायेगा इसलिए लगभग रातभर आनन्द के फोन की प्रतीक्षा करते हुए ही वे लोग सोते रहे। जब क्लाइड कार लेकर पहुँचा तब लगा कि आनन्द का जाना टला नहीं।

जिस समय ये लोग छोटे-से एरोड्रम पर पहुँचे मिलिट्री की खासी भीड़ थी। सिविलियनों के नाम पर यही तीन व्यक्ति थे। वैसे कुछ अफसरों की पत्नियाँ भी अवश्य थीं। यहाँ से प्रमुख रूप में जानेवालों में आनन्द ही था। उस छोटे-से लाउञ्ज में शराब और तम्बाकू की गन्ध स्पष्ट थी। आनन्द को यहाँ से चले जाते देख विवेक को थोड़ा बुरा अवश्य लगा। क्लाइड के चेहरे पर अवसरोचित प्रसन्नता, गम्भीरता, भावुकता सभी कुछ थी जो सब औपचारिक होती हैं। वानीरा अवश्य भावुक से अधिक गम्भीर थी। वह भावुक क्यों नहीं थी इस बात का विवेक को आश्चर्य था। शायद वह अपनी भावुकता को छुपाने के लिए चेस्टर में हाथ डाले दीवारों पर लगे रंगीन विज्ञापनों, स्थानों के चित्रों तथा विभिन्न प्रकार के विमानों की छवियों को देखने के लिए कभी-कभी दूर हो जाती। आनन्द की व्यस्तता सहज थी। बीच-बीच में उसका मुस्कराकर इन लोगों की ओर देख लेना भी उचित ही था। विवेक और क्लाइड स्पष्टत: बोर हो रहे थे इसलिए 'स्नेक बार' में चलकर चाय पीने का क्लाइड का प्रस्ताव बड़ा समयोचित लगा। लेकिन वानीरा को वैसे भी चाय कोई विशेष प्रिय नहीं रही है इसलिए उसे चित्रों, छवियों को उपयुक्त रूप से देखने के लिए छोड़कर वे दोनों बार की ओर निकल आये। अभी विमान के जाने में पन्द्रह मिनट से अधिक था।.....लाउडस्पीकर पर बारम्बार विमान के बारे में घोषणा की जा रही थी। और जब लगभग छूटने की बात कही जा रही थी उस समय तेजी से ये लोग फेन्सिंग की ओर बढ़े। खुले मैदान में पहुँचकर हवा का जो तेज सपाटा लगा उसके कारण रोम-रोम काँप उठा। गर्दन तक कालर उठा रेलिंगों से सटी छोटी-सी भीड़ में वे लोग आनन्द को खोजने लगे। सामने अँधेरे की पृष्ठभूमि में विमान स्पष्ट दिखायी दे रहा था। छोटी-सी भीड़ का लगभग बड़ा-सा शोर हँसियों तथा बातों में उभरा हुआ था। विवेक ने देखा कि रेलिंग के बाहर एक तरफ आनन्द और वानीरा बातें कर रहे हैं। और जिस समय

मित्रवत् हाथ मिलाकर वह विमान की ओर बढ़ा, यात्रियों में आनन्द ही सबसे पीछे था। उस अँधेरे में पहचान पाने की कठिनाई दोनों ही ओर से थी।.....लेकिन विमान से कब सीढ़ी हटी, कब दरवाजा बन्द हुआ और कब पंखों के नीचेवाली दो विशाल लाइटें जलीं, पंखे भरभराये, लाइटें घूमीं और पंखों से निकली हवा का तेज झोंका कब सबको कँपाता हुआ निकला तथा उसके बाद विमान लाइटोंवाले अपने 'रन-वे' पर दौड़ा आदि बातें बहुत स्पष्ट थीं। और जब दूर चला गया विमान वापस लौटकर सिर के ऊपर से गुजरा तो वातावरण में एक तेज गुनगुनाहट के फिर कुछ नहीं रहा। इसके बाद सब लोग उस अँधेरे खुले वातावरण में सहसा कैसे निरीह लगने लगे थे। वैसे तेज हवा सबकी आँखों में लगी थी। नाक पर भी उसका प्रभाव हुआ था। पर जिस ढंग से वानीरा ने अपनी नाक-आँख पोंछी थी उसमें कोई भी यह समझ सकता था कि मात्र ठण्डी हवा ही कारण न थी। लौटने में तीनों चुप ही बने रहे। बोलने के लिए, खासकर आनन्द के बारे में, उनके पास था ही क्या? तीन दिन पूर्व आनन्द के सम्मान में वानीरा ने एक भोज देकर सभी से आनन्द के बारे में इतना बुलवा लिया था कि अब मौन ही सबसे बड़ी अभिव्यक्ति था। शायद तीनों इस समय बोलना टालते बैठे रहे। अब जब आनन्द पूरी तरह चला जा चुका तो विवेक को लगा कि किसी के चले जाने के बाद ही स्मृतियाँ मुखर होती हैं, सामने नहीं। सामने तो स्मरण भर होता है और स्मरण एवं स्मृति में अन्तर तो होता ही है। विवेक को लेकिन एक बात यह खल रही थी कि जिस आनन्द को वह इतना गम्भीर, संयमी मानता रहा वह भोज के दिन अपराह्न में कैसा बचकाना व्यवहार करता रहा—ढेर-सारे फोटोग्राफ विभिन्न मुद्राओं में लिये गये, जाने कौन-कौन-से ग्रामोफोन के रिकार्ड बजाये गये, ताश खेली गयी और तो और तितलियों के पीछे तक भागा गया। लेकिन क्या यह सब उसका सायास था? विवेक का जब ध्यान टूटा, तो उसने देखा कि गद्दी पर सिर टिकायें आँखें मूँदें वानीरा अपने में लीन है तथा क्लाइड...क्लाइड मोटर चलाने में तल्लीन था।

इसके बाद घटनाएँ जैसे मर गयी हों। एक अजीब उदासी में भीगा, डूबा पूरा एक वर्ष मौन में ही जैसे बीता हो। यद्यपि विवेक के लिए कहीं कुछ नहीं बदला था पर वानीरा तो ऐसी हो गयी जैसे किसी बड़े हाल की एकमात्र खुली खिड़की सहसा बन्द हो जाये और भीतर छूट गया प्रकाश क्रमशः अँधेरा बनता ही चला जाये और एक दिन बस, केवल अँधेरा-ही-अँधेरा शेष रह जाये। वानीरा भी लगभग यही होती चली गयी। वैसे विवेक ने प्रत्येक दिन इस बात की प्रतीक्षा की कि वानीरा यहाँ से चलने का प्रस्ताव रखेगी। पर दिन, सप्ताह, महीने गुजरते चले गये और वह कुछ नहीं बोली। जब वानीरा उदास हो गयी तो घर की, घर की चीजों की, सम्बन्धों की और तो और चाय के प्यालों तक की चमक चली गयी।

वानीरा को देखकर कोई भी कह सकता था कि वह एक अनरियाजी, अनकसी सितार है जो सारे स्वर, राग खो चुकी है। अजीब बासी-बासी-सा व्यवहार, कुम्हलायी आँखें, उनींदा विलोकना ऐसा उसमें समा गया था कि उससे कुछ भी पूछना, उसकी ओर देखना तक उसे दुःख देना लगता। घर लगभग एक उदास जूठे बर्तन-सा हो गया। घर वही था, चीजें वही थीं। लताएँ, फूल और तो और हवाएँ तक वही थीं पर व्यक्ति बदल गये थे। कोयला कैसे क्रमशः बुझता है कि स्वयं उसके बुझ जाने पर भी आवरण की राख काफी देर तक गरम रहती है। और जब तक कोई तेज हवा आकर उसे नहीं हिला जाती तब तक पता ही नहीं चलता कि वह जल रहा है या बुझ चुका है बल्कि आग का आभास देता है। घर पुरुष के कारण सप्राण नहीं होता, वह तो नारी ही होती है कि जिसके चारों ओर घर, घर की माया, चीजों की चमक, गृहस्थी का स्वर मँडराता होता है। जब वही वितृष्ण हो जाय तो उस स्थिति में पुरुष ऐसा ही दयनीय हो जाता है जैसा कि जलप्लावन में मनु हो गया था। क्योंकि मन बँटने के साथ-साथ पति-पत्नी के कमरे, चीजें, आवश्यकताएँ सभी बँट जाती हैं। वानीरा-विवेक कहने को खाने की टेबल पर नित्य मिलते पर दोनों को ही लगता कि जैसे अपराध किया जा रहा है। घर तथा डिस्पेन्सरी की स्थिति छह-आठ महीने में पुरी की जैसी ही हो गयी। वानीरा ने अपने को यदा-कदा क्लाइड के यहाँ जाने के अतिरिक्त सारी सामाजिकता से काट लिया। विवेक सब समझ रहा था कि यह अपरिग्रहता क्यों है। वानीरा उसे अपने मौन से बाध्य करना चाह रही थी कि विवेक इसका कारण पूछे और तब जो वह निदान बताये उसे विवेक स्वीकारे भी। तभी तो पूरी पूजा बीत गयी और एक दिन को भी वह कालीबाड़ी नहीं गयी बल्कि अपने बासीपन में ऐसी बनी रही जैसे पूजा के दिनों की उसे कोई चेतना ही नहीं है। हवा में माइक्रोफोन के कारण पूजा-गीत दिन-रात सुनायी पड़ते पर वानीरा अनासक्त बनी कुंज में लान-कुर्सी पर बैठी सलाइयों से जाने कितना बुनने में खोयी रहती। प्रायः मिलनेवालों को कालीपद से कहलवा दिया गया कि अस्वस्थता के कारण मिलन न हो सकेगा। और जब दीवाली भी अनजली बीत गयी तथा वानीरा के न तो आचरण और न हाव-भाव किसी में भी कोई अकुलाहट या व्यग्रता विवेक को न दिखी तब विवेक का आत्मसंयम टूट गया,

— आखिर तुम क्या चाहती हो?

विवेक की बात पर बुनना छोड़ वानीरा ने क्षणभर को किस आहत भाव से देखा कि जैसे जाने कितना और कैसा अवांछित बोला गया हो। क्षणिक लम्बे मौन के बाद वह बुनते हुए बोली,

— यह तुमने कैसे सोचा कि मैं कुछ चाहती भी हूँ?

— तब यह मान लिया जाये कि हम लोग अब घर में नहीं किसी मठ में रहते हैं?

विवेक की बात पर वानीरा मुस्कराती रही पर देखा तक नहीं।

विवेक के लिए आगे बात करना कठिन था इसलिए वह उठ ही रहा था कि वानीरा तद्वत् मुद्रा से ही बोली,

— विवेक! क्या यह सम्भव है कि हम लोग एक बार फिर से किसी नयी जगह नवारम्भ कर सकें?

और एक दिन, अर्थात् कल शाम, अब तो सूर्योदय हो रहा है इसलिए कहना चाहिए कि परसों शाम डिब्रूगढ़ छोड़कर विवेक-वानीरा इलाहाबाद के लिए रवाना हुए।

सिलीगुड़ी स्टेशन आ चुका था। खिड़की का पल्ला उठाकर विवेक ने न केवल सारे कमरे को ही बल्कि अपनी नितान्तता को भी बाहरी बहुलता को सौंप दिया। कम्पार्टमेण्ट में भी दिन शुरू हो गया था। वानीरा स्टेशन पर उतरने के लिए तथा रिफ्रेशमेण्ट-रूम तक जा सकने के लिए अपने को तैयार कर सकी थी। कम्पार्टमेण्ट से बाहर आते हुए वह जिस ढङ्ग से एवं तुष्ट भाव से अपने लिये ही मुस्करा रही थी—उसमें आक्षेपात्मक कुछ नहीं था पर विवेक को लगा कि सारी रात जागते हुए वह विगत को कितनी अकुलाहट से पुकारता रहा है जबकि सारी रात वानीरा ऐसे ही मुस्कराती रही है, विगत में भी तथा वर्तमान में भी।

और दो वर्ष उपरान्त—

आज जब विवेक और वानीरा पुनः यात्रा पर निकले तो कैसा अन्यमनस्की विषम था कि इस बार स्टेशन पर न तो कोई परिचित मुख ही था और न अकुलाये हाथ में बिदा देता, हिलता एक भी रूमाल। ऐसी तिरस्कृत निर्जनता जनवरी की इस अँधेरी रात में व्याप्त थी कि जिसका बोझ न केवल मन ही वरन् अंगों तक पर अनुभव हो रहा था। सूने प्लेटफार्म के पार फैले अँधेरे में कैसे अविश्वसनीय ढंग से दो-चार लाल-हरी लाइटें उसे प्रगाढ़ करती यहाँ-वहाँ छितरी हुई थीं। ठण्डी हवा के तेज सपाटे मन को विमन किये दे रहे थे। कैसे अपराध भाव की वह विदा थी। क्या कोई कहीं से इस तरह विदा होता है? क्या वे डिब्रूगढ़ से इस तरह विदा हुए थे? क्लाइड का आकुल आचार क्या किसी दिन विस्मरणीय हो सकेगा?
दो वर्ष पूर्व जब वे यहाँ इलाहाबाद आये थे, भले ही वह आना अनायास ही था पर तब मेजर आनन्द का आमन्त्रण था। विवेक के लिए चाहे वह अप्रीतिकर ही रहा हो पर था तो—लेकिन आज कैसी कटी पतंगवत् वे दोनों चले जा रहे थे। विवेक जानता है कि वानीरा चल रही है वरन् विवेक उसे वैसे ही, भले कन्धे पर न सही, लिये जा रहा जैसे वह माँ दुर्गा की प्रतिमा हो और उसे विसर्जन के हेतु लिये जा रहा है। गत सात दिनों से यही प्रतिमात्व वानीरा में आ बैठा है। विवेक अब यही सोचता है कि वानीरा पुनः कभी मानुषों न हो सकेगी। जो हो, विवेक पुरी लौट जाने के प्रति किंचित् उत्साही भले ही हो पर पर सदा की भाँति अनासक्त ही कहा जायेगा। क्योंकि वह जानता है कि 'निर्जन सिकता' पहुँच जाने पर भी, जो कुछ हो चुका है उसे अनहुआ नहीं किया जा सकेगा, कारण कि चाहे लगता हो कि हमारा मन बालू का है पर होता वह वास्तव में चट्टान ही है। एक बार अंकित हो जाने पर उसे विकृत भले ही कर दिया जाये लेकिन वह सदा-सदा के लिए किसी-न-किसी रूप में हमें सालने के लिए विद्यमान ही रहता है। व्यक्ति भूल सकता है, विस्मृत नहीं कर सकता।—जबकि वानीरा जानती है कि उसे 'निर्जन सिकता' में जाकर अब शेष पर्यन्त वैसे ही रहना है जैसे कि पुरातत्त्वी लोग किसी ऐतिहासिक प्रतिमा को संग्रहालय में ले जाकर प्रस्थापित कर देते हैं। किसी-न-किसी कारणवश, एक अवधि के बाद प्रत्येक घर संग्रहालय-जैसा ही हो जाता है। वानीरा गत सात दिनों से अपने से जूझ रही है पर अपने भीतर ही बड़ी क्रियाहीनता लगती है। वह उस बन्द घड़ी की तरह हो गयी है जिसकी चाभी आनन्द इलाहाबाद से जाते समय अपने साथ ले गया है और वह घड़ी ठीक उसके जाने के समय की बन्द हो गयी थी। सारे घड़ीत्व के होते हुए भी जब यदि वह

विवेक को अनिवार्य बोझ लगती है तो वह विवेक से कहना चाहती रही है कि विवेक इस अनिवार्य को काट फेंको, लेकिन यह या वह कुछ भी तो कहने को मन नहीं करता। ठीक है, उसने हठात् चोट को वैसे ही सहा है जैसे कि शीशे पर जोर का प्रहार हुआ हो और शीशा चूर-चूर हो उठने पर भी टूट न गिरा हो, बस वैसा ही टूटापन अपने अन्तर में लिये वह संयुक्त दिख भर रही है, है नहीं। उसने तो कभी विवेक पर यह नहीं व्यक्त किया होगा कि चूँकि वह अमूल्य दर्पण है इसलिए टूटा होने पर भी विशिष्ट है, अतएव वह भार वहन करे यदि विवेक ने स्वतः ही पुरी लौट जाने का निर्णय इसलिए लिया हो कि यह टूटापन स्पष्ट टूटकर छितर न उठे तो वानीरा के पास भी केवल स्वीकार के और कोई उत्तर था भी नहीं तथा हो भी नहीं सकता था। अब तो वह बस, है भरा चाहे वह होना इलाहाबाद में हो या पुरी में, विवेक चाहता है कि वानीरा का यह होना पुरी में हो इसलिए वह पुरी में होने के लिए जा रही है।

गाड़ी में जब कुली उन्हें बिठालकर चल दिया तो वे दोनों अपने 'कूपे' में निरीह हो उठे। जब तक प्लेटफार्म पर थे तब तक सारी बातों के बाद भी ऐसी निरीहता नहीं लग रही थी। साथ थे, पर साथ होने का बोध नहीं था, जबकि अब तो साथ होने की स्थिति एवं बोध दोनों ने ही इतना समीप ला खड़ा किया कि घुटन लगने लगी। शायद इसलिए अपनी-अपनी खिड़कियों में दोनों मौन उदास हो बड़ी देर तक प्लेटफार्म का छूटना देखते रहे। छूटते हुए प्लेटफार्म के सिरे पर कोई कुली खड़ा था, जिसकी लाल वर्दी लाइट में खिल आयी थी, हठात् वानीरा को उस अपरिचित व्यक्ति से वैसी ही आत्मीयता अनुभव हुई जैसे कि वह उसकी देह से निथरा जल हो। बड़ी अकुलाहट अपने भीतर लगी और अज्ञात में, स्वयं ही से छुपाते हुए बड़े ही स्वल्प रूप में विदा में हाथ हिला दिया।

स्टेशन के तुरन्त बाद जो अँधेरा आया उसमें दोनों को ही लगा कि दोनों ही यदि खिड़की से ऐसे देखते रहे तो दोनों को ही बड़ी असुविधा होगी इसलिए वानीरा अनबोले चुपचाप ही लिहाफ को कन्धे तक सरका, मुँह फेर करवट लेट गयी। जमुना-ब्रिज तक विवेक के लिए देखने को बहुत-कुछ था—सोते हुए शहर की उनींदी सड़कें, खिन्न-मना बत्तियों की झालरें, पहियों की आवाज दुहराते मकान—और जब जमुना के काले जल में आकाश की भीगी प्रतिच्छाया भी बीत गयी तब उसने शीशेवाला पल्ला गिरा लिया। उसे अब एक ही बात कचोटने लगी कि क्या पत्नी के होते हुए भी सारे पति ऐसें ही नितान्त होते हैं? क्या वानीरा यह नहीं सोचती है कि कोई भी पति अपनी पत्नी के इन आचरणों को कभी भी नहीं सहन करता है? जबकि विवेक ने गत आठ वर्षों तक न केवल सहन ही किया है पर वह आकण्ठ दग्ध हो चुका है, फिर भी वानीरा की यह अवमानना, उसका राग किस लिए?

वानीरा ने सम्भवतः कभी भी विवेक को नहीं बूझा। यदि वह चाहती तो बूझ सकती थी। प्रश्न यह नहीं था कि उसने क्यों नहीं चाहा, बल्कि उसे चाहना चाहिए था, यह बात डिब्रूगढ़ छोड़ते समय वैसी नहीं साले थी जैसी कि आज इस इलाहाबाद को छोड़ते समय टूटे काँटे-सी बहुत भीतर खुभी पड़ रही थी।

इलाहाबाद..........!!

एक-एक दिन कैसी-कैसी बातें........राग, विराग, उपेक्षा, अवमानना, दर्पभरी अनेको-अनेकों मुद्राएँ अपने सारे सन्दर्भों के साथ विवेक के अन्तस्तल में वैसी ही सुरक्षित हैं जैसे कि गुहाचित्र। हर छेनी का प्रहार शिला इसीलिए न सहती है कि उसमें कुछ उत्कीर्णित किया जा रहा है? बस, वैसे ही विवेक ने शिलावत् रहकर अपने को टूट-टूट जाने दिया है।

दो वर्ष पूर्व जिस दिन, जिस क्षण इलाहाबाद के स्टेशन पर गाड़ी प्रहुँच रही थी तब की वानीरा की व्यग्रता को क्या वह किसी दिन भी बिसरा सकेगा?...... सवेरे के नीले आलोकित कुहरे में कितनी उत्सुकता के साथ वानीरा खिड़की से, लगभग उझकते हुए निकट होते प्लेटफार्म पर किसी को कैसे जल्दी-जल्दी खोजने लगी थी। किसी दिन भी अपनी इस व्यग्रता को वानीरा 'अतिरिक्त नहीं' कह सकेगी? प्लेटफार्म पर खड़ी भीड़ में खोजती हुई हमारी आँखें, कितनी सतर्क, व्यग्र एवं मशीनवत् होती हैं कि व्यर्थ के लोगों को तेजी से छाँटती चली जाती हैं। मेजर आनन्द भी अपनी ऊनी फौजी भूषा में विशिष्ट बना खड़ा था। कई व्यक्तियों को देखकर लगता है कि वे अपनी टाँगों पर नहीं बल्कि अपने आत्मविश्वास पर खड़े हैं। मेजर आनन्द भी कम-से-कम उस समय अपनी टाँगों पर नहीं खड़ा था, यह बात उसके पीछे खड़े उसके फौजी अर्दली के कारण अधिक स्पष्ट थी। जिस ढंग से वानीरा के बढ़े हाथ को सहारा देकर मेजर आनन्द ने स्वागत करके उतारा उसमें साधिकार निश्चिन्तता थी। वानीरा विवेक की यह कृपा है, का भाव तो लेशमात्र भी नहीं था। इसका कारण यह था कि व्यक्ति जब जानता है कि ऐसा होगा ही तब साधिकारता तो होगी ही।.......शायद उस दिन रविवार था। हाँ, रविवार ही तो था तभी तो पानीवाली टंकी के पासवाले कैथोलिक चर्च की ओर ढेरों ईसाई जा रहे थे। एम० टी० लाइन्स के विस्तृत मैदानों में परेड और पी० टी० हो रही थी। फौजी चर्च के पास के बायें मोड़ पर जो गैरीसन स्ट्रीट है, उसके सिरे पर मेजर आनन्द का बँगला था। विवेक को ठीक से याद है कि जिस समय वे लोग जीप से उतरे तो उसे लगा कि डिब्रूगढ़ से यहाँ तक की यात्रा जैसे बाणभट्ट का एक बड़ा-सा वाक्य था और वह अब समाप्त हुआ हो।

दो-चार दिन के बाद से ही समस्या थी कि आगे क्या हो? लेकिन विवेक को लगा कि यह समस्या वानीरा के निकट कहीं नहीं है। डिब्रूगढ़ और इलाहाबाद में यह अन्तर हो गया था कि वहाँ वानीरा का आग्रह था कि जल्द-से-जल्द अपने को क्लाइड से पृथक् कर जमा जाये पर यहाँ या इस बार किसी भी प्रकार का आग्रह ही क्या व्यग्रता तक नहीं थी। पूर्व ओर के बरामदे में सवेरे की ऊनी-ऊनी धूप में सद्य:स्नात हो, केश फैलाये जिस निश्चिन्तता से चाय पी जाती उसमें कभी भी यह नहीं लगता कि वानीरा यह चाहती है कि विवेक घर खोजे और कारोबार जमाने की भी चिन्ता करें। वह तो यहाँ पहुँचकर ऐसी हो गयी थी जैसे यहीं पहुँचने को वह चली थी। कई बार चाय पीते समय या दोपहर में लंच के समय आनन्द नहीं भी हुआ करता था पर वानीरा का आचार ऐसा नहीं था कि जैसे वह इस घर की नहीं हो। ऐसी विषम परिस्थितियों में जबकि मात्र वे दोनों ही होते या रह जाते तो कभी चाय में चीनी मिलाते हुए या कोई तरकारी बढ़ाते हुए ऐसा ही कुछ था तो कह लिया जाता या बता दिया जाता, लेकिन पूछा कभी नहीं जाता,

— विवेक! आनन्द बता रहे थे कि पास ही यहाँ 'मैक्फर्सन लेक' है। इन दिनों सवेरे-सवेरे काफी अच्छा मौसम होता है डक-हण्टिग के लिए। कल सवेरे चल सकोगे न?

विवेक केवल देख सकता था इस तरह की बातें सुनकर, जो उसने किया भी। बड़ी देर से दोनों मौन भाव के लंच ले रहे थे। वानीरा ने अपनी ओर से इसे तोड़ने के लिए ही यह चर्चा चलायी थी। इसे विवेक को समझते देर न लगी, पर विवेक क्या उत्तर दे?

आधे बरामदे में धूप सीधी खिंची हुई थी। लान के सिरे पर की झाड़ियों और लताओं में तितलियाँ रंग छिटकाती उड़ी फिर रही थीं। धूप हल्की भीगी मलमल-सी लग रही थी। सिरके की गन्धवाली मूली का टुकड़ा चबाते हुए वह सोच रहा था कि वानीरा इसके अतिरिक्त और कुछ बात क्यों नहीं करती? वह बोला,

— अच्छा!!

तभी खानसामा ने वानीरा से और फुलकों के लिए पूछा 'अच्छा' कहकर विवेक उठ गया था।

मेजर आनन्द तो शिकार की पूरी तैयारी के साथ-साथ लैण्डस्केप पेण्टिग करने की भी तैयारी से आया था। वानीरा के पास भी बुनाई का इतना कार्य था कि वह कई जन्मों तक मैक्फर्सन लेक पर निश्चिन्त बैठे रहकर बुन सकती थी। ऐसे में विवेक को बड़ा अजीब-सा लगा कि वह केवल स्वत: बना मौजूद था। वह चाहता तो कोई काव्य की या हलके-फुलके पढ़ने के लिए कुछ भी ले जा सकता था पर इस प्रकार तैयारी के साथ कहीं घूमने जाना बड़ा सायास लगता है और जिससे उसे चिढ़ है। स्वयं मेजर आनन्द का वह शिकारी रूप अपने-आपमें काफी हास्यास्पद लग रहा था जिसे बराबर बुनते रहकर वानीरा ने और भी पराकाष्ठा पर पहुँचा दिया था। जिस समय ये लोग लेक पर पहुँचे, पश्चिमी सिरे के टीले पर

बसे पुरवे के मकानों पर प्रात:कालीन आकाश का कोमल नीलापन समाप्त हो रहा था। जल मुर्गाबियाँ परली पार के शान्त तट पर उन्मुक्त तैर रही थीं। छोटे-से बाँध के पास पानी, गिरते हुए शब्द कर रहा था अन्यथा धूप एव खुलापन होते हुए भी काफी एकान्त लग रहा था। आकाश की नीली छाया एवं झील के हरे रंग की आभा से संयुक्त जो रंग तिर उठ रहा था वही सबसे सुन्दर था। आनन्द ने बड़ी तौलिया बिछाकर दरी बना दी थी जिस पर निश्चिन्त हो वानीरा बैठकर बुनायी करने लग गयी। पास ही एक छोटे-से टीले पर रंग और ब्रश लेकर आनन्द ने लैण्डस्केप बनाना शुरू कर दिया था। केवल विवेक के सामने ही प्रश्न था कि वह क्या करे? और उसे यही सूझा कि सबसे पहले तो इस झील का एक चक्कर ही लगाया जाय ताकि वह कुछ क्षण को ही सही, पर अपने को, वानीरा को तथा आस-पास को भूल सके। और उस छोटी-सी झील के पठारी कगारों में पहाड़ीपन अनुभव करते हुए ऊँचे-नीचे चढ़ते जब वह बिलकुल दूसरी तरफ पहुँचा, जहाँ से सामने की तरफ बैठे हुए आनन्द और वानीरा दिखलायी दिये तो उसे यह दूरी बड़ी अच्छी लगी। वानीरा उसे सम्बन्धहीन एक नारी मात्र लगी जिसकी सफेद साड़ी तथा सफेद शाल बिलकुल संगमरमर का आभास देने लगी। यहाँ से वानीरा का बैठना कितना सुहाना लग रहा था कि कोई सुन्दर स्त्री ही ऐसे सायास गरिमा-भार से अपने को बैठा सकती है। उसके बालों में धूप की चमक, खोंसे हुए पर-सी लग रही थी। उसके पाँवों के पास साड़ी कैसी फैली हुई तेजी से समाप्त हो रही थी। उसके हाथ बुनने से अधिक लिखते-से लग रहे थे। पास ही चित्र बनाता आनन्द, चित्रकार से अधिक पैमाइश का कारकून-सा लग रहा था। उसकी कुहनियों तक खुली बाँहों का कसरतीपन कितना स्पष्ट था। उसके मुँह पर पी-कैप के कारण छाया पड़ रही थी, वह—क्रिकेट के विकेट-कीपर की तरह लग रहा था। विवेक जहाँ खड़ा था वहाँ से एक पगडण्डी ऊपर चढ़ती हुई पुरवे के लिए चली गयी थी और वह परिक्रमा को अधूरे छोड़ पगडण्डी चढ़ने लगा। जब वह पुरवे के मकानों तक पहुँचा तो उसने पाया कि वह यहाँ की सबसे ऊँची चोटी पर पहुँच गया है। चारों ओर का दृश्य अपेक्षाकृत नीचे उतरा लग रहा था। पहले उसने जिस स्थान से वानीरा-आनन्द को देखा था वहाँ से वे दोनों ऊपर थे पर इस बार वह बहुत दूर के पीछे के भी पार्श्व में उन्हें देख रहा था। उन दोनों के सिरों के पीछे, ऊपर की ओर नीले पठार के बाद अमराइयाँ गंगा की भूरी कछार तथा सुदूर में दिखते इक्के-दुक्के फौजी बँगले खड़े थे। गंगा की ओर छोटे पठारों का एक टूटा-टूटा-सा सिलसिला चला गया था जिसमें से झाँकती गंगा की श्वेत धारा, बालू का गोरा विस्तार उझका पड़ रहा था।

पुरवे में पहुँच विवेक को बहुत खुशी हुई जब उसने तीन गन्ने खरीदे। और जब वह गन्नों को लेकर वानीरा-आनन्द के पास पहुँचा तब तक आनन्द अपना लैण्डस्केप पूरा कर चुका था और वानीरा उस छवि को प्रशंसा भाव से देख रही थी। गन्ने खाने के बाद आनन्द को डक-हण्टिंग की बात याद आयी। बन्दूक और गोलियों का झोला उठाते हुए वह बोला,

— डाक्टर ! नाउ आई एम आफ।

और जिस ढंग से उसने यह कहा उस पर सभी को हँसी आ गयी क्योंकि वह झोला टाँगकर स्कूली बच्चों की तरह हास्यास्पद लग रहा था।—तो परिव्राजकजी को पृथ्वी की प्रदक्षिणा में कितने युग लगेंगे? कहते हुए वानीरा हँस पड़ी। हँसते हुए वह सलाइयों में अपना बुनना समेट रही थी। सम्भवत: वह भी उठने की चेष्टा कर रही थी।

— आकाशचारियों का पीछा करनेवाले पृथ्वीचारी का जो हाल होता है वही मेरा भी होगा।

और विवेक ने देखा कि आनन्द गंगा के ऊपर के आकाश में देख रहा था। पहली बार विवेक का ध्यान गया कि सचमुच पक्षियों का एक झुण्ड बड़े नीचे-नीचे उड़ रहा था। इस बीच वानीरा को भी चलने के लिए उद्यत देख विवेक समझ नहीं पाया कि वह यहाँ क्यों है? तथा यह भी कि यहाँ होने पर उसे अब क्या करना चाहिए? यह तो स्पष्ट ही था कि वानीरा भी आनन्द के साथ जाने को उद्यत है, तो? तभी आनन्द बोला,

— जब तक मैं दो-चार डकें लाता हूँ आशा है आप लोग टहलते हुए इस टीले के पास जो गंगा की कछार है वहाँ मिलेंगे।

और आनन्द ने एक टीले की ओर संकेत किया जिसकी ओर विवेक का ध्यान नहीं गया बल्कि उसे अनायास अपने मन पर से एक बोझ हटता-सा लगा।—जिस ढंग से आनन्द झील की कगार चढ़ता बन्दूक थामे चला जा रहा था उससे विवेक को उसकी विविधता के साथ ईर्ष्या ही हुई।

विवेक को मेक्फर्सन लेक के दिन लगा था कि वह अवांछित है। क्योंकि आनन्द के चले जाने के बाद कितनी खिन्न उदासी के साथ घूमते हुए वे दोनों उस टीले के पारवाली कछार पर पहुँचे थे जहाँ के लिए आनन्द बता गया था। गंगा की विपुल शान्ति भी विवेक के भीतर चल रहे हाहाकार का समाधान नहीं कर पा रही, जबकि देखने पर वानीरा कितनी निश्चिन्त लग रही थी जैसे कुछ भी पूछे जाने पर वह ऐसे ही चौंकेगी जैसे उसकी उसे कभी अपेक्षा न थी। कछार पर धूप खूब थी पर कगार में लचीलापन था, फलस्वरूप सिरे पर वे एकदम कच्ची हो गयी थीं। पर चारों ओर के विस्तार की विपुलता इतनी बड़ी थी कि बड़ी-से-बड़ी चीज नगण्य लग रही थी। परली पार सरसों का पीलापन फट आया था अतएव गंगा और प्रकाश के बीच सरसों की यह पीली लम्बी पट्टी, दृश्य के विराट् को साधे हुए थी ताकि केवल दिव्य ही न लगे बल्कि विश्वसनीय सुन्दर भी लगे। दाहिने हाथ थोड़ी दूर पर द्रौपदीघाट के मन्दिर और नौकाओं के चिह्न स्पष्ट थे। वानीरा नंगे पैर थी। उसने जूतेवाले हाथ से साड़ी आगे से ऊँची कर रखी थी। तथा स्पष्ट

था कि कगार में जो भीगापन है उसे वह पैर की राह अनुभव नहीं बल्कि भोग रही है। वह दृश्य को उसी तरह देख रही थी, जैसे वह किसी प्राचीन काल की दुष्कर विशाल प्रतिमा की देख रही हो। वानीरा के सम्पूर्ण आचार में कोई भाषा नहीं वरन् भाव ही थे। अनेक दिन बाद जैसे वानीरा को देखा हो, की तरह विवेक को हठात् लगा। जाने क्यों उसे लगा कि वह उससे बातें करे लेकिन उसे संकोच हो आया कि क्या पता वह इस समय ऐसा ही नहीं सोच रही हो, तो?

— नदियाँ न होतीं तो मानव सभ्यता जाने कब तक जंगलों में ही भटकती रहती।

विवेक की बात पर वानीरा प्रसन्न हुई। पर विवेक को लगा कि यह प्रसन्नता कितनी सामाजिक है। प्रायः सभाओं में अच्छे भाषणों को सुनकर हमारे चेहरों पर ऐसी ही प्रसन्नताएँ आ जाती हैं। इसमें वैयक्तिकता कहाँ है? क्यों ऐसा हो जाता है कि ऐसे विपुल एकान्त में भी पति-पत्नी कभी-कभी ऐसी सामाजिक बातों के बाद भी सुखद सामाजिकता भी नहीं अनुभव कर पाते, लेकिन क्यों? चिड़ियों की तरह छोटी-सी प्रसन्नता जाहिर कर वह फिर असंग हो आयी। शायद विवेक कोई कड़वी बात कहने ही जा रहा था कि मेजर आनन्द का पुकारना सुनायी दिया। वानीरा ने, यद्यपि पूरी सतर्कता बरती फिर भी डूबती नौका की तरह पुकार की ओर देखा।....... इसलिए आज जब सवेरे-सवेरे तीनों चाय पी रहे थे तब मेजर आनन्द ने बताया कि उसे आज छुट्टी है इसलिए क्यों नहीं आज दिनभर नौका-यात्रा की जाये। आनन्द की बात को यद्यपि वानीरा ने सुना ऐसे ही जैसे उसने यह प्रस्ताव पहली बार ही सुना है पर उससे यह भूल हो गयी कि किसी भी प्रकार का उत्साह या अनिच्छा कुछ नहीं प्रकट की।

— क्यों डाक्टर! आपका क्या विचार है?

— इस बारे में?

— जी हाँ।

— आप और वानीरा हो आयें।

बात अधूरी छोड़कर वानीरा की दबी प्रतिक्रिया जानने के लिए विवेक ने हलका-सा उनकी ओर देखा पर वह चित्र बनी जिस सौम्य भाव से कप के पतलेपन को अपने ओंठों से दबाये हुए थी उसमें किसी भी प्रकार की प्रतिक्रिया की कोई सम्भावना नहीं थी। वह फिर बोला, क्योंकि उसकी आधी बात का यही प्रभाव हुआ था कि आनन्द किंचित् असुविधा अनुभव करने लगा था।

— बात यह है कि आज मुझे एक दूकान देखने सिविल लाइन्स जाना है।

— दूकान?

थोड़े खिंचे आश्चर्य के साथ आनन्द ने पूछा।

— डिस्पेन्सरी के लिए सुना है बड़ी अच्छी जगह है वोऽऽ जो 'पत्रिका' आफिस के पास पेट्रोल पम्प है न उसी के पास है।

आगे बात चलाना आनन्द के लिए सम्भव नहीं था। वानीरा ने इसे भी अखबार की एक खबर की तरह सुना। विवेक को जितना उचित लगा उतना बता दिया। और तब चाय को समाप्त ही हो जाना था।

तीसरे प्रहर विवेक बहुत प्रसन्नता के साथ आनन्द के बँगले पर पहुँचा। कई दिनों के बाद उसे नसों का तनाव शान्त हुआ-सा लगा। वह जल्द-से-जल्द पहुँचकर डिस्पेन्सरी मिल जाने की सूचना वानीरा को और आनन्द को दे देना चाहने लगा। कई बार व्यक्ति कैसे अनायास सहजता अनुभव करता है। एकबारगी ही यह भूल करके उसके चारों ओर जो सहजता है उसमें अधिक असहज होना तो दूसरों की समझ में आता है पर सहज होना कदापि नहीं। प्राय: लोग गाँठ बाँधकर रखते हैं इसलिए उन्हें दूसरों की बातें याद रहती हैं और ऐसी जीवनभर की ग्रन्थियों को सम्बन्ध का नाम दिया जाता है। जो जितना सतर्क होता है इन ग्रन्थियों के प्रति, वह उतना ही बड़ा लोकपटु स्वीकारा जाता है तथा किसी सीमा तक सफल भी होता एवं समझ जाता है। लेकिन विवेक का यह दोष है कि वह कभी ऐसा नहीं कर सका इसलिए वह सफल भी नहीं है। लेकिन कुछ व्यक्तित्व ऐसे होते हैं जिनके लिए सफलता निकष नहीं हो सकता क्योंकि सफलता बड़ी भ्रामक चीज है। कोई व्यक्ति सफल होते हुए भी भयंकर असन्तुष्ट हो सकता है जबकि एक व्यक्ति सम्पूर्ण असफल होने पर भी परम सन्तुष्ट हो सकता है। अतएव सफलता निकष नहीं बल्कि सुविधा है। किसी के निकट सफलता सुविधाजनक होती है तो किसी के निकट व्यक्तित्व वैसे दोनों ही के लिए मूल्य चुकाना होता है। इस बारे में कोई बात अन्तिम रूप से नहीं कही जा सकती है कि मूल्यवान् क्या है।

जिस समय विवेक घर पहुँचा तो मालूम हुआ कि वे लोग नौका-विहार के लिए गये हैं। फाल्गुन का तीसरा पहर था। धूप में गेंदे के फूल का-सा गदरायापन था। विवेक को लगा कि वह भी पहुँचकर उन लोगों के साथ अवकाश का अनुभव करे। जब वह किले के नीचे पहुँचा, धूप पश्चिम में झुक आयी थी। पूर्व की ओर गंगा-यमुना सम्मिलित रूप से बड़े विशाल पैमाने पर बह रही थीं। नौकाएँ भी काले-काले धब्बों में बह रही थीं। किनारे पर जहाँ अनेक नावें बँधी थीं उदासी ही थी क्योंकि सिवाय दो-चार लोगों के शेष सब निर्जन था। जमुना की तरफ न केवल दृश्य वरन् प्रकाश एवं प्रसार तक खुला-खुला लग रहा था। जमुना में गंगा का भूरापन नहीं था बल्कि हरियाली का भाव अधिक था। इधर अबाबीलें भी पानी पर खूब उड़ रही थीं। गंगा के दैवीत्व की अपेक्षा जमुना में मानवीयता अधिक लग रही थी। विवेक ने कोशिश की कि वह दूर पास की नावों में आनन्द-वानीरा को खोज निकाले। कहीं कोई किसी नाव को पुकार भी रहा था तब कैसा उदास कर जानेवाला भाव विवेक में उठा था। वह भी चाहने लगा कि इसी तरह 'आन ऽऽ न्द! !' या 'वानीऽऽरा' कहकर पुकारे लेकिन सोचना और पुकारना एक तो नहीं होता है न? क्रमश: अँधेरा झरता रहा और उसे अनजाने की ब्रह्मपुत्र की वह शाम याद हो आयी जब वह ऐसे ही एक नाव में लेटा था और तब कैसे बाँध पर आनन्द और वानीरा आये थे और तब उसने कैसे चुपकें से उन लोगों की बातें सुन ली थीं। इस सन्दर्भ के याद आते ही वह दु:खी हो गया। उसके अन्तर में बारम्बार यह कौंधने लगा कि कितना अच्छा होता कि क्लाइड से परिचय तक न

होता, तब वे डिब्रूगढ़ न जाते और डिब्रूगढ़ न जाते तो मेजर आनन्द से परिचय न होता और तब न इलाहाबाद आते। ...कितना बदल गया है सब। वानीरा आज कितनी दूर हो गयी है, क्या पुरी में ऐसी थी?—क्या फिर कभी नैकट्य सम्भव है? क्या एक बार हम जो कुछ हो चुके होते हैं उसे अनहुआ कर वापस वैसा ही हो सकते हैं!—कितनी अकुलाहट होती है वैसे ही पुनः हो जाने के लिये। लेकिन इसी अर्थ में आकाश और धरती में अन्तर होता है। आकाश में किसी भी चीज का प्रभाव नहीं शेष रहता जबकि धरती पर फुदकती चिड़िया के नन्हें पंजों का चिह्न भी स्पष्ट होता है। तभी तो सम्बन्ध, आकाश नहीं धरती होता है, क्योंकि वह उर्वशी नहीं प्रजापति होता है।....क्या, किसी भी दिन, किसी क्षण के लिए विवेक इसे भूल सकता है या अस्वीकार कर सकता है कि वानीरा का क्लाइड के साथ तथा क्लाइड से अधिक मेजर आनन्द के साथ जो सम्बन्ध है वह उसके अधिकारों पर आक्रमण नहीं है?—और जमुना में किसी बड़ी मछली ने जोर की छलाँग भरी और ढेरों पानी को रौंधते हुए वापस विलीन हों गयी। विवेक को लगा कि जीवन ही कैसे विवशता भी बन जाता है यह इस मछली ने अभी जल के बाहर कूदकर वापस विलीन होकर बता दिया।— तब क्या कोई गति नहीं होती एक बार सम्बन्ध बन जाने के बाद? क्यों? लोग कहते हैं कि तलाक, मुक्ति का दूसरा नाम है। माना कि तलाक से व्यक्ति का सम्बन्ध समाप्त हो जाता है लेकिन जो सम्बन्ध था जो कि स्मृति बन चुका है, उसे कैसे दूर किया जा सकता है? जिन कारणों में तलाक देना पड़ा वह कारण कैसे नष्ट हो सकते हैं? क्योंकि दुःख अपने भीतर होता है। निमित्त दूर कर देने का मतलब अधिक-से-अधिक यही हो सकता है कि भविष्य में और अधिक परिताप न हो लेकिन जो परिताप हो चुका उसे कैसे विनष्ट किया जा सकता है? शायद इस अर्थ में तलाक का निदान वैसा ही ऊपरी है जैसे कि "सर्दी-खाँसी जुकाम-बुखार के लिए एस्प्रो की दो टिकिया निगल जाइये और आराम पाइये" —काश बीमारियों का इलाज रेडियो सीलोन के व्यापार विभाग के विज्ञापनों से हो जाता तो क्या बात थी। लेकिन विवेक को स्वयं आश्चर्य हुआ कि वह तलाक की बात कैसे सोच सका और क्यों?

वह चौंककर उठ खड़ा हुआ। किले की पथरीली दीवार की विपुलता का बोझ अब उसे अनुभव हुआ। अँधेरा घिर चुका था। मौसम बहुत अच्छा था। फाल्गुनी हवा इतनी अच्छी चल रही थी कि उसमें जमुना पार की सरसों की गन्ध तक थी। दूर हनुमान मन्दिर की आरती का स्वर था। पतले अँधेरेवाली रात्रि का आरम्भ बड़े ही उपयुक्त ढंग से हो रहा था। तारों में पहली चमक थी। जाने क्यों विवेक को पहली बार बोध हुआ कि वह विगत सात-आठ वर्षों से वानीराहीन एकान्त के बोझ से दबा हुआ है तथा जिसका दबाव अब उसे अपनी आत्मा पर भी अनुभव होने लगा है। उसे लगा कि जैसे उसने बरसों से वानीरा को देखा ही नहीं है और वह बिना किसी ओर देखे बाँध की ओर बढ़ने लगा।...लेकिन सिविल लाइन्स तक आते-आते उनके मन पर नये सिरे से दबाव होने लगा। लेकिन इस बार उसने विश्लेषण

करने की कोई आवश्यकता नहीं समझी बल्कि उसने स्वीकार लिया कि मन पर दबाव का होना एक अनिवार्यता है। जिस समय वह 'बेम्बूलीज' के लान में पहुँचा तो उसे वैसी ही परितृप्ति का अनुभव हुआ जैसे यह कोई तूफानी यात्रा के बाद अनायास किसी द्वीप पर जा लगा हो। हाल से मेण्डेलीन के बजाने की आवाज बड़ी ही मन्द-मन्द आ रही थी। मौसम या संगीत, पता नहीं किस कारण से लान की टेबलों में अधिकांश खाली थीं। वह आकर ताड़ के नीचेवाली टेबल पर बैठ गया और बीच के फौवारे की भीनी फुहार को अपने भीतर अनुभव करता बैरे की प्रतीक्षा करने लगा। उसे यहाँ आने पर लगा कि वह बहुत भूखा है तथा वह किसी से बातें करना चाहता है। बैरे को आर्डर देकर उसे लगा कि वह एकदम रीत गया है। अभी बैरा चीजें ले आयेगा और वह तब खाकर कितनी देर अकेले बैठकर ब्लैक काफी पीता रहेगा? कितने दिनों बाद, बल्कि वर्षों बाद तो अपने सारे व्यक्तित्व से चाहा है कि कोई हो जिससे वह बातें कर सके और आज ही कोई न हुआ। वानीरा क्यों नहीं हुई उसकी? लेकिन क्या वानीरा उसकी नहीं है? क्या इसी तरह किसी का हुआ जाता है? तब फिर कैसे हुआ जाता है?...ताड़ की तिरस्करिणी पत्तियों के बीच बृहस्पति का नक्षत्र उझका पड़ रहा था। सम्भवत: इस बीच मेण्डेलीन के बजाय कोई गीत हो रहा था। गीत के शब्द स्पष्ट नहीं थे पर राग की धुन कैसी बिल्लियों की तरह गुद्दीदार चलते हुए उस तक आ रही थी। हाल के भीतर की चहल-पहल पीली रोशनी के साथ दरवाजों से होती हुई दिख रही थी। बाँस की जाफरी की कँगूरेदार झालर खपरैल की नेवती से लटकी विवेक को जाने कहाँ का स्मरण करा रही थी। बगल की टेबल पर एक दम्पति अपने एक शिशु के साथ आकर अभी-अभी बैठा था। दम्पति बहुत आधुनिक तो नहीं पर उन्नीसवीं शती का आधुनिक अवश्य लग रहा था। शिशु बिलकुल सहेजे गमले की भाँति खुशनुमा लग रहा था। जाने क्यों विवेक के मन में कामना हुई कि अपनी फैली हथेली पर वह किसी शिशु का नरम पत्तियों-जैसे अँगुलियोंवाला हाथ देखना चाहता है....और वह सहसा उठ खड़ा हुआ।

विवेक को वैसे आश्चर्य होना चाहिए था कि जब एक दिन सहसा उसने वानीरा को बताया कि वह मकान तय कर आया है और आज शाम को ही उन्हें 'शिफ्ट' करना है तो वानीरा ने न कोई आश्चर्य, न जिज्ञासा कुछ भी व्यक्त नहीं की; वरन् विवेक की आशा के विपरीत शाम को जब डिस्पेन्सरी से लौटकर विवेक आया तो बाहर जीप पर सारा सामान लदा हुआ था तथा वानीरा किसी लम्बी यात्रा की तैयारीवत् कपड़ों से लैस हो कोई पत्रिका पढ़ती विवेक को प्रतीक्षिता मिली। एक क्षण को उसे वानीरा का इस प्रकार दर्प-भरा आज्ञा मानना अजीब-सा ही लगा। उसे आशा थी कि वह या आनन्द कुछ कहेंगे-सुनेंगे पर ऐसा कुछ नहीं

हुआ। मेजर आनन्द भी बाहर के फाटक तक वैसे ही छोड़ने आया जैसे भोज में आये किसी मित्र को औपचारिक बिदा देने के लिए जाया जाता है। एकमात्र वानीरा का मौन ही कुछ अजीब-सा था अन्यथा वह जिस सहज ढंग से अपने को सहेजे हुए थी उसमें वह वैसी ही तटस्थ थी जैसे कि बालों के बीच माँग होती है।

विवेक का ख्याल था कि पुरी-जैसा नहीं तो डिब्रूगढ़-जैसा पारिवारिक जीवन, घर लेने के बाद स्वरूप ले लेगा। बहुत-कुछ शंका-सम्भावनाएँ अपनी अनिश्चित स्थिति के कारण हुआ करती हैं। अतिरिक्त उसके वह पुरुष है उसे पहल करनी चाहिए इसलिए हेमिल्टन रोड पर उसने एक बँगला किराये पर ले लिया। और जब वानीरा को अपनी इस सफलता के बारे में बताया तो वह मुस्करायी अवश्य पर उसे प्रसन्न होना नहीं कहा जा सकता था क्योंकि ऐसे ही तो वह उस दिन भी मुस्करायी थी जब डिस्पेन्सरी की बात बतायी थी।

आरम्भिक दो-चार महीनों तक विवेक ने घर, घर की चीजों, खाने के बारे में अतिरिक्त उत्साह दिखाया ताकि उसके उत्साह की गर्मी पाकर वानीरा की जड़ायी अनुभूति फिर अपने सहज रूप में काम करने लगे—ड्राइंग-रूम में ताजे फूलों का स्तवक माली ने क्यों नहीं रखा, इसकी वह शिकायत बेझिझक वानीरा से करता ताकि वानीरा माली को बुलाकर डाँटे-फटकारे। प्रायः वानीरा या तो स्वल्प-सा 'अच्छा' उत्तर दे देती या कभी-कभी झल्लाकर माली को बुलाकर डाँट देती या बेबात ही विवेक पर झल्ला पड़ती कि क्या अब वह यही सब करने के लिए रह गयी है? या, भरी आँखें लिये उठ जाती।—कभी-कभी अनपेक्षित रूप से वह तीसरे प्रहर चाय के लिए आ जाता और जब उस समय भी वानीरा को सोता हुआ देखता तो या तो कभी झल्ला पड़ता या कभी उसके बालों पर हाथ फेरते हुए उसे जगाता होता। पर वानीरा ने कभी यह नहीं कहा होगा कि जिस व्यक्ति के बारे में जब यह तय नहीं है कि रोज ही निश्चित समय पर चाय पीने आयेगा ही तब भला वह कैसे प्रसाधनयुत् हो चाय की टेबल पर बैठी मिल सकती है? कैसा अजीब-सा लगता है कि अपने ही घर में चाय के लिए पति की निरर्थक प्रतीक्षा करते हुए बैठे हैं क्या यही बात रात के खाने के बारे में नहीं है? क्या वह दिनभर इसी तरह निरर्थक प्रतीक्षाओं में ही खटती चली जाये तो विवेक को प्रसन्नता होगी?—विवेक नहीं देखना चाहता कि वानीरा मेजर आनन्द के साथ किसी पार्टी या डिनर में आया-जाया करे, तो ठीक है, उसे भी अधिकार है कि वह शोभा की एक निर्जीव वस्तु की भाँति बनी रहे। विवेक को तब क्यों शिकायत होनी चाहिए कि वानीरा सजीव क्यों नहीं लगती? वानीरा बुझ गयी है। टेबल पर खाना खाते समय सिवाय चम्मचों की आवाजों तथा ढक्कनों के शब्द के अलावा पूरे बँगले में ऐसी शान्ति होती जैसे किसी प्रियजन की मृत्यु के बाद का पहला भोजन करने के लिए वे लोग बैठे हों। प्रायः बोल नहीं फूट पाता या फिर,

— मौसम अच्छा है न वानीरा?

— हूँ !!

और फिर चुप! पत्थर की-सी इस हुँकारी के अलावा कहीं कोई शाब्दिक प्रतिक्रिया नहीं। विवेक को इस या ऐसी बातें चलाकर लगता कि उसने कोई अपराध कर डाला है।

— आज मेजर आनन्द 'पैलेस' के सामने जाते दिखे थे, पूछ रहे थे।

— कालीपद! हाथ धोने के लिए गरम पानी ले आओ।

और वानीरा कहते हुए उठ जाती!—और दो-चार महीनों के प्रयास के बाद विवेक को लगा कि सम्बन्ध का शव प्रतिदिन भारी ही होता जा रहा है। सम्भव है जल्द ही इसमें से दुर्गन्ध भी आने लगे। लेकिन विवेक क्या करे? भला ऐसी स्थिति में कोई क्या करता है? विवेक ने भी वही किया जो वानीरा चाहती थी कि सम्बन्धों का जो गँदला पानी हो गया है उसकी दुर्गन्ध ऊपर न उठे इसके लिए एकमात्र यही रास्ता है कि उस पानी की तह में चुपचाप बैठ जाया जाये—गति और शब्दहीन समर्पण। जिस तरह वानीरा ने अपने को आसन्न डुबा रखा है यदि विवेक चाहता है कि वानीरा साथ रहे तो वह भी ऐसा ही करे। और इस तरह की स्थिति में पति-पत्नी यदि समझदार हों तो यह कसा हुआ सम्बन्ध भी अपने सारे तनाव के बाद भी निभ सकता है यदि अतिरिक्त तनाव उत्पन्न न होने दें। क्योंकि एक सीमा तक तो तार को कसा जा सकता है पर उसके बाद हलकी-सी छुअन भी टूटने का कारण बन सकती है। शायद इसी अर्थ में विवेक ने यह भी स्वीकार लिया था कि आये दिन मेजर आनन्द जो चला आता था अथवा वानीरा उसके साथ मन-बहलाव के लिए चली जाती थी, ये बातें उस कसाव की अन्तिम पराकाष्ठा थीं। इसलिए अनेक बार देर रात हो जाने पर भी वह वानीरा के लौटने को मुस्कराकर ही स्वीकार लेता रहा है। लेकिन विवेक यह भूल गया कि स्वीकार करते जाने की भी एक सीमा होती है। भले ही स्वीकार और अस्वीकार में केवल एक पतले 'अ' का अन्तर हो, पर है तो।

वह अपनी डिस्पेन्सरी में बैठा हुआ था कि तभी मेजर आनन्द की जीप रुकी। चिक के पार से विवेक ने देखा कि जीप में वानीरा भी बैठी है। उसने उन लोगों के आने की प्रतीक्षा की लेकिन केवल मेजर आनन्द ही आया।

— डाक्टर ! हम लोग विन्ध्याचल और चुनार जा रहे हैं, —क्या आप चलेंगे।

सहसा एक कार्यक्रम अपनी सम्पूर्णता के साथ उसके सामने अपनी सूचना देता खड़ा था। तथा यह भी कि वह उस कार्यक्रम में कहीं नहीं है तथा 'क्या आप चलेंगे?' की भी यही व्यंजना थी कि उसे उसमें नहीं होना है। इसके अलावा, वानीरा अपनी जगह बैठे रहकर विवेक की सामाजिक स्थिति को कितना विषम किये दे रही थी इसे वह अच्छी तरह जानता है। शायद यही दिन थे जब डिब्रूगढ़ में भी 'रिजर्व फारेस्ट' का कार्यक्रम बना था और वह तब भी न जा सका था पर तब उसका न होना अनायास था जबकि आज उसके न होने को सायास किया जा

रहा था। वह इन दोनों कार्यक्रमों में समानता खोजने लगा, लेकिन कौन-सी समानता? वहाँ जो हुआ उसे क्या वह किसी भी दिन जान सकेगा? या आज जो होने को है उसे भी क्या वह किसी दिन जान पायेगा?

— नहीं, मेरा जाना तो सम्भव नहीं—

— अच्छा !!

और जिस अनौपचारिक ढंग से वह आया था उसी ढंग से मेजर आनन्द लौट भी गया। अपनी टेबल पर ही क्रास की अनन्त पीड़ा को अनुभव करता वह चिक के पार स्टार्ट होती हुई जीप, दर्प एवं उपेक्षा के भाव से युक्त वानीरा का व्यक्तित्व सब, देखता रहा। जीप चली भी गयी, पर जीप बारम्बार उसके मन, अन्तस्तल में जाती रही, गुजरती रही। एक बार वानीरा ने इस तरह जाकर विवेक के चेतन, अवचेतन में हजारों बार जाना कर लिया।—वैसे भी उसके पास कोई खास रोगी नहीं हुआ करते थे। पर वह अपने चैम्बर में खोया हुआ-सा जाने कब तक जड़ बना बैठा रहा। प्रायः एक ही बात सैकड़ों बार दुहरती रहती है और हर दुहरने पर हम उसको नये ही रूप में समझने की चेष्टा करते हैं। विवेक को वानीरा का यह जाना उतना बुरा नहीं लगा पर उसे लगा कि वानीरा ने उसे पहले क्यों नहीं बताया? तथा यह है कि हर हालत में मेजर आनन्द के बजाय वानीरा को आकर बताना चाहिए था, भले वह न पूछती। जिस स्थान पर सम्बन्ध आ खड़ा हुआ था वह कच्ची कगारवाला तट था। कोई भी लहर उसे गिरा सकती थी। लेकिन वानीरा—क्यों चाहती है यह? क्या वह सचमुच ही चाहती है कि—विवेक उन व्यक्तियों में से था जो कि अत्यन्त महत्त्वपूर्ण बातों पर कभी अन्तिम रूप से निर्णय नहीं करना चाहते क्योंकि किसी भी बात का अन्तिम निर्णय एक साहस की अपेक्षा करता है। और साहस के बाद एक निश्चित कार्य को करना होता है। प्रायः इस तरह के दायित्वों से हम बचना चाहते हैं इसलिए मूल बात के चारों ओर जन्मभर चक्कर लगाने का स्थान तो हममें हो सकता है पर अन्तिम निर्णय का साहस या दायित्व नहीं। जब वानीरा इतनी बड़ी अवमानना ही नहीं बल्कि अपमान कर गयी फिर भी उसके निकट 'वानीरा क्या चाहती है?' का ही प्रश्न अनहल रहता है।—वह सन्दिग्ध बना बैठा रहा और जब अनिश्चित मन से उठा तब उसने बाहर आकर देखा कि सिविल लाइन्स में सन्नाटा है। सन्नाटा ऐसा नहीं कहा जा सकता था कि अभी-अभी हुआ होगा वरन् सन्नाटा हुए भी काफी देर हो चुकी है, यह भी स्पष्ट था। दूर-दूर तक कहीं किसी रिक्शे की सम्भावना नहीं थी इसलिए वह पैदल ही घर के लिए चल पड़ा। वैसे भी वह जानता था कि अभी वानीरा निश्चित रूप से नहीं लौटी होगी इसलिए घर पहुँचकर थका देनेवाली, खीझ उत्पन्न करनेवाली प्रतीक्षा करने से ज्यादा अच्छा था कि टहलते हुए ही घर जाये। घर थोड़ा दूर अवश्य था पर उसे प्रायः पैदल जाने की आदत थी इसका कारण मात्र स्वास्थ्य नहीं था वरन् आर्थिक अक्षमता ही थी। प्रायः यह हुआ है कि उसके बटुवे में दिनों तक एक भी पैसा नहीं रहा है जबकि वह लोकप्रिय डाक्टर होता जा रहा था।

इसका मूल कारण उसकी वही संकोची वृत्ति थी। कोई भी उसकी करुणा उत्पन्न करवा सकता था। पहली बार ही में वह व्यक्ति के इतने निकट हो जाता था कि 'इंजेक्शन' या 'प्रिसक्रिप्शन' की दवा के पैसे माँगने में भी उसे जाने कितना संकोच होता था। प्राय: लोगों का हिसाब उसके यहाँ चलता था पर डाक्टर से लेकर कम्पाउण्डर तक जब वही था तब भला हिसाब का लेखा-जोखा कौन रखता? और वह व्यक्तियों को बहीखाते के लेखे-जोखे के माध्यम से देखने का न तो पक्षपाती ही था और न आदी ही। वह अधिक-से-अधिक वही कर सकता था जो उसने डिब्रूगढ़ में किया था कि वानीरा ने बाँध दिया तो वह बँध गया था। स्वत: कुछ भी कर सकना उसके स्वत्व में नहीं था। शायद इसलिए भी उसने किसी आते-जाते रिक्शे की प्रतीक्षा नहीं की कि कहीं उसे अपने खाली बटुए का सामना फिर न करना पड़े।

कम्पनी बाग पहुँचते-पहुँचते उसे लगा कि उसने सवेरे जो नाश्ता किया था उसके बाद कुछ नहीं खाया था और अब दस से अधिक हो रहा था, अतएव वह भूखा है। जाते हुए एक फेरीवाले से इकन्नी की मूँगफली खरीदी, जो कि उसकी अन्तिम पूँजी थी। कम्पनी बाग के गोल में जब वह पहुँचा तो उसने देखा कि रात यद्यपि काली ही थी पर चाँदनी रात से कहीं अधिक मोहक थी। हवा में फूलों की गन्ध उन्मुक्त थी। एक बेंच पर बैठकर वह आश्वस्त हो मूँगफली खाने लगा। सामने ही अँधेरे आकाश में पब्लिक लाइब्रेरी की मीनार, मध्ययुगीन अंग्रेज सामन्तों की तलवार-सी खिंची थी। एकाध रोशनदान से पीली रोशनी झाँक रही थी। दाहिने हाथ विक्टोरिया की मूर्ति पर बल्ब की पीली रोशनी चीवर बनी हुई थी। हम अपने व्यस्त एवं परेशान जीवन में यह भूल जाते हैं कि इसी शहर में व्यक्तियों से भी अधिक सुखद ऐसे स्थान हैं जिनकी समीपता एक साथ ही एक कोमल गन्ध, एक मन्द आलाप तथा एक जीवन्त स्पर्श का सुख देते हैं और वहाँ से लौटकर हमें अपनी शिरा-उपशिराएँ तक नहायी अनुभव होती हैं। शायद इसी अर्थ में गायत्री मन्त्र की सृष्टि हुई है कि हम अपने बन्द बीमार, चिन्तित वातावरण से निकलकर दिन में एक बार पृथ्वी, ब्रह्माण्ड एवं चराचर को साक्षात् स्वीकार कर विपुलता का अनुभव कर पुनर्शक्ति का अनुभव करें। जब कभी भूल से या अनायास निखिल का साक्षात् हो जाता है तब हममें कैसा स्फूर्त विराद् आ बसता है और अपने आसपास का वातावरण, लोग, समस्याएँ कैसी क्षुद्र, नगण्य लगने लगती हैं। नगर, सत्ता का अपहरण करता है जबकि अरण्य, सत्ता को स्वत्व देता है।—मूँगफलियाँ कभी की समाप्त हो गयी थीं। नाक में अभी तक उनकी सोंधी गन्ध थी जिसके कारण वह और भूखा हो उठा था।

आज बरसों बाद उसे पुरी, अपनी 'निर्जन सिकता' काटेज, विपुल तट, बालू का गोरा विस्तार और जाने क्या-क्या याद आने लगे। आज पहली बार उसे बोध हुआ कि उसने क्यों पुरी छोड़ा? मृगमाया के पीछे भागनेवाली वानीरा के पीछे उसे भी इसलिए भागना पड़ा कि वानीरा उसकी माया थी। और भागते-भागते आज वह किस अँधेरे में पराजित खड़ा है कि वानीरा मेजर आनन्द के साथ कभी 'रिजर्व

फारेस्ट' जाती है तो कभी विन्ध्याचल-चुनार। कभी इस कर्नल की पार्टी में जाती है तो कभी नौका-विहार या डक हण्टिग। उसके चिकने गले में मेजर आनन्द का कभी नेकलेस होता है तो कभी कोई चीनांशुक। और, और विवेक है कि कभी यह प्रश्न नही करता या करने नहीं दिया जाता कि यह मयूरवर्णी भूषा कहाँ से आयी? कैसे आयी? यह जो फर-कोट का पार्सल आया है इसका आर्डर किसने दिया था?

— लेकिन विवेक और वानीरा में अन्तर क्या है? प्रत्येक उपहार उसके सामने आया है और विवेक ने मौन उपेक्षा कर दी है तो वानीरा ने मौन स्वीकार कर लिया है। क्यों नहीं विवेक ने प्रश्न किया? लेकिन किससे करता? क्यों, वानीरा से कर सकता था। लेकिन क्या वानीरा यह नहीं कह देती कि जब आरम्भ में डिब्रूगढ़ में ऐसा नहीं किया गया भला अब उपहार कैसे लौटाये जा सकते हैं?....... और उसे लगा कि उसका दिमाग झनझनाने लगा है। अँधेरे में जैसे ढेरों अग्नि-स्फुलिंग कौंध-कौंध पड़ रहे हैं। अँधेरा सुलगने लगा है। जलते अँधेरे का धुआँ, चिरायँध सब उसे घेरने लगे हैं।....... जबकि सत्य यह है कि वह पहले दिन ही क्लाइड द्वारा प्रदत्त 'बेदिंग-सूट' का उपहार भी नहीं लेना चाहता था। हर बार उपहार मिलने पर वानीरा से प्रश्न करने को उसका मन हुआ पर प्रश्न गले में फँस जाता रहा। उसे बारम्बार यही लगा कि ऐसा पूछकर वह अपने और वानीरा के बीच जो सम्बन्ध है उसे दूषित, शंकित या कलंकित नहीं करना चाहता। पति-पत्नी के बीच भी एक सदाशयता होती है, मानते हुए चलना पड़ता है। जब कभी दोनों में से केवल एक ही व्यक्ति ऐसा मानता है तब विषमता अनिवार्य हो जाती है।—उसे अपनी ही कापुरुषता का बोध इतना ठण्ढा लगा कि जूते के भीतर मोजे तक गीले लगने लगे। उसे लगा कि वह ऐसे विपुल में बैठकर तो सम्पूर्ण स्वत्वहीन हो जायेगा, और उठा।

घर पहुँच उसे आश्चर्य हुआ कि कालीपद निश्चिन्त सो रहा है। कालीपद को विश्वास था कि विवेक भी साथ ही जायेगा और जब शाम ही नहीं रात भी हो गयी तब वह आश्वस्त हो गया कि वह भी चला गया है इसलिए किसी के लिए भी खाना बनाने की कोई आवश्यकता थी ही नहीं। विवेक जाकर कमरे में स्वस्थ हो बिस्तरे पर लेटकर किताब पढ़ने लगा। वह अपरोक्ष रूप से वानीरा के लौटने की प्रतीक्षा कर रहा था, लेकिन क्यों? शायद परोक्ष रूप से इस बात का उत्तर स्वयं उसके पास भी नहीं था। जब कालीपद ने अपराध भाव से पूछा कि अभी वह खाना बना देता है तो विवेक ने बड़े ही मीठे मुस्कराते हुए बता दिया कि वह एक पार्टी से सीधा लौट रहा है इसलिए खाना बनाने की जरूरत नहीं है। जाने कितने दिनों बाद विवेक ने कालीपद को आज ऐसे अकेले में देखा था। पुरीवाला कालीपद अब अधेड़ होने लगा था। कनपटी के पास सफेदी झाँकने लगी थी। बाल अभी भी अहीरों की तरह सीधे झारे हुए थे। मूँछों के पीछे सदा बुदबुदाते रहनेवाले ओंठ इस समय भी बुदबुदाना चाह रहे होंगे पर विवेक को लगा कि बोलने की आकांक्षा के स्थान पर उनमें दुःखी होने की झलक थी। विवेक एक

क्षण में समझ ले गया कि यदि एक मिनट भी अधिक कालीपद खड़ा रहा तो सम्भव है वह कुछ पूछ बैठे। कालीपद विवेक के पैरों पर अलवान ओढ़ाकर चला गया।

उसे ठीक याद है कि कर्नलगंज थाने की चार की गजर तक वह बराबर जागता रहा था। उसके बाद ही किसी समय उसकी आँखें झपक गयी थीं शायद तभी बाहर बरामदे में वानीरा की हँसी तथा कालीपद की आवाज सुनायी दी थी। उसका मन तो हुआ कि वह जाकर एक बार जोर से झकझोरकर वानीरा से पूछे कि क्या यह लौटने का समय होता है? लेकिन उसे लगा कि यदि वानीरा के निकट लौटने का कोई और समय होता तो वह उसी समय नहीं लौटती? जब वह इस समय लौटी है तो उसके बारे में क्या पूछना? और पूछने से क्या होगा? उसकी दृष्टि से जिस समय लौटना चाहिए था, के लिए विवेक को या तो साथ होना चाहिए था या वानीरा को साहचर्य-जीवन में बोध करवा दिया जाना चाहिए था। जब दोनों ही काम विवेक ने नहीं किये तब भला आज सहसा यह प्रश्न करना कितना ओछा एवं हास्यास्पद होता। और उसने देखा कि उजालदान से प्रात:कालीन आकाश का पहला नीलापन मुस्करा रहा था।

शायद इसके दो माह उपरान्त एक दिन अत्यन्त खिन्न मन और दुखते सिर के कारण अनायास तीसरे प्रहर विवेक घर लौटा तो उसने बाहर पोर्च में मेजर आनन्द की जीप खड़ी देखी। उसे कोई आश्चर्य नहीं हुआ और न होना ही चाहिए था पर वह सतर्क अवश्य हो गया, जब उसने देखा कि वानीरा के कमरे में किंचित् उत्तेजित वातावरण है। वह सीधे चुपचाप अपने कमरे की ओर बढ़ गया। कई बातों की न गन्ध होती है न स्वर होता है पर फिर भी वातावरण उनसे गन्धित लगता है, स्वरित भी लगता है यदि कोई सुन सके तो। इसी तरह विवेक को भी लगा कि घर का मौन यद्यपि अन्य दिनों की तरह ही था पर फिर भी एक विशेष गन्ध या स्वर उसमें है जिसे उसकी इन्द्रियाँ ग्रहण नहीं कर पा रही हैं, पर जिसका आभास हो रहा है। अनजाने में ही वह इतना सतर्क हो उठा था कि उसने अपनी उपस्थिति स्वत: अपने लिये भी अनजान रहने देने के लिए अपने को एक कुर्सी पर नि:शब्द लिटाये रखा। खिड़की के पर्दे के झीनेपन से पूरा बरामदा, पोर्च, लान, लान की धूप आभास दे रहे थे। अज्ञात में उसे लगा कि ठहरी हुई पुतली की तरह इस दृश्य वातावरण में अवश्य कुछ नाटकीय घटित होनेवाला है। कभी-कभी सभी को अनागत की अस्पष्ट छाया वर्तमान पर गिरती दिखती है। और वही हुआ भी। विवेक ने देखा कि आनन्द काफी उत्तेजित-सा बाहर निकला तथा वानीरा टूटे कदम्ब-सी रोयी आँखें लिये बरामदे तक आयी।

— आनन्द ! अब मैं विवेक को क्या मुँह दिखाऊँगी?

वानीरा का यह क्षीण वाक्य जो कि कराह-जैसा ही था शायद आनन्द की पीठ से टकराया जो उसे किसी अस्त्र के प्रहार-सा ही लगा और वह मुड़ा,

— वानीरा! मेरा विश्वास करो......

— कि तुम लद्दाख से लौटकर आओगे और भावी शिशु को अपनाकर मुझे लांछन से बचाओगे, यही न ?

बरामदे की सीढ़ियों पर धूप को कुचलता हुआ आनन्द एक ऐसे छल की तरह खड़ा था जिसे वानीरा ललककर अन्तिम बार के लिए गहना चाहती थी और वह छल अन्तिम बार के लिए विलग होने के लिए व्याकुल।

विवेक के लिए अब विशेष कुछ भी देखने-सुनने के लिए शेष नहीं रह गया था। देखा तो साधारण ही था पर जो सुना उसके कारण लगा कि उसे तेजी से किसी ने उबलते लावा में सदा के लिए फेंक दिया है, जहाँ अब कोई निष्कृति नहीं। जिस सिर-दर्द के कारण वह घर आया था उसकी पराकाष्ठा यह थी कि यदि वह दोनों हाथों से सिर नहीं थामता है तो सिर की हड्डियाँ उड़ जायेंगी। उसे इस बात की संज्ञा तक न रही कि उसने क्या सुना? क्योंकि सुनने का प्रभाव ही इतना भीषण था कि उसे सुनने के बारे में, बात के बारे में कुछ भी सोचना सम्भव नहीं था। छोटा कारण ही याद रहता है, बड़ी बात का तो प्रभाव ही घिरता है।....उसे अब एक ही बात बार-बार घेरने लगी कि कैसे वानीरा, नहीं, बल्कि वह स्वयं वानीरा का सामना कर सकेगा!.....क्योंकि व्यक्ति लज्जा, अपमान, तिरस्कार सबका सामना एक समीप के बाद भी कर लेता है पर लांछन.....और विवेक के निकट सब-कुछ स्पष्ट हो गया कि यह सब, कहाँ और कैसे सम्पन्न हुआ होगा.....बल्कि विन्ध्याचल की वे भूरी पहाड़ियाँ, डाक-बँगला, बल्कि वह कमरा तक बता सकता है...लेकिन इससे क्या? हुए को अनहुआ न विवेक, न वानीरा, न आनन्द कोई नहीं कर सकता.....उसके अवचेतन में जाने कहाँ, किन दो कमरों में दो लाशें झूलने लगीं.....उसके बाद लोगों की क्या प्रतिक्रिया हुई, कैसे प्रवाद फैला.....कुछ लोगों को कैसे आनन्द से ईर्ष्या होने लगी, विवेक पर तरस खाया गया, ब्रिज की टेबल पर ढेर-सा धुआँ, छोड़ते हुए ठहाके लगाये गये.... और..... और.....वानीरा के लिए.....और तभी बाहरी फाटक पर रिक्शेवाले से कालीपद का झगड़ना सुनायी दिया। वह कर्नलगंज से सौदा-सुलुफ खरीदकर लौटा था।

उसे हठात् लगा कि वह जिस मुहूर्त्त में खड़ा है वह शान्ति और तूफान के बीच का अत्यन्त ही चिड़ियावत् निरीह क्षण है। यदि वह जरा-सी भी देर करता है तो वह ग्रस उठेगा। वह केवल इस निरीह क्षण की ऐकान्तिकता को थोड़ी देर के लिए और लम्बा कर सकता है।......और वह कैसे निःशब्द, चोरों की भाँति घर के पिछवाड़े की तरफ से निकलकर पोखरों के झुरमुटों में पहुँच गया था। अब वह केवल एक ही बात जानता था कि आज जो कुछ उसने सुना उसके बाद वह केवल नाद, घोष-जैसे मोटे-मोटे स्वर ही सम्भवतः सुन सकता है। उसे पहली बार अपना सिर इतना भारी बल्कि पथरीला लगा कि सम्भव होता तो सिर को किसी पत्थर पर अलग से रखकर कुछ देर के लिए निश्चिन्तता अनुभव करता क्योंकि उसे अपना सिर किसी प्रतिमा के सिर की भाँति ही लग रहा था। टैगोर टाउन की

सुनसान सड़क पर पीपल अपनी आदिम ऊँचाइयों में निरर्थक गौरवशाली बने खड़े थे। उत्तर-पश्चिम में जाती रेलवे लाइन का बाँध अपनी हरी ऊँचाई में खिंचा चला गया था। जाती हुई धूप का अवशेषमात्र ऊँचे पेड़ों पर आज के लिए चमक रहा था।

बाँध पर पहुँच कुछ ताजगी एवं हल्कापन लगा पर वह भ्रम था वातावरण का, जो कि वहाँ पर पहुँचने पर एक क्षण को लगा था। मोड़ लेती हुई रेल की पटरियाँ बड़े यात्रा-भाव में खिंची हुई थीं। पटरियों को आक्षितिज खिंचा देख सदा लालच लगता है कि इन पर बस चलते चला जाये, वैसे ही निरुद्देश्य जैसे कि ये पटरियाँ यात्रित हैं। रेल की पटरियाँ स्वयं एक यात्रा होती हैं जो हमें हमारे गन्तव्य पर छोड़ स्वयं आगे बढ़ जाती हैं। पटरियों पर पैर रखकर चलने का भी एक मोह होता है विशेषकर तब और भी जब चारों ओर का दृश्य निचाई पर हो। —जंगली घास हवा में लहराती बिछी थी। इलाहाबाद प्रायद्वीप का यह समाप्त होता हुआ सुख था। बड़ी सघनता थी। जाड़ों का आभास गंगा पर से होता हुआ सघनता में स्पष्ट था। पतों में कुहरा छाने लगा था। वह जिस ढंग से पटरियों के साथ-साथ चल रहा था उसे यदि कोई ऐसा व्यक्ति देखता जो उसकी मनःस्थिति से भी अवगत होता तो, वह निश्चित रूप से चीख पड़ता कि यह व्यक्ति आत्महत्या करने जा रहा है। जबकि वास्तविकता यह थी कि विवेक में ऐसी साहसिकता तो दूर, किसी साहस की शक्ति तक नहीं थी। पैरों तथा हड्डियों तक में अनसोचा ठण्डापन लिये वह केवल चला जा रहा था। बड़े स्पष्ट रूप में वह केवल यही जानता था कि यदि वह इसी प्रकार चलता चला गया तो पहले प्रयाग स्टेशन आयेगा और अगर वह और चलता गया तो फाफामऊ का पुल पड़ेगा। वैसे वह नहीं जानता था कि वह क्यों, कहाँ और कब तक ऐसे चलता चला जायेगा। वह तो सम्भवतः इसलिए ऐसे चला जा रहा था ताकि सम्पूर्ण रूप से देह के थक जाने के बाद शायद है थकी देह और थके मन में समरसता स्थापित कर सके। प्रयाग स्टेशन एकदम वीरान पड़ा था। किसी खाली स्टेशन के बड़े-से प्लेटफार्म पर से गुजरने का अपना ही अनुभव होता है। क्योंकि ऐसे समय आप इस बात के प्रति पूरी तरह सचेष्ट होते हैं कि शेड्स, ओवरब्रिज, बेंचों आदि को आपके गुजरने का पता है और हर गति के प्रति जड़, विनम्रित होता ही है।..... जिस समय वह फाफामऊ पुल पर पहुँचा, काफी रात हो गयी थी। अँधेरे में काफी ठण्डापन भी आ चुका था। वैसे हवा नहीं थी पर ठण्ड में ठिठुरन काफी थी। आकाश बहुत साफ नही था क्योंकि तारे दिख अवश्य रहे थे पर छिटके हुए नहीं थे। जहाँ से पासवाली सड़क रेलवे लाइन पर ऊपर चढ़ने को हुई विवेक पटरियाँ छोड़ सड़क पर आ गया। पुल पर पहुँचते ही जैसे ही पुल का खाली-खाली-सा फैलाव आया पहला प्रश्न उसके मन में यही उठा कि अब वह क्या करे? पुल पर अपेक्षाकृत अधिक ठण्ढ थी। जिस समय वह रेलिंग थामकर खड़ा हुआ रेलिंग का ठण्ढापन क्षणान्त में ही उसकी समूची देह में व्याप्त होकर उसे कँपा गया। पैरों के नीचे गंगा का विस्तार, बालू और धारा के साथ

बिछा था तथा सिर के ऊपर असम्पृक्त चिर परिचित आकाश। अँधेरे में कहीं-कहीं बत्तियों का आभास उस विपुल निर्जनता को झुठला रहा था। उसे इस असंग व्यापार में पहली बार लगा कि वह इस नगर में ही नहीं बल्कि जीवन में भी आज वास्तविक रूप से अकेला हो गया है। व्यक्ति अपने लिये नहीं जीता। वह किसी का है यह चेतना, बोध ही उसकी देह, इन्द्रियों को बनाये रखते हैं। परिवार; कुल या समाज उसे धारे रहते हैं। लेकिन जिस दिन चारों ओर की यह मिट्टी ढह जाती है उस दिन एक-एक जड़ सूख जाती है और जड़ों के सूखते ही चाहे वह कदम्ब हो, अश्वत्थ हो, या वटवृक्ष देखते-देखते मुरझा जाता है। उसे लगा कि उसकी जड़ें सूखने लगी हैं। वह पुकारना चाहता था, पर किसे? इस पुल पर से वह किसे पुकारकर बुलाना चाहता है? तारों को? तटों को? गंगा को? अँधेरे को?...ऐसे सर्वात्मवादी, कभी व्यक्ति की पुकार नहीं सुनते। पुकार तो एक व्यक्ति के लिए होती है। विपुलता, व्यक्ति नहीं होती। फिर भी कई बार जब हम व्यक्ति द्वारा प्रताड़ित होते हैं तब विपुलता हमें सान्त्वना देती लगती है। सम्भवतः वह भी सान्त्वनातुष्ट बना खड़ा रहा तथा आकाश, अँधेरा विलोकता रहा। पुल पर से इस बीच गड़गड़ाते हुए कई ट्रक गुजर चुके थे। अभी थोड़ी देर पूर्व नीचे से कोई ट्रेन भी गुजरी थी तथा पुल थोड़ा-सा चौंका था। पर विवेक अपने में ही खोया रहा। अज्ञात में उसे बहुत स्पष्ट लग रहा था कि सब समाप्त हो चुका है। पर कोई उससे इसको संज्ञित करने के लिए कहता तो वह बौखला उठता कि सच ही वह कुछ नहीं जानता। फिर भी एक बात अब वह निश्चित रूप से जान रहा था कि भले ही सब-कुछ समाप्त न भी हुआ हो पर इलाहाबाद अब और रहना नहीं हो सकेगा। अच्छा है पुरी लौट जाया जाय।

जैसे ही उसने अपने विचारों को एक निर्णय का रूप दिया तो उसे लगा कि अरे वह फाफामऊ पुल पर खड़ा है। बड़ा अँधेरा है। हवा, चिड़ियों की तरह छोटी-छोटी चल रही है पर उसमें ठिठुरन खासी है और वह रेलिंग थामे ऐसा जाने कितनी देर से खड़ा है। उसे लगा कि आठ वर्षों की निष्क्रियता के बाद पहली बार उसने एक सक्रिय निर्णय लिया था। निर्णय के बाद उसे अपना मन वैसा ही हलका लगा जैसे उसका मन भी तैरता हुआ कुहरे का एक नीला टुकड़ा हो। अब अधिक सोचना व्यर्थ था। वह अब सोचने की सीमा को पार कर चुका है। अब तो केवल निर्णय को कार्य रूप देना है। अब वह वैसा ही अनुभव कर रहा था जैसे जाड़े के दिनों में कई दिनों उपरान्त नहाया हो और धूप सिंक रही हो।

इसके बाद विवेक और वानीरा एक-दूसरे से प्राय: कतराते ही रहे। वानीरा अपनी सहज नारीगत बुद्धि से समझ ले गयी कि किसी तरह विवेक को गर्भवाली बात मालूम हो गयी है, लेकिन कैसे? अभी तो तीसरा ही महीना है। भला यह बात उसे कैसे मालूम हुई? वानीरा इस बात को नहीं जान सकी। उसे अच्छी तरह याद है कि उस दिन कालीपद बाजार गया हुआ था। विवेक के घर पर होने का प्रश्न ही नहीं था और उसने देखा था कि उस रात करीब ग्यारह बजे वह लौटा था, तब? और इस तर्क-वितर्क में सात दिन बीत गये।

जब औपचारिक रूप से विवेक को मालूम हुआ कि आनन्द लद्दाख के मोर्चे पर भेजा जा रहा है तब भी उसने कोई अभिव्यक्ति नहीं की। वानीरा के लिए विवेक का यह उपेक्षा भाव नया भी नहीं था इसलिए उसने इसे सामान्य ही माना। आनन्द की विदापार्टी के दिन भी विवेक संयत ही बना रहा। यह भी कोई आश्चर्य की बात नहीं थी पर उसे आश्चर्य ही नहीं बल्कि वह शंका के मारे काँप उठी थी जब आनन्द को विदा देने स्टेशन पर जाने के लिए विवेक ने आग्रह ही नहीं वरन् आदेश तक दिया। सम्भवत: पहली बार उसने अनेक वर्षों के बाद विवेक को पुरुष रूप में आचरण करते देखा। वैसे वानीरा किसी भी मूल्य पर स्टेशन नहीं जाना चाहती थी पर विवेक ने जिस प्रकार सारथीत्व ग्रहण कर लिया था उसमें वानीरा के लिए अस्वीकार करना असम्भव हो गया। स्टेशन पर पूरे समय वानीरा सशंकित ही बनी रही यद्यपि विवेक का आचरण अत्यन्त सामान्य ही था। कहीं से भी यह नहीं लग रहा था कि यहाँ आने में उसका कुछ अतिरिक्त भाव भी हैं। सदा की तरह उसने वानीरा को यह अवसर भी दिया कि वह आनन्द से चाहे तो सदा की तरह खुलकर बाते कर सकती है, पर उसने अपने को व्यस्त रखते हुए भी देखा कि आनन्द और वानीरा एक-दूसरे के नैकट्य से बच रहे हैं।

और आनन्द चला गया।

दूसरे दिन! सवेरे।

प्राय: इस वेला तक विवेक रोज ही चला जाता है लेकिन आज हठात् उसे घर पर ही तथा वह भी अपने कमरे में महीनों बाद आया देख वह मात्र चौंकी ही नहीं

वरन् अन्तर में भय से पीली पड़ गयी। अभी वह तत्काल नहाकर गुसलखाने से बाहर आयी ही थी। अभी तो वह एकवस्त्रा ही थी। विवेक को द्वार पर खड़े देख उसे अपनी देह, दो कारणों से छुपाने की आवश्यकता हुई। एक तो यह कि वह कँपकँपा रही थी तथा दूसरे उसे लगा कि एक वस्त्र में उसकी देह कहीं वह न अभिव्यक्त कर दे जिसे वह विवेक से छुपाना चाहती है। यद्यपि उसकी गरम शाल बीच के सोफा-पीस पर थी पर उसके पैर उठ ही नहीं पाये। वह अंग चुराती ठगी-सी बनी खड़ी रही। औचक में वह विवेक की ओर देख गयी पर चेत आते ही वह नतशिर हो प्रतीक्षा करती रही कि देखें विवेक क्या कहने आया है? यदि विवेक न भी कहता तो भी उसे स्पष्ट था कि विवेक को सब ज्ञात हो चुका है लेकिन....

— वानीरा!

स्पष्ट था कि बरसों बाद विवेक उससे कोई बहुत गम्भीर बात कहनेवाला था। वनीरा को स्पष्ट याद है कि कैसे वह पैरों की ओर से तेजी से जमती चली गयी थी। फिर भी उस क्षणान्त में चाह गयी कि विवेक का जो कुछ कहना है वह शीघ्र कह दे। जो भुगतना है वह शीघ्र हो जाये। उसने अपने को सब-कुछ सुनने और सहने के लिए तैयार कर लिया था।

— वैसे भी तर्क करना तुम्हें भी प्रिय नहीं है और मुझे...क्या प्रिय है, क्या नहीं का कोई अर्थ नहीं।...मैं सोचता हूँ कि इस सप्ताहान्त तक हम लोग भी पुरी के लिए चल पड़ें।

विवेक इस तरह की बात बड़ी ही हड़बड़ाहट तथा एक साँस ही में कह डालनेवाला व्यक्ति है पर आज उसने कहने में कोई जल्दबाजी नहीं की बल्कि वह इतने ही निश्चिन्त मन से कह रहा था जैसे पैरों पर धूप लिये अपने को सेंक रहा हो। वानीरा अब तक आद्यन्त प्रतिमा हो चुकी थी।

उसने लौटते हुए विवेक की छाया पाँवपोश के पार दाहिनी ओर जाते हुए देखी। पर्दा थोड़ा-सा मोटा-मोटा हिलकर फिर लटक आया। उसे लगा कि अब वह स्वतः कुछ नहीं रह गयी थी, देह में आनन्द और विचारों में विवेक। उसे लगा कि आज प्रथम बार वह विवेक के निकट निर्वसन हुई।

पुरी लौट आने के एक माह के भीतर ही विवेक ने डिस्पेन्सरी आदि की व्यवस्था कर अपने को सुखी, तुष्ट एवं व्यवस्थित पाया। इसका कारण यही था कि अब वह जो कुछ था या उसे जो कुछ होना था उसमें वह स्वत: ही था, वानीरा कहीं नहीं थी। इलाहाबाद में जो मौन वानीरा ने वरा था उसे एक क्षण को भी नहीं तोड़ना चाहती थी और विवेक ने भी कभी इसके लिए बाध्य नहीं किया होगा। अब विवेक के पास समय-ही-समय था। 'चैतन्य मठ' जाकर प्रथम बाबू के विषय में जिज्ञासा कर आया था कि वह हैं या नहीं? और वह मथुरा-वृन्दावन की यात्रा पर दीर्घकाल तक के लिए गये हुए थे इसलिए न वानीरा, न विवेक किसी को कहीं आना-जाना नहीं था। वैसे भी व्यक्ति जब बहुत अनुभवी हो जाता है तब वह कहीं भी आने-जाने से परे हो जाता है।

रात को विवेक घर जल्द लौट आता। कई दिन के परिश्रम के बाद वह अपनी किताबें, कागज-पत्र, मूर्तियाँ आदि सहेज-समेट सका है। जब तक अपना मार्ग तय नहीं होता तभी तक भटकाव रहता है पर अब विवेक-वानीरा के सामने मार्ग निश्चित ही नहीं बल्कि अन्तिम गति के रूप में स्पष्ट था। आज के आठ वर्ष पूर्व भी इसी 'निर्जन सिकता' में आते-जाते विवेक के जूतों की खटखट हुआ करती थी पर पहले अपेक्षाकृत तेजी होती थी जबकि आज समरसता आ गयी थी। इस बार विवेक दुगुने उत्साह से मूर्तियों के बनाने में बझ गया था। दोनों ही अपने को व्यस्त रखते या कहा जाये कि दिखलायी देते। साथ ही एक-दूसरे के सहज सम्पर्क को भी बचाते थे। दिनभर वानीरा क्या करती है यह विवेक को न तो मालूम ही था और न विवेक को अपेक्षा ही थी। हाँ, विवेक बैग, स्टेथस्कोप हाथ में लिये जाता-आता है इतने की साक्षी वानीरा है। उसके आगे-पीछे क्या होता है इसमें उसकी कोई रुचि नहीं थी। विवेक की ओर से सम्बन्ध नहीं, दायित्व शेष था। वानीरा की ओर से क्या था इसे वह स्वत: नहीं बूझ पा रही थी। उसे यहाँ होना था इसलिए वह यहाँ है, के आगे देख पाना उसके लिए कठिन हो रहा था। केवल अपनी खिड़की से वही चिर-परिचित अपना समुद्र देखती रहती जिससे वितृष्ण हो वह आठ वर्ष पूर्व चली गयी थी। समुद्र का वह निर्मम एकान्त फिर खिड़की में आकर टँक गया था और जिसे देखते रहने के लिए वह बाध्य थी। औचक में कैसा आश्चर्य होता कि अभी तक वही समुद्र है, बल्कि कहना चाहिए लहरे तक वही हैं। कभी ऐसा नहीं होगा कि एक दिन को भी यह एकान्त तट विस्तार, जलपाखियों का सुदूर में उड़ते हुए क्षितिज में खो जाना न हो? वहीं 'बीच' का

भूरा अर्द्धवृत्त, होटल की वही हरी खिड़कियाँ, बेंचें तथा वही माँ! गो!! कुछ भी तो नहीं बदला। बल्कि वह कह सकती है कि आज से आठ वर्ष पूर्व गेंदें की क्यारियों में जो फूल खिले थे वे तक वही हैं, वे भी नये नहीं आये।....इस वितृष्ण रोज-रोज की भावना से कोई मुक्ति नहीं... और वह हताश हो जाती। कभी-कभी वह दिन-दिनभर खिड़की के पास बन्दियों की-सी विवशता लिये निढाल हो बैठी रहती है। उस समय या तो कोई अधूरा स्वेटर उसकी थकी अँगुलियों में झूल पड़ता या अधखुली किताब पर अँगुलियाँ गूँथे वह ऐसे विमन से बैठी रहती जैसे वह अपनी प्रतिकृति हो। अपने को अपनी ही प्रतिकृति को सौंप देने में कितना बड़ा सुख है, पर, दुःख की पराकाष्ठा पर द्रौपदी के चीर-सी खिंचती धूप को जाते देखती तो उसमें जाने क्या-क्या घटने लगता। पूरा दिन अनमनी आँखों के सामने से बह जाता और उसके चौंके मन में केवल हाहाकार होता। उसे लगता कि समुद्र उसे बहाकर कहीं दूर ले जाये क्योंकि अब स्वयं कहीं जाना हो न सकेगा। ऐसे ही समय तथा अवचेतन में वह जीव आरात्रिक परिक्रमा करता सजीव हो उठता जिसे वह गुप्त धन-सी छुपाये बैठी थी। अब उसे यही लगता कि या तो वह जीव इसी अवस्था में समाप्त हो जाये या फिर पहले शिशु की तरह यह भी...और वह फफक-फफककर प्रायः रो पड़ती अज्ञात में वह भय से कैसी पीली पड़ जाती रही कि एक दिन उसके उदरस्थवाला यह जीव चक्रवर्ती की भाँति जयघोष करता उसके सामने आ खड़ा होगा तब वह क्या करेगी? —और वह विवेक को पुकारना चाहती रही...क्या विवेक अब किसी भी अच्छे या बुरे का भागीदार नहीं बनेगा?...ओ विवेक!!

रात में जब कभी वह घबराकर जागी है तो उसने अपने को पसीने से लथपथ पाया है। खिड़की के बाहर सागर की अनर्निश गुर्राहट को रात्रि के अकेले में सुन वह जम जाती रही है। पुरी आने के बाद से वे कभी एक कमरे में नहीं सोये हैं! वह आहट लेती है कि विवेक इतनी रात में क्या कर रहा है? कभी-कभी दबे पाँव वह उसके कमरे तक भी गयी है और ऐसे में उसे या तो मूर्तियों में बझे पाया है या टेबल पर झुके कुछ लिखते-पढ़ते। उसकी ईर्ष्यालु निश्चिन्तता को चींथ देने को उसका मन किया है कि कैसे शान्त भाव से हाथ का तकिया दिये सो रहा है.....और वह केवल आर्त्त करती अपने कमरे में लौट आयी है। कितना उसका मन हुआ है कि वह दौड़कर विवेक के सीने पर सिर रखकर इतना रोये कि सारा विगत अपने शाखा-मूल के साथ विनष्ट हो जाये और विवेक-वानीरा एक बार फिर से स्नात, धुले धूप-से चमकते हुए खिल आयें ।

पुरी लौटने के बाद से दोनों वास्तव में दो हो गये थे। अब भी वानीरा अपनी खिड़की से डिस्पेन्सरी जाते विवेक को देखती है पर कैसा अजीब है कि वह विवेक को अलग तथा उसके जाने को बिलकुल अलग करके देखती है। वैसे तो वह पहले भी जानती थी कि आज वह जो कुछ हुई है उसमें उसी का दोष है न कि विवेक का, पर विवेक ने अपनी निस्पृहता के द्वारा उस घाव को कुरेदकर वानीरा के लिए असह्य कर दिया है। वानीरा कभी विवश या अवश नहीं हुई थी पर अब तो वह हताश है। घिरा जल भीतर भी जाने लगा है, यह प्रतीति ही उसका दम घोटने लगती है। ज्वार का पूरा एक बेलन उसे रौंध-रौंध जाता है और वह हाँफ उठती है। स्वप्न में अनेकों बार वह बालू के विस्तार में नंगे पैरों दौड़ते चली गयी है, दौड़ती चली गयी है और सागर में क्षीणतर होते हुए समाहित हो गयी है। अपने इस अवसान पर गहरी परितृप्ति होती कि अब उसे फिर कभी क्लाइड, आनन्द, विवेक किसी का भी सामना नहीं करना पड़ेगा पर दूसरे ही क्षण उफनाते समुद्र के साथ सम्पूर्ण तिरस्कार के साथ जब वह बालू पर वापस फेंक दी गयी होती तथा अपने को इस उपेक्षा के साथ फिंके देख वह भय से चिल्ला पड़ी है, चीख़ उठी है—ओ विवेक!!

आज रातभर वह सो न सकी। वह इस मौन, अनिर्णय, उपेक्षा से घबरा उठी है। वह शब्दहीनता का बोझ अब और नहीं सह सकती है। विवेक को बोलना ही होगा। वह बोलना सुनना चाहती है। कितने दिनों से वह स्वयं नहीं बोली है इसलिए मुँह कैसा अजीब कड़वा-कड़वा-सा हो गया है। बिफरी हुई रातभर वह चक्कर लगाती रही। अपने साथ कमरे में डोलती अपनी ही छाया उसे कभी-कभी चौंका जाती। रातभर हवा के तेज झोंकों में वह वैसे ही साँस लेती रही जैसे वह खूब हाँफ रही हो। उसे अपने टूट जाने का दुःख नहीं था पर उस टूटने की आज तक कोई आवाज तक नहीं हुई, इसी बात पर वह बिफरी हुई थी। विवेक से वह बातें करना चाहती है। वह कुछ कहना चाहती है। जो उसके पेट में मथ-मथ उठता है उस अवांछित को वह उगलकर विवेक के सामने रख देना चाहती है कि लो, एक दिन ऐसे ही तुम भी मुझमें थे। मैं उसे स्वरूपित नहीं कर सकी और आज यह...और विवेक के कमरे के अटके पल्लों को थोड़ा-सा उघारकर झाँकती है। मद्धिम आलोक की छाया में निर्विकार सोये विवेक का सन्तुष्ट मुख ताजे शंख-सा निस्पन्द था। वर्षों बाद विवेक अत्यन्त सुन्दर एवं आत्मस्थ मुख का, प्रिय लगा। कभी इसी मुख को शिरीष का फूल समझ रीझी थी। इसे ही अपने स्तनों के बीच ढाँक, गरम-गरम अनुभव किया था। वर्षों बाद भी इस मुख के ओंठों की छुअन सम्पूर्ण देह में अनुभव हुई और उस संकोच में इस क्षण भी रानें भिंच उठीं। अपने तन के अन्तर में, सुदूर गहरे में कैसे विवेक को कभी उसने एकान्त धारा था। भीतर पारे की लकीर-सी खिंचती ही चली गयी थी सुख की...लोभ हुआ कि क्या फिर कभी? फिर कब...? अभी वह ललककर उसे अपनी आर्त्त बाहुओं में भर लेना चाह रही थी कि विवेक ने हौले से मुस्कराते हुए आँखें खोलीं। उसके आँखें खोलने में नींद से जागने का भाव नहीं था बल्कि जैसे वानीरा के विचारों को वह देख रहा था और अब मुस्करा रहा था। उसके इस प्रकार मुसकराने पर वानीरा का हतप्रभ होना स्वाभाविक था क्योंकि पुरी आने के बाद इस प्रकार बीतती रात्रि में एवं एकान्त में हठात् पहली बार विवेक के सामने पड़ जाने पर विवेक क्या सोच रहा होगा, यही बात उसे अप्रतिभ कर ले गयी। उसे लगा कि वह पराजित है, यद्यपि वह पराजय स्वीकारने ही आयी थी पर ऐसा स्वीकारने के पूर्व ही पराजय की स्थिति में हो जाना कितना खलता है न?

पहली बार वानीरा को लगा कि सचमुच का पुरुष जब मुसकराता है तब वह सर्वजित् मुसकराहट ही होती है। आनन्द के होंठों पर तो उसने सदा इसे देखा है पर आज पहली बार विवेक सर्वजित् मुसकराहट मुसकरा रहा था। यथावत् लेटे हुए वह बोला,

— आज बड़े सवेरे जाग गयीं।

वानीरा के हठात् इस तरह उपस्थित होने पर आश्चर्य प्रकट न कर विवेक ने वानीरा पर क्या यह नहीं अभिव्यक्त किया कि इस उपस्थिति की उसे प्रतीक्षा थी ही? वानीरा ने विवेक की बात का कोई उत्तर नहीं दिया क्योंकि वह प्रश्न नहीं था, बल्कि उलाहना था। वह खिड़की का पर्दा थामे, होते सवेरे का ताजा समुद्र देखती चुप बनी रही। वह सायास स्पष्ट कर देना चाहती थी अपने मौन से कि विवेक, वानीरा को अधिक कोमल रूप में ले। देख वह समुद्र रही थी पर विवेक को अदेखे भी टोह रही थी। उसे लगा कि वह असुविधात्मक मौन को शायद तोड़ना नहीं चाहता बल्कि गुसल की तैयारी कर चुका है तथा किसी भी क्षण वह जा सकता है। वह ठण्ढे पसीने से भीगी जा रही थी। घूँट उतारते रहने पर भी गला सूखा-सूखा पड़ रहा था। वह तय कर लेती है कि उसे जो कुछ कहना है वह आँखें बन्द कर तथा मुट्ठियाँ भींचकर वैसे ही कह देगी जैसे कि यह भी प्रसव ही है और तब विवेक को सुनना ही पड़ेगा। ऐसी तिरस्कृत उपेक्षा, ठण्ढे सौहार्द से अच्छा है। वह आक्रोश जिसका शब्द होता है, झनझनाहट होती है। आपके सामने व्यक्ति खड़ा दिखता है न कि कोई सौजन्य।

— मैं तुमसे कुछ कहना चाहती हूँ विवेक।

विवेक ने वानीरा की ओर देखा। वह पीठ किये पर्दा थामे किसी उपन्यास की नायिका लग रही थी लेकिन वह नायक बनने के लिए कम-से-कम इतने सवेरे बिलकुल भी तैयार नहीं था, बोला,

— मैं जानता हूँ वानीरा ! कि तुम क्या कहना चाहती हो। साथ ही मैं वह भी जानता हूँ जो तुम नहीं कह सकती हो, लेकिन मेरी कठिनाई यह है कि मैं यह भी जानता हूँ कि सब-कुछ जाना हुआ जब नहीं कहा जा सकता है तब उस मात्र कुछ को जानने की क्या आवश्यकता है?

विवेक की बात पर जिस मर्माहत रूप में झटके के साथ वानीरा ने उसकी ओर देखा उससे विवेक को लगा कि वह अवश्य कुछ कहेगी और वह बोली भी,

— तुम क्या सब जानना चाहते हो?

— ठहरो वानीरा! मुझे कोई जिज्ञासा नहीं, इसलिए कि हमारे बीच अब पति-पत्नी का विश्वास नहीं शेष है। मैं सामाजिक मुखोश उतार फेंकने के लिए कभी नहीं कहूँगा पर इतना मेरा आग्रह अवश्य है कि हम अपने लिये घोषित रूप में सम्बन्धों को उतार फेंकें—लेकिन सम्बन्ध के रथ पर से पहले तुम्हें उतरना होगा इसलिए कि तुम्हारे सुरक्षा का दायित्व मैंने एक दिन लिया था।

— तुम क्या कहना चाहती हो?....मैं पश्चात्ताप में जल रही हूँ विवेक। मैं अपने को समाप्त कर देना चाहती हूँ...

— मूर्ख न बनों वानीरा। कुछ समाप्त नहीं होता। समाप्त-जैसी कोई चीज नहीं होती।...तुम्हें याद है महाभारत के अन्तिम दिन सारथी श्रीकृष्ण ने पार्थ से

कहा था कि पहले वही रथ से उतरे। सप्रश्न अर्जुन रथ से उतर आये। उसके बाद श्रीकृष्ण उतरे। श्रीकृष्ण के उतरते ही रथ में आग लग गयी। अर्जुन इस लीला को नहीं समझ सके। तब श्रीकृष्ण ने कहा कि पार्थ! यह रथ तो महाभारत आरम्भ होने के दिन ही भीष्म और द्रोण के बाणों से स्वाहा हो गया था परन्तु मैं उस पर था इसलिए तुम सुरक्षित रहे। यदि मैं पहले उतर जाता तो तुम भस्म हो जाते।—वानीरा! हमारा सम्बन्ध-रथ भी पुरी छोड़ने के दिन ही भस्म हो गया था—क्या यह अच्छा नहीं कि तुम इस पर से पहले उतरो? जहाँ तक दायित्व है उसमें तुम मुझे...

शायद पर्दा टूट गिरा और वानीरा अरहरा पड़ी।

रोज की तरह थोड़ी देर बाद हाथ में बैग एवं स्टेथस्कोप लिये विवेक 'सी बीच' वाली निर्जन सड़क पर चला जा रहा था। साथ ही उसे अपनी पीठ पर वानीरा को देखती हुई आँखों का अनुभव भी रोज की तरह ही हो रहा था। अपने पैरों के पास उसे एक चूहा दिखा ही था कि पीछे से चील ने झपट्टा मारकर उसे अपने पंजों में दबोच लिया। चील का सरसराता एक डैना उसके कन्धे को छुआ भी था और वह नीची होती हुई सड़क के साथ नीचे उतर गया।

●